艾德闻不仅仅是一杯被疯狂倒入糖和奶精的高卡路里的咖啡，是烫手的烟火棒，是最甜的鲜榨橙汁，还是让她屏息谲诈的、深蓝色的水，是所有。

易顿

力量文创 POWER TIME　白鲸文化
为纯粹的乐趣而读

"你怎么来了？"

"刮台风，加上周末就放了四天假。"

"好不容易放假，你这么远跑回来，
就为了请我吃一顿麦当劳？"

"不是你说想吃，没有钱？"

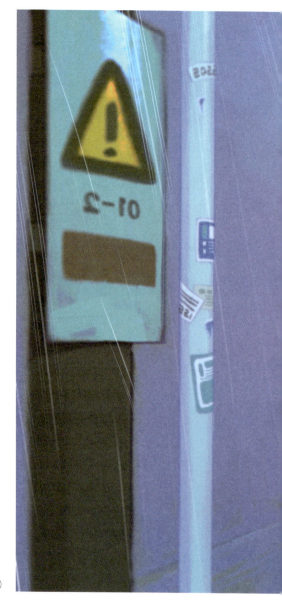

陆嘉洛，你在怕什么？

SHUIZUGUAN &
LENGYANHUO

"真的很喜欢你。"

冷艳火 水族馆

岛顿·著

长江出版社

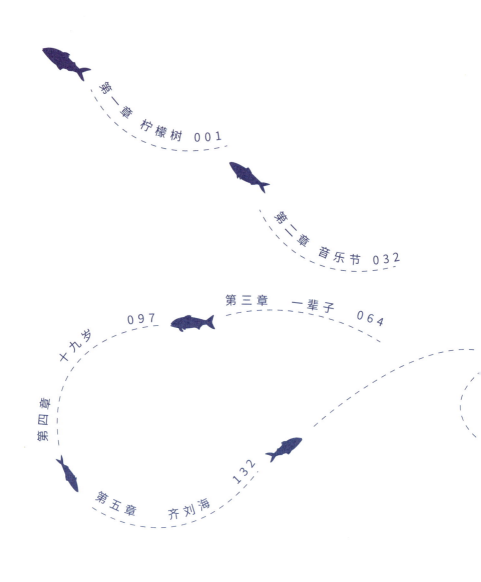

目录
contents

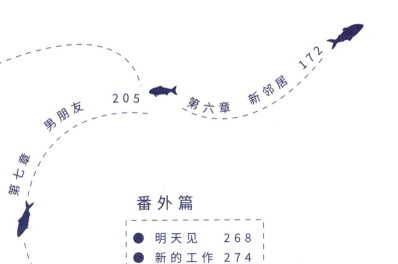

第一章　柠檬树

苋红色是菱形唇，檀棕色是弧度卷曲的长发，深紫色是T恤，柠檬黄是圆片状的耳环。

这个地狱炼炉般的天气使人困顿且浮躁，前面的辅导员喋喋不休，没有人搭腔他还是要说。陆嘉洛趴在课桌上，贴一张纸巾在额头吸汗，偷偷划着手机屏幕。

室友坐在她的旁边，嘴里嚼着口香糖，神游时不小心将泡泡吹破，像按下录音机的暂停键，周围的声音戛然而止。

陆嘉洛撑开一双标准的杏仁形的大眼睛，下意识转头望向讲台，辅导员也正盯着她们的方向，抬一下眉头，以示警告。

陆嘉洛回头对上室友的目光，室友淡定地递来一颗口香糖。

她接过口香糖，在桌下拆开包装纸，塞进嘴里，草莓味的。

终于，熬到了辅导员放人，在他说着"……社会学的张老师说，这学期放你们一马，下学期再不交作业，就等着挂科吧"，同学们哗啦啦地起身，速度之快，仿佛刚刚"死"在教室里的不是同一批人。

陆嘉洛拖出桌下的行李箱，踩着她的坡跟凉鞋站起来，小挎包绕过头，差两步到教室门前，她把行李箱一推，它滑到门外，被一只白色的男款板鞋挡下了。

这个男生叫莫燃，是隔壁哲学院的同级生。

他的眼角是往下的，不管是穿衣风格，还是看着不爱与人交流的长相，都让他像一瓶矿水泉，与他熟识之后，才发现他意外的健谈。

原来是沁柠水。

莫燃接住陆嘉洛的行李箱，见她偏头扯出肩带压住的一把长发，再解救被头发缠住的耳环链，又从挎包里掏出一小瓶喷雾，闭紧眼睛朝脸上喷，没注意台阶，险些崴到脚，多亏莫燃稳稳地捞了她一把。

陆嘉洛感到丢脸，却忍不住发笑地扯着他，而他说着："没多少人看见，也就那么百八十个吧。"

难得阳光带点儿玉米黄，不是亮瞎眼的白，万变不离其宗的特别晒人，校门前的马路又宽，通向四面八方。

陆嘉洛坐在行李箱上，把广告宣传单挡在额前遮阳，口香糖没了味道，吹出粉色的泡泡，一辆车从眼前驶过，仿佛是碾过这一颗泡泡，停在距离他们5米左右的马路旁边。

车里走下来的女人很高，发型是黑色中分长直发，穿着裸色收腰连衣裙。只要见过她，就会明白什么才是气质高雅。

另外还有一句话说，气质与长相无关，也在她身上得到了很好的印证。

这个女人有一双如同整形手术失败的眼睛，面部轮廓从鼻子以下开始凸出，嘴唇又偏厚。因此，陆嘉洛的妈妈，许晓惠女士曾经简练且没有礼貌地评价过她——像类人猿。

不妨碍陆嘉洛很喜欢她。

把口香糖吐在宣传单里再扔进垃圾桶，从莫燃手里夺回行李箱的杆，陆嘉洛上前先向她介绍："我同学，莫燃。"再向他介绍："艾米。"

陆嘉洛的爸爸有两个弟弟，她就有两个叔叔，大叔叔的老婆是大婶婶，然而大婶非常不喜欢"大婶"这个称呼，所以让嘉洛直接叫她的名字，艾米。

坐上即将开往邻省的，宽敞舒适的商务车，冷气激得陆嘉洛想打喷嚏。

车窗外，莫燃俯身对她说："下个月见。"

陆嘉洛趴在窗前和他挥着手，脸庞迎着日光，直到司机开车往前行进，离开了校门。

艾米打量她一眼，微笑着说："有机会请他到家里做客？"

她说的"家里"，指的是避暑胜地莫干山上的一间别墅，是她和大叔叔的家，也是她们此刻正要前去的地方。

不记得从几岁开始，好像每个暑假她都是在大叔叔家度过的，他们还特地请了两个保姆，一个负责饮食，一个负责家务，绝对谈不上"宾至如归"，在家里可没有这么爽。

起初，陆嘉洛父母只是带着她来小住几天，次年小住半个月，一年比一年住得久，最后干脆把她丢在这儿过完了整个暑假。

跟艾米相处是舒服的，不需要费劲跟她寒暄，她对新鲜事物的接受程度与年轻人无异，思考问题的角度又很成熟，甚至可以说，陆嘉洛很享受和她聊天。不过，回头想想有点儿可怕，好像毫无察觉就能被艾米套走许多秘密。

现在，陆嘉洛却有一种不舒服的、从食管涌上的、想吐的感觉，在一半不到的路程中，伴随着头晕，这感觉越发强烈。

瞧出她的脸色不太对，艾米关切地询问。陆嘉洛回答说："……可能是中暑了。"

艾米倾身打开前排座椅中间的柜子："来，你把这个喝了……"她贴心地连藿香正气水都准备着，开了瓶饮用水，等嘉洛一口气吸完药就递上，"一会儿就没事了。"

她又让司机敞开一点车窗透气。

外头吹进来的风，仿佛一床烘热的羽绒被，顺便拂乱陆嘉洛的头发，也将她催眠。

车身颠簸了一下，她逐渐清醒，车子正从隧道开出，亮光让人眯起眼睛，她举着胳膊伸着懒腰，往窗外望去，一片蓝天，无云的蓝。

艾米轻声问："好点了吗？"

陆嘉洛转向她，笑着点头。

手机提醒只剩10%的电量，时间是下午两点过半。因为陆嘉洛的身体不适，艾米希望尽早到家放下行李让她好好休息，也没有停车吃点东西填肚子。

通过高速公路，驶上横江的大桥，转入林荫车道。

别墅在半山腰，车还要开上长长的坡道。扶芳藤覆盖着石砖垒砌的墙，道路格外干净，老人坐在树荫下抽着烟。

斑驳的树影掠过脸上。

陆嘉洛不敢断言自己将会有一个美妙的假期，因为这些都可能被一个人破坏。

在坡上停车，司机搬下她的行李箱，陆嘉洛抽出拉杆，艾米走在前面。

走进别墅前院，就见一个人仰在躺椅里晒太阳，身上是天蓝色的衬衫、卡其色休闲裤，墨镜下的鼻梁高耸，手里还握着一只甜筒，双球的，她猜那是树莓和卡布奇诺味的。

艾米的父亲经营一家很大的钢材企业，从小移民澳洲生活，她离过一次婚，有一个儿子。

大叔叔的房子、车子，包括儿子，都是艾米带来的。

躺在那儿晒太阳的人，就是艾米的儿子，也是陆嘉洛从小到大的"仇人"——

他在澳洲出生，六岁回国，中文名叫艾德闻，英文名叫Edwin，连名带姓吼他的时候，却像叫他的英文名般亲切。

严格来说，艾德闻是她的堂弟，不严格说也是她的堂弟，他确实比陆嘉洛小一岁，但是早读书，这个暑假之前他们都读大一。

艾米喊了他一声，叫他把嘉洛的行李搬进去，他才懒洋洋地起身。必须承认遗传基因的强大，陆嘉洛已经有好几年没能在身高上赢过他了。

艾德闻从容不迫地朝她走来，而她心想着，无论前尘过往多么剑拔弩张，他们都不是小孩子了，也该要学会和平共处。

陆嘉洛站在门口，等他走到面前，发现自己必须仰着头才能和他对视。

这么凑巧，冰激凌就擦过她的肩袖。

艾德闻惊讶又随意地说："哦，抱歉。"

说完，他轻轻松松就拎起她的行李箱，往楼上走。

陆嘉洛愣着瞧他上楼的背影，此时，楼上又传来艾米的声音："嘉洛，你还是住以前的房间？"

她"原来的房间"在三楼，挨着一间画室。也许每个人都有奇怪且私人的癖好，陆嘉洛喜欢颜料的味道，没有任何原因。

更妙的是，画室里一台投影仪可以用来放映电影。

陆嘉洛将沾了冰激凌的T恤丢进脏衣篮里，然后从另一边楼梯下来，张望一眼沙发的方向，拐进小厨房。

铺满白色方形瓷砖的料理台上杂物琳琅，放着几只玻璃杯，其中一只上面除了磨砂花纹，还有一张便利签写着"嘉洛"。

陆嘉洛撕下便利签，拧开一瓶鲜榨柳橙汁的盖，倒了小半杯，尝一口，她歪头望着小客厅，盘算着什么。又倒满一杯，她离开料理台两步，回头，拎走一盒蔓越莓饼干。

她喜欢这个牌子的饼干，等待它从国外邮来的时间长，且价格贵。

电视播放着财经新闻频道，阳光投进窗沿，落在靠墙摆的单人沙发上，也落在木地板上，忽然间多出一个人的影子。

瘦长瘦长的影子，也可以想象出她端着下巴，沉着肩膀走路的样子，应该是一个很傲气的女孩。

艾德闻抬眼就看见地上的影子，转过头的同一秒钟，一杯橙黄的果汁正倾倒在他的肩上。

"哦，不好意思。"陆嘉洛都懒得故作惊吓。

他第一时间拿开了IPAD，从呆愣的表情上可以看出他还没有反应过来。

陆嘉洛走到他对面的沙发坐下，阳光就落在她的皮肤、棕色头发、吊带衫和牛仔短裤上。

她的两条腿搭上脚凳，放下还剩半杯橙汁的杯子，一边拆开饼干的包装盒，一边瞧着他，艳丽的眼睛里是放肆的得意。

艾德闻抛下IPAD站了起来，气得直接在陆嘉洛的眼前解衬衫纽扣。

他打算离开这里，当然他也是这么做的，可在他转身之前，陆嘉洛还是愣一下，目光瞥到一边去。

刚刚艾德闻的身影从眼前匆匆一晃，她看到他的骨骼框架很直很宽，躺在室外短短一会儿时间，他的皮肤没能晒红，大概猜到他经常锻炼健身。

艾德闻脱下的衬衫就扔在路过的椅背上，体现出他的烦躁。

虽然现在不是提这个的好时机，但跟他相处就没有好的时机。于是，陆嘉洛对他喊道："地下室的钥匙给我。"

艾德闻已经走上楼梯，干脆利落地说了句："没门。"

陆嘉洛眯起眼睛盯着他，直到连他影子都看不见，才将自己咬过留下一点口红的饼干塞进嘴里，不死心地跑下一楼。

一楼的楼梯底下这一扇门，复合烤漆实木门，它通往地下室，门把转不动，门死死锁着。

陆嘉洛抬起踹门的脚，又收了回去。

不太合适，这是艾米的房子。

她回到自己的房间，光从玻璃窗外投进来烤着桌上堆叠的书本，不锈钢的烧水壶照出正在下山的太阳。

陆嘉洛坐在窗前，下巴抵着膝盖，用还在充电的手机和朋友发信息，忽然楼下传来许多声音，是家中的大门打开又关上，接着热闹非凡。

她想，应该是二叔一家来了。

陆嘉洛下了楼，正要跟他们打声招呼，瞧见沙发那儿露出圆圆的后脑勺，电视频道变成机顶盒自带的游戏。

那是二叔的孩子，陆嘉洛的另一个堂弟，读初中一年级，一个小胖子，目前没看出什么"潜力股"的资质。

他和艾德闻一样，都在陆嘉洛的黑名单里，讨厌程度不相上下。但，小胖子也讨厌艾德闻。正所谓，敌人的敌人就是朋友，所以她把小胖子拉进自己的战队。

并且，丝毫没有意识到是他们在孤立艾德闻。

陆嘉洛悄悄靠近，准备吓他一跳，却先看见被她遗忘在沙发上的饼干。

她捡起被压瘪的盒子，里头肯定全碎了。

陆嘉洛语气不善地问："谁干的？"

小胖子陆正匀摸了摸自己屁股底下，确定没留下饼干屑，无比镇定熟练地栽赃嫁祸："艾德闻。"

二叔好不容易把行李箱搬上来，正要说偷懒的儿子几句，就见到陆嘉洛跑上楼的身影。

他的房间门虚掩着，人不知道去了哪儿。

陆嘉洛掀开床上整齐铺着的被子，把一整盒饼干倒出来，全部撒在藏青色的床单上，最后发泄似的甩了几下饼干盒，扯起被子再原样盖上。

环顾他的房间，房间不是很大，米白的墙漆，窗框是蓝色的，一面墙挂着各种尺寸的相框，她没有仔细去看，一面墙塞满书籍。杂物很多，却摆放得有规律，一定不是他自己整理的。

陆嘉洛总以最坏的想法揣度他，有时候她也知道这样不好，可偏偏他们撞到的时机总是夹杂着矛盾。

地下室的钥匙可能就被他藏在房间里的某个角落。

她是有仇必报，但没有必要偷他的东西，将坠落到脸颊前的头发往后一抓，离开了他的房间。

二叔夫妻把儿子送来度假，顺便一起用晚餐。

陆嘉洛摸着光滑的扶手下楼，到了餐厅。

艾德闻在帮忙摆餐具，手里还捏着一片西瓜，看样子刚刚洗过澡，额前的发梢湿润，像黑色又接近灰的T恤宽宽地罩在衣架一般的身上。

最近陆嘉洛的室友经常有意无意地在她面前提起莫燃，例如，话题突然从某个新晋的漂亮"小鲜肉"转移到莫燃身上，问她，唉，你觉得莫燃长得怎么样？

要论长相好的男生，陆嘉洛第一个想到的人，不是莫燃，而是眼前这个人。

她装作不经意抬眼一扫，艾德闻低着头分好筷子和汤勺，看都没看她，直接递过来一副碗筷。

陆嘉洛不知道该用什么表情，别过脸接下。

艾米深邃的脸部轮廓遗传他，居然变成了优势。他的眼窝有一点点深，近似桃花眼的眼睛清透得能照出人影，好像比去年还要瘦一些，面颊没有一丝赘肉，线条流畅。

他不是不爱搭理人的性格，在别人面前是既有教养又谦逊的孩子，每句话都像事先背下的标准答案，在他小小年纪的时候，就给她一种逢场作戏的感觉。

其他家庭的姐弟越长大越明白亲人之间的关切与爱护，但陆嘉洛和艾德闻不同。

他们越长大越不想与对方虚伪地问候，更别提给对方展露一个笑容。

他们没有一个明确的决裂原因，可能是性格不合，也可能天生不对付。

傍晚起风了，也许还会下雨。

温馨的餐厅里，艾米开了一瓶玫瑰红的酒，倒入天鹅颈般的醒酒瓶，二叔饶有兴致地与她聊着这瓶红酒的来历。

她很佩服艾米，她会留意每个人的口味，恰到好处地顾及大家，对陆嘉洛的照顾是最多的。

这样一个外表冷酷干练、内心温柔体贴的女人，陆嘉洛可以理解大叔叔被艾米散发的魅力深深吸引，进而不理解艾米有这样的条件，怎么看上大叔叔的？

大叔叔不胖不高，长得有那么点儿像早年的憨豆先生，笑起来嘴巴能咧到耳根，又喜欢讲一些会冷场的笑话。

不过，实话说，他的性格确实太好了。

家庭评论员许晓惠女士，陆嘉洛的妈妈，也曾对他精确且不礼貌地评价——傻人有傻福。

艾米也想到了陆嘉洛的妈妈，问："晓惠没说什么时候过来？"

陆嘉洛一边调整桌上菜盘的位置，一边塞了颗圣女果进嘴里，摇摇头。

陆嘉洛的爸爸是影视公司的副导演，基本上不管拍摄进度、艺术审查，只负责张罗导演和演员的一切日常事务。妈妈怕有年轻漂亮的小姑娘一犯浑半夜敲门，前去盯梢了。

所以他俩都没能来。

谢天谢地。

坐在餐桌右边的二婶是市医院的资深护士，有些洁癖，据她自称是"有些"。她很注意卫生，督促他们吃饭前要把手洗干净。

二叔健忘，或者对侄女不怎么上心，否则也不会选在这个时候，突然问起："上回都忘了问，嘉洛你现在读什么啊？"

陆嘉洛剥着大虾，头也不抬地回答："现代殡仪技术与管理。"

小胖子只顾啃鸡腿，周围再没人说话。反射弧太长，他才理解这个专业，发出一声类似猪叫的闷笑。

二婶用眼神警告他别那样笑。

二叔吞吞吐吐地问："这个……你们大学开设了这个专业？"

陆嘉洛又开始剥第二只虾，一边说着："我没考上大学，是专科，不过跟南大是合办校，校区在一起。"

说完，她就觉得自己解释得太多了，反正二叔明年又会忘了这一茬。

坐在对面的艾德闻，他目前就读于日本一流的大学，读的是海洋生物科学，不知道具体学些什么，听说是研究珊瑚礁。

每次他表现出懒得与她较量，越不跟她一般见识，她就越生气。他的潜台词就像是：你还不够格。

陆嘉洛无法反驳，谁让她在高考当天发烧了呢。

二叔试图挽回一下："学习就是气氛最重要，南大校风确实是很好的，而且学殡仪就是……就业前景好啊……"

结束晚餐之后，小胖子暂且没有"人权"，必须陪他们在客厅闲聊，而她和艾德闻各自上楼回房间。

艾德闻倾身打开台灯，拖鞋底下踩到了什么，挪开脚，皱眉，他发现地板上的饼干碎屑。

一把掀开床上的被子，他愣了一秒，无声咒骂了一句，想都不用想，夺门而出，来到同一层楼挨着画室的房间门前。

他砰砰砰地砸门："陆嘉洛！"

房间里，坐在床头的陆嘉洛很紧张，一下合上书，注视着门，捂住两只耳朵。

发育健全的男生，嗓音也有了微妙的变化，很低沉，怪吓人的，她发觉自己这一刻忽然尿了。

这样敲门都没动静，他转头就看见了走廊另一边的艾米。

艾德闻重重拍了下门板，什么也没说，忍着脾气回了自己的房间，反手把门甩上。

听他声音像是离开了门外，陆嘉洛仍然不敢轻举妄动，又是几下轻柔地敲门，知道不会是他，敏捷地下床开门。

她小声说："艾米……对不起……"

艾米无奈笑了笑："跟我道什么歉，你们又吵架了？"

陆嘉洛接过洗干净的T恤，垂着眼睛说："他先惹我的。"

他们从小吵到大，艾米从不干预他们的战争，谁也不偏袒，最好他们自己解决问题，有的时候还抱着看热闹的心态。

关上门，陆嘉洛坐回书桌前，窗外是没有彻底黑下来的天，还有邻居家精心打理的花园。

一片静谧的深蓝色里，出奇的，有一棵柠檬树，而且快要到它成熟的时间了。

她打开电脑，从音乐软件里找到一首歌，将它外放，音量调大。

他与她的房间，只相隔一间浴室。

艾德闻正在换上新的床单，动作一顿，因为听到了那首歌——Fools Garden的《Lemon Tree（柠檬树）》。

陆嘉洛小的时候体弱多病，又不爱运动，妈妈想方设法赶她出门跑步，爸爸差一点把她扔到广场练太极，这些对她而言都是酷刑。后来他俩一起，替她报了一个游泳培训班。

她是一群孩子里面最晚学会在水下睁眼的。

只因为她不相信泳镜可以防水。

睁开眼睛的瞬间，她仿佛掉落进蓝色的墨水瓶中，看到的都是蓝色的。这个奇妙的空间隔绝声音，上面人的说话声是咕噜噜的，此刻她是一个外星人，不懂人类的语言。

陆嘉洛最喜欢露天的游泳池，尤其是夜里的，很多人带着可以下水的小灯泡玩具。

仿佛整个人飘浮在宇宙中，她完全掌握了自己的轨迹，而那些发光的就是一颗颗未知的星球。

在大叔叔家的第一个暑假，她知道别墅主人的夫妻俩都不热衷于水下运动，地下室的游泳池闲置已久。

问题是，地下室的钥匙他们给了儿子艾德闻保管。

陆嘉洛带上一盒糖果，每天只舍得吃一颗的糖果，自认态度好得不能再好了，问他借钥匙。

艾德闻瞥她一眼，一声不吭就走了。

她眨眨眼，追到楼梯前，冲他喊："喂，我说，跟你借一下……"

那个时候，他的声音还是稚嫩且冷漠的："不借。"

不借，他们的战争就打响了。

陆嘉洛爸妈没有艾米这么开明，他们教育她作为姐姐，哪怕只是年长他一岁，都应该稍微让着弟弟一点儿。但是……

要论折腾人，陆嘉洛还从来没输过。

某年某月某一天，记得差不多是她十三岁的时候。

艾德闻不知道哪根筋搭错，还是被她故意投很多饲料撑死他养在玻璃罐里的金鱼刺激到了，竟然对她说着："这里是我家，你吃的、用的，都是我家的。"

陆嘉洛发愣地睁大眼睛看着他，在眼泪要掉下来的前一秒钟，跑回了自己的房间。

她抱着枕头忍住不哭，心里认为艾德闻在骂她是乞丐。

爸爸妈妈把她放在这里是很放心的，偶尔周末他们也过来，晚上围坐在一起吃饭聊天，有烤鸡和海鲜烩饭，啤酒和冰可乐，还有大叔叔的冷笑话。

如果陆嘉洛不来，他们不会走得这么近，所以她是一根维系亲情的纽带。

哪有人管纽带要钱的?

未成年人的情绪即使匆匆来去,记仇是一定的。

她正生着气,小胖子陆正匀来了。

陆嘉洛从冰箱里带了一根棒棒冰出来,青苹果味的,她换上室外的拖鞋,走到遮阳伞底下的矮胖墩面前。

她掰开棒棒冰,把短的一根递给他,却被一下推开。小胖子嚷嚷:"我!我想要长长的那一半!"

陆嘉洛比他更凶:"不给,就这个,你爱要不要。"

天空是接近湖水般绿蓝的,真奇怪。

她咬着棒棒冰,靠在花园秋千椅中,一条腿落在草坪上,摇摇荡荡。

小胖子在那儿像个乡巴佬进城一样瞎叫唤:"哇,快看天上有飞机!哇,快看水管爆炸了!"

"那是洒水器,傻不傻。"

夏日煦风一阵阵吹过,树叶飒飒,空气里有一种酸溜溜的味道,还有一点点苦涩的清新。

她找到了这气味的源头,在邻居家的花园里,一棵柠檬树,上面结着鲜黄色的柠檬。

陆嘉洛踩上木条板钉成的箱子,踮起脚,挑衣杆伸过围墙,下面的小胖子帮她扶着箱子。

发现挑衣杆够不着,他们就卸了一根晾衣杆,挂上塑料袋,接连打落了好几颗柠檬,却没有一颗掉进袋子里,这是什么鬼运气。

这时,有东西从他们身后飞来,砸到不远的墙上,将两人吓一跳。

可乐瓶滚到草地上,紧接着,邻居家男主人气势汹汹地出现了。

陆嘉洛扔下晾衣杆,推着小胖子慌里慌张地躲进家里。

好一会儿,邻居敲门来了。他跟艾米说,没能看清是哪个顽皮的孩子,顺便送了一袋柠檬给他们。

艾米挽着胳膊站在沙发前，三个嫌疑人坐一排，小胖子夹在中间。

陆嘉洛的眼睛很大，长在如同果仁的小脸蛋上，嘴巴一撇，特别委屈："我不知道……"

艾米瞧着自己儿子。

艾德闻极其冷静地指向她："不是我，是她。"

两人各执一词，艾米表情越发疑惑，视线投往第三位在场人士——小胖子。

七岁的陆正匀都不太明白状况，但是他和陆嘉洛拉过钩，于是开启了自己的栽赃嫁祸之路，确定地说："艾德闻。"

分不清是绝望还是无语，艾德闻闭上了眼睛。

当天晚餐之前，艾米领着儿子去邻居家道歉了。

回到家的艾德闻，就把自己关在房间里不出来，受了大委屈。

晚上有人敲门，他开门，门外的地上摆着一颗柠檬。

艾德闻捡起来，转了一面，看见柠檬皮上用签字笔写着"sorry"。

第二天早晨，陆嘉洛发现玻璃罐里没有了死金鱼，而是泡着柠檬，玻璃罐外面还贴着便利签，上面是她不熟悉的笔迹，写着"陆嘉洛"不是"嘉洛"。

简直可以想象出他的语气了。

她有那么一点开心，却又拧起眉头，不太敢喝。

倒不至于怀疑艾德闻往里面下毒，只是……这个罐子到底洗干净没有？

奇怪的是，他们有了一个秘密的共识，柠檬，就是对不起的意思。

从卧室开门出来的，是已经十九岁的陆嘉洛，她起得有点早，打着哈欠进卫生间。

卫生间和浴室是同一间，左右两边是她和艾德闻的房间，所以他们共用这个卫生间。当然，也可以舍近求远，去楼上或者楼下的卫生间。

拧开水龙头，洗脸池里沾着一片树叶，水流将它推到下水口，卡在那儿接受洗礼。

陆嘉洛似有所感地转过头，马桶前面的窗户又敞得老大，清晨的树荫在晃动。

刷牙洗脸抹完护肤品，陆嘉洛随便抓个马尾就下楼了。

她打开冰箱取出两颗柠檬，切成几片，塞进玻璃罐子里，扔了几颗冰糖，灌满凉开水。

阿姨准备了西式的简单早餐，烤吐司、荷包蛋、煎午餐肉和红茶。陆嘉洛端着盘子转身，等不及先尝一口红茶，放下餐盘，坐下，面对着花园。

昨天夜里下过一场大雨，天空透亮，艾德闻正在拾起吹进草坪里的垃圾。

他低着头，眯着眼睛，走在日光照射的草地上，稍长的草拂过脚踝后嶙峋的骨骼，微风贴着他的白色T恤，也纠缠他的头发。

陆嘉洛把最后一口吐司塞嘴里，把盘子搁进洗碗机，他也刚好从阳台进屋。

离他们房间最近的楼梯道不宽，她错失先机，艾德闻走在前面。

"……拜托你有点创意。"艾德闻突然说道。

他明显是指昨晚她放那首《Lemon Tree》的事儿，陆嘉洛扯着谎："不懂你说什么。"

可能心虚使人分神，她踢到最后一阶楼梯，咯噔一声，整个人扑到地上。

陆嘉洛听到头顶传来他的笑声，他又"良心未泯"地握住她的胳膊，将她从地上拉起来。

他的触碰让她很不舒服，想要避开，因为可以清晰地感受到他掌心的温度，比她皮肤温度高，感受到他的力量。

艾德闻止不住地笑着，甚至露出整齐洁白的牙齿："没事吧？"

没想到她起身就不动了，紧紧闭着眼，也抿着嘴，像是在憋住什么。

他问："你在干什么？"

"你管我……"

陆嘉洛有一个怪毛病，一旦自己做了什么丢脸的事情，就想笑。

他瞬间又笑出来，得了上帝眷顾的孩子，才能笑得那么好看。

"笑点这么低你有病啊！"陆嘉洛冲他喊完，飞快跑进房间，火速关上门。

她坐在床上发呆，听见布面拖鞋底的脚步声从门外离开，她闭起眼睛，仰倒下去，就像小时候常在泳池边玩的游戏。

但没有沁凉的水接住她，只有晒在床上的，让她无处藏身的，赤裸的光线。

赶上今天是周六，午餐的时候，大叔叔眉飞色舞地计划如何度过这个周末，小胖子把他的不感兴趣都摆在一张圆脸上，还是逃不掉组团去钓鱼的命运。

散发着食人气息的炎炎午后，他们要徒步出发前往钓鱼场，艾米止步在门前的屋檐下，优雅地送别。

这个小胖子在家里叫着不想出门，出了门却跑得比谁都快。

陆嘉洛落在队伍尾巴，头顶的渔夫帽晒得发烫，还要一路拖着钓箱，里面的渔具当啷响。

她正想换一只手，前头的艾德闻转脸瞧她一眼，停下了。

陆嘉洛也跟着莫名其妙地站住，他走过来，蹲下，把她的钓箱下面四个轮子收了，搬到他的钓箱上，一起拖着往前走。

艾德闻和她是完全不一样的人，他不喜欢酸味，尤其是柠檬的酸；有一些海鲜会让他过敏；他喜欢跑步锻炼和各种极限运动。听说他攀岩很厉害。

还有一点，不记仇。

"快到了，就在前面，再坚持一下！"

这一路上，大叔叔说了起码有十次，陆嘉洛怀疑他没听过放羊孩子的故事，连脑袋被巧克力酱糊住的小胖子也不再相信他了。

等到离开没有树荫遮蔽的、眼睛可见热气升腾的碎石道路，沿着森林小径走，他们周围是低矮的蕨类植物，以及叫不出名字的高大树木，它们侵占着天空。

除了很怕突然从树上掉下一只蜘蛛，还怕晒、怕蚊子，陆嘉洛穿着薄透的防晒衫，全黑的吊带和高腰长裤，一双橡胶短靴。

因为昨夜的雨，泥土还很湿，对比前头的小胖子溅一腿泥，她多有先见之明。

大叔叔说"马上就能到"的捷径，就是横穿这一条清澈见底的小溪。溪流上分布着大小不一的怪石，长年累月被打磨得光滑，生长着苔藓。

大叔叔率先过到对岸，接过艾德闻逐一递来的钓箱，朝他们喊着："石头很滑，你们小心点，Edwin，你回头牵一下正匀！"

小胖子兴冲冲地抢在她前面，年纪越小胆子越大，又有艾德闻拎着，几步一跃就过去了。

陆嘉洛一直在后头跟着，只是中间两块石头的跨度有些大，她本能地犹豫着，然后看见伸到眼前的手。

她怕迟疑太久，会暴露什么，所以即刻握住了他。

他掌心的这一面，不像手背的皮肤细腻，骨头偏硬、很直，手指估计要比她长一截，莫名有一种安全感。

当她跨上石头的时候，艾德闻说着："小心。"

离得太近，声音就像钻进耳朵里的小虫子，耳朵痒痒的。

前面没有危险的石块，艾德闻很快松开她，转身俯去抱起跟在他们后面的，游客一家的小男孩。

陆嘉洛回头瞥见这一幕，没停顿地往岸边走，却不自觉把一只手攥紧了。

她帮大叔叔拖起钓箱，听见身后游客夫妻在向他道谢。

夏天太热，谁都想躲在家里吹空调打游戏，但又是学生的假期，被家长逼着出游的孩子不少。

还好，钓鱼场的游客不多。

他们租了四张折叠椅，在小溪上游扎营，她和艾德闻中间坐着小胖子，甩出鱼钩，考验耐心的时候到了。

大叔叔是做销售的，卖游艇。他发愁地说着，现在游艇没那么好卖了，听着就像以前游艇很畅销，家家户户有一艘。

他缺一个营销思路，想听听年轻人有什么好主意，却不等他们给出回答，独自回忆起他和艾米的邂逅。

原来，艾米是他被公司派去澳洲见到的客户。

哪里是寻求他们的意见，就是想秀一下恩爱。

大叔叔心驰神往地说："所以我想这样打广告……幸福游艇！"

陆嘉洛差点笑出声，脸转到一边去，憋得很辛苦。

果然还是小胖子牛犊不怕虎，嫌弃地叫着："土鳖南波湾！"

大叔叔纳闷："有这么土吗？"

陆嘉洛实在忍不住就笑出来了。

下午三点钟左右，太阳到了头顶，坐着不动就一脖子热汗。陆嘉洛脱下帽子扇着风，摸了摸胳膊，有点晒痛的感觉。

她的皮肤是白里透红的那一种，别人军训晒成煤球，她是晒脱一层皮，即便好好养一段时间会变得更白，但过程是很痛苦的。

军训结束，一个个不舍得教官离开，哭天抢地。陆嘉洛也哭，因为脸、后颈、胳膊，哪儿都疼得要命。

不记得是第几天，她正敷着面膜疗伤，收到了艾德闻的微信。

如果没有紧急情况，减掉逢年过节复制粘贴的祝福，他们可能十年不会用微信沟通一次。

他说：十分钟，到你学校门口。

陆嘉洛戴着口罩、棒球帽，特务接头一样出来了。

只见到艾德闻一个人，而他挑着眉打量她这副打扮，然后递给她一支澳洲出产的晒伤膏。

不管是不是艾米叫他来的，都是他送来的，陆嘉洛知道自己该说什么，却装不知道。

因为对他说声"对不起"，都比说声"谢谢"容易。

"对不起"还可以解读成被迫，"谢谢"就只能是自愿的。

当时，陆嘉洛语速很快地说："我高考的时候你就在放假，我都军训完了你还放假，你究竟是放假还是被退学了？"

说完，她掉头就跑，也不管艾德闻看着她的背影是什么表情。

大叔叔起身，哄小孩般说着："我到下游去拍点照片，你们不要乱跑，等我回来看看谁钓得最多！"

小胖子问："有奖品吗？"

"有……"他还没想好有什么奖品。

小胖子眯着的两只小眼发光："遥控直升机！"

他点头："遥控直升机。"

大叔叔前脚一走，陆嘉洛就放鱼竿自由，扭身从背包里找东西。

小胖子瞧着她："你不钓了啊？"

"我又不喜欢遥控直升机。"

陆嘉洛找到防晒喷雾，往脸上使劲儿一顿喷。

小胖子好奇地问："有用吗？"

陆嘉洛闭着眼睛，一边朝脸上扇着风，一边说："没用，别浪费我的喷雾。"

小胖子斜着身体凑到她旁边："你给我喷喷试试。"

陆嘉洛举起喷雾，冲他的胖脸嗞一下，就扣上盖准备收起来。

小胖子不满地喊着："就一下！"

"多晒太阳补钙。"

小胖子显然不怎么买账，要抢她手里的喷雾。

陆嘉洛把喷雾拿得远远的，转移他注意力地说着："你看艾德闻，他都不用防晒，还不是白得像个僵尸……"

隔着还不到五米，艾德闻想不听见都难，他回道："你一天不针对我，浑身不舒服是吗？"

"我这是喜欢你的表现，想引起你的注意啊。"她越说得理直气壮，越像和他开玩笑。

艾德闻没有什么表情，将视线平平地移开，留给她一个侧脸。

陆嘉洛觉得这就是精神层面的翻白眼，于是蹲到小溪前面，手去沾水，对着他弹了一下，他反射性地抬胳膊挡住。

小胖子有样学样，过来就捧起一把水泼向他。

好好的钓鱼比赛，变成泼水大战，鱼群全吓跑了。

艾德闻被他们两面围攻，干脆躲到溪水里。陆嘉洛穿着橡胶鞋一点也不担心进水，跑去追他，重重踏着水花，连防晒衫掉在了水面上她都不知道。

在来来回回的战斗中，艾德闻明显占上风，还故意逗她。

只差一点点要抓住他的衣角，她鞋底一滑就要跪下去，艾德闻跨上前是想扶她一把，却没料被她扑住，一起跌坐在小溪里。

陆嘉洛掌心压着溪水间的小石子，撑着自己抬起头，和他四目相对。

他湿漉漉的头发，他的眼睛、呼吸、皮肤上的水迹。

她想起小时候被游泳教练扔下水，害怕、耳鸣、心跳加快。

可是，与他这样近，不是第一次，上一次甚至更近。

跟着就像下暴雨一样，小胖子在他们后面疯狂泼水。

陆嘉洛从他身前翻坐到旁边，别过脸避开泼来的水，睁开眼睛，他已经去追着小胖子。

反正从头湿到脚了。

陆嘉洛躺倒下去，溪水漫过她的长发、她的肩膀，贴着她的脸颊，果然很凉快，在水里她才能冷静下来。

这样躺着有一会儿，她还是起不来，抬手挡住日光，感觉自己的气息特别短，头晕目眩，好像又中暑了。

一路走回去，夕阳下班了，身上衣服也晒干了。

在别墅大门前，阿姨正端着盆泼水，给地上降温。

艾德闻扛着所有人的渔具钓箱，大叔叔负责背着她，这仗势进门，吓艾米一跳，问了原因之后，他们一人得到一杯感冒冲剂。

陆嘉洛额外多一瓶藿香正气水，打嗝都是这一股味道。

她和艾德闻共同使用的卫生间里，洁白的瓷砖墙上，有一扇拱形的窗户，但还没安上纱网窗。

一般不打开，或者开一会儿通通气再关上，剩下靠换气扇就够了。

因为只要打开它，喷再多驱蚊水都白费，野外的蚊子前赴后继扑向新鲜好吃的人类。

可是，陆嘉洛上十次厕所，八次遇上窗户是敞开的。

她不管冲进来的时候有多着急，都要先关上窗，经常撞掉置物架上的书本。

陆嘉洛可以肯定窗户是谁开的，前面说过，这间浴厕基本只有两个人共用。只是这种事情，她不太好意思提，跟他抬杠的时候，又没想起这一茬。

从钓鱼场回来的中暑病人，才喝了药，头正晕着，抬胳膊都嫌累，洗澡前还要先关窗户，心酸。

于是，陆嘉洛洗完澡，还没将头发吹干就下楼，发尾的水滴甩在T恤上。

她眼睛盯着茶几上的一扎橙汁和玻璃杯，往沙发里一坐，明显是对坐在沙发另一边的人说着："你在上厕所的时候干吗？思考人生？"

艾德闻从IPAD上抬头看她一眼，不知道是没懂她的意思，还是不想和她搭腔，放下IPAD就起身走了。

不过，IPAD上是暂停的视频画面。

陆嘉洛偷瞄着他的背影，按住沙发悄悄凑过去，想知道他都看些什么。

听见趿着绵底拖鞋的脚步声，她马上弯腰去茶几旁，装模作样地给自己倒杯水。他又回来了，而且递到她面前一只冰袋，包着一层干净的纱布。

她发愣没接，艾德闻催促说："拿着，冰到我了。"

陆嘉洛下意识接过来，然后就清醒了，接得这么快做什么，冰死他好了。

至于，手里的冰袋，她皱起眉头："这是干吗？"

艾德闻已经重新坐下，懒得解释，握住她的手腕，折过去，冰袋贴上她自己的脖子。

冰冷的感觉让陆嘉洛缩了一下肩膀，他松开了，她还保持这个姿势，看着他捧起IPAD，身体倚向一边，肘靠着沙发扶手。

吊灯亮了，光打在棕红砖墙上，犹如老街上的旧路灯。

小胖子陆正匀在楼梯那儿跑来跑去，阿姨到楼上的冰箱取东西，险些和他撞上。

IPAD里播放着综艺节目，陆嘉洛把冰袋覆上额头敷了会儿，化一半的冰块在里头相碰，咔嗒响，她小声地冒出一句："谢谢你……"

艾德闻没听清，转向她："你说什么？"

"我说什么了？该不是你耳朵出毛病了吧？"陆嘉洛欲盖弥彰地起身要走，不忘"语重心长"地说，"记得上医院瞧瞧，早发现早治疗。"

综艺节目传出笑哈哈的音效，艾德闻将视线移回IPAD上，无语地轻吐一句："神经病。"

回到房间里，陆嘉洛将冰袋扔在书桌上，解锁手机就看到微信界面，上面还是洗澡之前给莫燃发的：中暑，头晕眼花。然后配上一张"丧猫"的表情包。

这么久没回，她正准备再发一个消息过去，刚刚好收到莫燃的回复：刚刚在上课。

接着显示对方正在输入，他又发来：你现在还难受吗？

陆嘉洛好奇地点着屏幕：上什么课？

——跆拳道。

——哦哦。

——问你呢，现在还难受吗？

陆嘉洛稍稍一顿，回他：好多了，没事了。

然后，她出神地盯着桌上彻底化成一袋液体的东西，摸了摸颈后，还剩一点冰凉的触感。

大叔叔敲门叫她下楼吃晚饭，顺便神神秘秘地说："不要忘记我们的计划！"

陆嘉洛用表情示意他安心，对他打着OK的手势。

晚餐比较简单，白天的泼水大战，为这一趟钓鱼之行画上令钓鱼场老板无语的句点。他们一无所获，好在阿姨和艾米有精湛的烹饪手艺。

陆嘉洛吃饱了捏着吸管，想要喝光她的柠檬苏打水，不由自主地，观察视线范围内、对面坐的人。

其实，艾德闻也不算白，只是皮肤特别好，不知道怎么保养的。

这时，他对餐桌另一边的人开口："爸，我房里的电路，和家里的总电路接在一起吗？"

艾德闻从很小就和大叔叔住在一起，对于认爹这件事儿，没什么心理障碍。

大叔叔眼珠斜向上思考着："好像是，怎么了？"

他起身说着："有点问题，我想去看看。"

有一个人离开，就意味着晚餐接近尾声。

陆嘉洛留下帮忙收拾碗筷，突然间，家里的灯全灭了。

在黑咕隆咚的环境里，他们听见大叔叔的声音说："可能是Edwin没弄清楚，搞跳闸了，你们在这儿，我过去……"

艾米提醒着嘉洛把碗筷放一边，自己正打算摸着椅子坐下，霎时，餐桌顶上亮起一盏灯。

一束酒红的玫瑰慢慢出现在光下，然后是小胖子一张笑嘻嘻的大脸盘。

艾米惊喜地捂上嘴巴，蹲下一些抱过花束："Thank you……"

躲到橱柜前的陆嘉洛已经偷偷接上小音箱，她坐在地上，点开电脑里的音乐软件。

一首老歌，卡朋特乐队的《Back In My Life Again》，是艾米喜欢的歌。

男主人翁笑呵呵地出现，他邀请艾米跳一支舞，就像他们曾经在伍伦贡的酒吧里一样。

艾米很不好意思地责怪他吓人一跳，却将玫瑰放在椅子上。

今晚的"灯光师"艾德闻就站在拱形门下，陆嘉洛注意到了他，他平且宽的肩膀倚着门框，环臂看着他们，脸上有很浅的笑意。

大叔叔比艾米要矮一点，当他的胳膊绕过她的头顶，还要踮起脚。

他的动作那么滑稽，艾米笑得又那么甜蜜。

大叔叔可以把他和艾米的感情经历，改编成让人连续打上五十个哈欠的童话，完全摒弃现实。

在他的故事里，艾米是值得被珍惜的人，而他是最幸运的人，没有什么出众的优点，竟然能得到她的信任，从此，他们过着幸福的生活。

艾德闻转过头，与她对上目光，陆嘉洛扭过头去，有一点慌张，她放下电脑，从地上爬起来，上楼去了。

今天傍晚在回家的路上，大叔叔说，最近他忙着工作，忽略了艾米，没能空出时间多陪陪她，晚上想给她一个小小的惊喜。

跟组团去钓鱼一样，没人逃得掉，都是强制性参与的。

差一阶就走完楼梯的时候，陆嘉洛没有再抬脚，而是望着画室的门，里头的画架、椅子、收纳箱都罩着防尘的白布，就像死人之后的房间。

十七岁暑假的一天晚上。

陆嘉洛和她妈妈在电话里起了争执，如今再回想争执的起因，简直微不足道，可当时她就是转不过弯，心里十分委屈。

时间很晚了。

她一个人在画室里待着，掀起靠在角落里的一层布，下面是缺一角的镜子，脏兮兮的镜中，是她及胸的直发，薄薄的刘海。

半夜照镜子挺可怕的，她赶紧盖上，转身又去掀起一层布，下面是个画架，画架上有一幅半成品的画，抽象派的，依稀是一条红色的金鱼。

随便选中一部日本电影，名字叫《情书》，她把灯关上，让画面投影在白色的墙体上，她躺在地板上，没有心思留意电影在演些什么内容。

直到有人开门进来，陆嘉洛坐起来，她知道电影放出来的声音打扰到他休息了。

艾德闻冷着面孔，拔了投影仪和音箱相连的线，整个空间乍然安静。

墙上投映着少年时期的藤井树，对白无声。

他说："陆嘉洛，我忍你很久了。"

她很快地顶上一句："继续忍着吧。"

陆嘉洛从他手里抢来音箱的线，低头的瞬间，眼泪从脸颊掉下来。

艾德闻看见她哭，忽然不出声了。

她不需要他的可怜，用力吸一下鼻子，抬眼瞪着他，发现他们离得很近很近，因为他又往前一步。

艾德闻眯着眼睛注视她，睫毛干净得根根分明，直直下垂，他的嘴唇很薄，笑起来就好像消失一样，但是他此刻不笑，他在想着什么。

或者，什么也没有想。

当他渐渐低下头，他们的呼吸只隔了一厘米。

陆嘉洛惊醒过来推开他，跑出画室。

她在自己的房间里，却茫然地找不到能坐下的地方，像一口气喝了整桶的咖啡，心慌得不行，又像举了几百下哑铃，手会发抖。

艾德闻刚才是……想要亲她？

陆嘉洛没察觉自己是什么时候分神的，所以没有听到他从隔壁画室出来、关门的声音。

也没有等到他敲门，也没等到他不屑地说：只是吓吓你而已，什么都不是。

什么都不是。陆嘉洛这样对自己说。

牙膏的泡沫被吐在洁白的洗脸池里，陆嘉洛抬起头，镜子里巴掌小的脸上，眼睛最大，没表情的时候会显得无神，所以她喜欢抹颜色鲜艳的口红，让别人的注意力从她眼睛上移开。

她起码知道自己明艳不可方物，从不轻易答应与谁交往。

可惜，她的室友却经常说，要是我长成你这样，我就"持靓行凶"，把每个院的帅哥都玩弄一遍。

陆嘉洛听到她描述的宏愿，世俗的心动了。

但只是简单设想一下，实际操作的可能性不高，要不然，她和莫燃怎么还仅仅是，说不清道不明的朋友关系，他们认识都快有一年了。

抹掉嘴角的泡沫，她正准备继续洗漱却皱起眉头，凑近镜子，眼睛周围居然有些暗沉。

昨晚失眠到三四点，开始是苦恼着如何让艾德闻交出地下室的钥匙，结果很自然地，就想起十七岁那年的暑假，电影丢失对白的深夜。

陆嘉洛今年十九岁，也就是两年前，不是多久远的事儿，以后吧……

以后会忘记的。

穿着宽松的条纹衫和短裤，她从厨房走进小客厅，端起一杯热咖啡。苦涩而香浓的味道，诱惑着她浅尝一口，还是被烫到嘴巴。

没人愿意坐阳光洒落的单人沙发，它的坐垫下破皮越来越多，就像是这个家里的老人。

电视机上是意大利画家莫迪里阿尼的《女人肖像》的仿品，电视机对面是长沙发，艾德闻坐在沙发一边，阅读一本书，封面写着日文，还有一张鲸鱼的照片。

陆嘉洛将热咖啡搁在茶几上，在沙发另一边坐下，按了按眼底金色的眼膜，将电脑搁在腿上，开机。

楼下门铃响了，接着是阿姨的声音："唉，快递吗？"

陆嘉洛恍然记起一件事儿，直接从沙发里站起来，从这一头跑到那一头，跨过艾德闻身上，跳下沙发，一边喊着："我的我的我的！"

艾德闻被眼前晃过的人影吓到，在慌忙间合上书，随即朝着楼梯的方向："会不会好好走路！"

这个暑假的第一周结束前，陆嘉洛决定改变策略，要智取，要投其所好。

她挤进堆满杂物的小厨房，从料理台上抽出一把水果刀，回头，目光穿过木头小餐桌上铁桶里的红粉鲜花，定格他。

水果刀在她的掌心转个方向，划开快递箱的胶带。

艾德闻困惑地打量着，塞进自己怀里的Q版手办包装盒，抛出一个疑问句："钢铁侠？"

陆嘉洛在他身旁坐下，回答一个肯定句："钢铁侠。"

他不理解："为什么送我这个？"

她理所当然说："钢铁侠的电影啊，你不是都看了好几遍了。"

"你怎么知道？"

偷瞄到的。

"我……关心你呀！"陆嘉洛眉心蹙起，感怀至深地说，"我的亲人哪——"

艾德闻将包装盒递到她面前，是拒绝收下的意思："你把我当小孩？"

陆嘉洛推回去："很多成年人也喜欢收藏手办的，多贵你知道吗？再说了，你……确实比我小啊。"

可能差距不到一岁，只有几个月。

包装盒又被递到她面前，艾德闻说："你确实也从来没让着我。"

陆嘉洛再将包装盒推到抵在他胸前为止，而且按住不动："过去我是有不对的地方，你收下这个，就算我们前尘往事一笔勾销，我洗心革面，重新做人。"

这次，艾德闻没有再推还给她，而是问着："你打的什么主意？"

难得陆嘉洛对他展露笑容："以前你也没少跟我作对，给你一个将功补过的机会，带我参观参观地下室呗。"

他轻轻扬起眉骨，目光朝下，想了想，点头了。

艾德闻猝不及防地被她凑到面前的气息逼得往后靠了靠，她眨着眼睛："今天、明天、后天？"

"……都可以。"

陆嘉洛脸色一变，将他硬是拽了起来："那别废话了，就现在，我已经等得够久了，要是你出尔反尔，我一定揍你。"

她语速飞快地说着，也以极快的速度，将人拉到地下室门前。

面对她期待的神情，艾德闻才说："我要上楼取钥匙……"

陆嘉洛瞪起眼睛吼他："还不快去——"

穿过地下室的门，还有一阶楼梯，所以地下室的层高吓人，空旷有回音，墙壁还是漆刷的，偏绿色，泳池占据了绝大面积，另一侧甚至贴着墙，目测1.5米深。

陆嘉洛愣住了。

游泳池里没有水，只有一张躺椅、烟灰缸和鱼缸。成群的橘红色金鱼，呆头呆脑张着O形嘴，在蓝色世界里自由地徜徉。

艾德闻歪着头瞧她，抬手在她眼前晃了晃。

陆嘉洛转向他："水呢？"

"没放。"

"什么时候放？"

"什么时候都不放。"

她卡壳一下，又问："……为什么？"

他不假思索地说："清理很麻烦，家里没人游泳，放水浪费资源。"

陆嘉洛看着他："你是忘了我吗？我的亲人哪。"

艾德闻挠了挠耳后，想着说："后面山上有一个……水坝。"

陆嘉洛嘴角抽动："竖着'请勿在此游泳'警告牌的那个？"

他一脸才了解情况的样子："哦，竖牌了啊。"

她认真地请教："我可以掐死你吗？"

他冷静地劝告："杀人犯法。"

陆嘉洛暗自深呼吸，又说着："既然是这样，我们打个商量……"

艾德闻打断："没得商量。"

这态度，像极了他小时候冷淡地说"不借"。

开战的信号弹。

陆嘉洛双眼无神地盯着游泳池一会儿，说："……好吧。"

接着，她默默走到泳池边上，捡起地上盘放一圈的软水带，检查一下水管口是否扣紧了。

艾德闻微怔，然后说："陆嘉洛，你把水管放下。"

"凭什么！只许州官放火不许百姓点灯！"

整个地下室回荡着她的声音，鱼缸里的金鱼乱撞一团。

艾德闻向她走去："真有水，你不要开玩笑！"

"那可太好了。"

正要上楼，地下室响起一声尖叫，艾米惊诧地停住脚步。

推门进来的刹那，艾米只听见壮烈的一句——

"大不了鱼死网破！"

陆嘉洛转开了阀门，水管冲力太大，在他们争夺的手中，不受控制地冲着旁边打了出去。

艾德闻稳住水管的方向，俯身关上阀门，恼怒的情绪，触及她犯愣的表情，他感到疑惑，顺着她的视线望去——楼梯上是全身湿透的艾米，长发贴着脸颊，滴答滴答。

小胖子硬要凑热闹，挤在她和艾德闻中间坐，幸灾乐祸的肥脸让人想要捏住蹂躏。

艾米肩上披着浴巾，头发裹着毛巾，她站在沙发前，不知道该怎么去说眼前的两个人，又好气又好笑。

"Edwin，我以为你……很有绅士风度……"

艾德闻别开脸："谁让她这么无聊。"

陆嘉洛迅速接上："没你无聊。"

游泳池里养鱼。

艾米闭起眼睛，捏了捏鼻梁说着："你们俩都挺无聊的，就把地下室拖一遍吧。"

泳池贴满瓷砖，每隔十片白色瓷砖，有一个用黑色瓷砖拼出的十字架，池底全是灰白色，拖把压出的污水流进下水道。

陆嘉洛不走心地用拖把戳着地砖，嫌弃地说："……这是几年没拖了。"

艾德闻随便应着她："几年吧。"

陆嘉洛举起拖把，杵在他的鞋前，好声好气："我是想和你商量，周一到周三，三天时间，这里借给我。我保证，肯定打扫干净这里，然后将你的东西原封不动放回去。"

"不可能。"

陆嘉洛抱着拖把杆，撇嘴，可怜兮兮地哼着："呜呜呜……"

谁料艾德闻伸出手，勾了勾她的下巴："哎哟，谁家小狗跑出来了？"

陆嘉洛是想拍开他的手，却让拖把杆子打到了自己。

她倒吸一口气，慢慢蹲了下去，疼得眼泪都要出来："我的下巴……"

艾德闻蹲在她眼前，笑着安慰她："还在呢。"

拖把"啪"一声倒地，金鱼又是一顿乱撞，陆嘉洛抱着膝盖忍不住笑起来。

笑完，她抬起头，瞧着他："放水吗？"

艾德闻还是笑着，语气也像是在逗她一样："不行。"

陆嘉洛板起一张脸，用手比枪，对准他，Bang！

艾德闻很敷衍地按住自己胸口，假装中弹。

陆嘉洛愣了一下，捡起拖把，起身，转身背对他，好像躲避着什么，假装若无其事地拖地。

鱼缸暂时被搬到了泳池上面，橘红色的生物，张着近似透明的嘴巴，优哉游哉地扭动，不像人类一样各怀心思，它们只需要七秒钟就能忘记所有事情了。

第二章　音乐节

　　当人意识到某个问题的存在，却只能用"某个问题"来形容它的时候，多半是因为抗拒承认这个问题已经对自己形成了困扰，忽略它可能带来的后果，还想试探底线。

　　这一深奥晦涩的想法，从陆嘉洛的脑子里蹦了出来，连她自己都感到莫名其妙，可见她在拖地的时候，有多么的心不在焉。

　　她拎起拖把压进桶里的脱水槽，余光之中，艾德闻上前的身形一顿，然后等在原地。

　　他也正好要洗拖把，被她无意间抢先。

　　一直没人说话，只有拖把沥水、氧气泵工作的声音，寂寞地回响。

　　他们之间还是保持这样的气氛，比较安全。

　　艾米再次推门进来，有些警惕了，确定没有危险，她说："嘉洛，你的手机在响。"

　　陆嘉洛拎出拖把靠向一旁，踩上梯子，爬出泳池。

　　从阴凉的地下室出来，阳光照得人睁不开眼睛，晒得楼梯发烫，陆嘉洛跑回房间，记起手机插在小客厅充电，又跑下来。

　　打来这一通未接电话的，和给她连发十条微信消息的，是同一个人，要传达的讯息是：后天在青州市的考江公园，举办音乐节。

在一楼的厨房里，找到绑着围裙的女人，陆嘉洛单膝靠上椅子，前胸压着椅背，对她说："艾米，明天我想去青州，大概去三天，有朋友和我一起。"又补上一句，"是个女生。"

艾米微笑起来："我也没问你这个……"她想问的是，"你们怎么突然想到去青州？"

陆嘉洛兴奋地说："音乐节啊。"

小胖子在厨房蹭吃蹭喝，听见了就大喊道："我也要！我也要去！"

艾米没有转身，陆嘉洛趁机盯着他，小声地恐吓："没人问你。"

小胖子不怕她，聪明地朝家里的女主人嚷嚷："艾米，我想去音乐节！"

艾米有耐心地说着："那你要问嘉洛姐姐，她愿不愿意带你去。"

陆嘉洛为难地解释："音乐节上的人很多很多，'嗨'起来就疯了，我担心管不住他，万一出事儿怎么办，新闻也说容易发生踩踏事件呢。"

"看来，你要是想去……"艾米转头看着小胖子，模棱两可地说，"得找一个能管住你的。"

在命运的安排下，艾德闻拎着水桶和两杆拖把出现，总是感觉桶底在滴水，他频繁回头留意着，然后抬起头，却发现这里所有的人都瞧着他。

陆嘉洛见到他，才恍然懊恼，她把清洁地下室的任务全忘了。

艾米问他："Edwin，这几天有事吗？"

上来之前，艾德闻隐约听到了音乐节的字眼，回答"没有"应该不会有什么好事，所以他说："……有。"

艾米再问："嗯？有什么事？"

艾德闻犹豫着没能找到合理的回答。

陆嘉洛不想变成三个人的旅行，强行替他圆上："玩……钢铁侠。"

在被迫前往音乐节和选择令人无语的借口之间，艾德闻选择后者，然而，就连小胖子都是一脸蒙地望着他。

最后，他放弃抵抗地摇头："也没什么事。"

夜晚完全降临，简单收拾了行李，艾德闻正在翻查青州一周的天气，有人敲门。

开门，灯光就从她的脸上映过。

"沐浴露和洗发水能放你箱子里吗？很小瓶。"陆嘉洛摇了摇手里的两只分装瓶。

艾德闻给她让出进入自己房间的路，顺便说着："扔上面吧。"

陆嘉洛看见地上敞开的黑色行李箱里，衣物叠得整齐，且没有几件东西，整个箱子空荡荡的，而她的箱子塞满了护肤品和化妆品。

她将分装瓶放在上面，不打算在他房间多停留。

艾德闻还是站在门旁，确认明天出发的时间："早上八点走？"

陆嘉洛一边点着头，"嗯"，一边走出了房间门，却突然又转身面对着他，像是想要说些什么。

对视三秒钟之后，陆嘉洛扭头回了自己的房间，她关上门，才听见他关上门的声音。

她是想说，让他一个人清理地下室，她不是故意的。

不过，既然地下室是他的"地盘"，那么，关她屁事儿。

翌日早上八点，树枝上的蝉已经勤奋地开始上班，光膀子的老人骑车从别墅前路过。

陆嘉洛和小胖子蹲在草丛前，用火腿肠喂着野狗，身后响起汽车的引擎声，她拉起小胖子。

艾米亲自开车，把他们送到了乘坐机场专线的巴士站。

行李被放进巴士的行李舱，小胖子爬上车就喊着："我要坐第一排！"

第一排是个单人座位，也就意味着她和艾德闻要坐一起。

陆嘉洛靠窗坐下，就把耳机塞上了。

巴士上路有半个小时，她托着腮，想打个哈欠，忽然肩头一沉，她愣了愣，低头，他闭上眼睛的时候，和平常有点感觉不一样，脸庞更柔和了。

陆嘉洛没有吵醒他，视线转向车窗外，树荫从车顶一片一片地掠过，她的睡意全无，这一段路程可能会很漫长，却又不希望它太短。

快到机场，天空就不那么蓝了。

艾德闻转醒，坐正腰背，伸了个懒腰，好像没有发现自己刚刚是靠在她肩上这件事情。

陆嘉洛也始终把脸冲着车窗，就是肩膀有点酸。

航程两个小时，青州落地，他们搭乘出租车去酒店。

陆嘉洛分不清东南西北，很羡慕能掌握地图的人，比如，坐在副驾驶座的艾德闻，他正跟出租车司机说着："往前直行三百米左右，靠边停就行。"

精品酒店的位置有点偏，他扫几眼地图就准确找到位置，她都怀疑他来过这里。

进了酒店的大门，就见到了在休息区等待他们的，陆嘉洛高中时期的好友，许曼。

陆嘉洛和她的相识是一段"孽缘"。

高中第一年的下学期，校规说女生的头发不能过肩，陆嘉洛偏要过肩，因为扎起来精神，放下也漂亮，所以她逃掉晚自习，推着自行车光明正大从校门出去，是多么正常的一件事儿。

爬坡的时候，自行车链条嗒嗒嗒的声音停止，电路接触不良的路灯下，陆嘉洛看见和自己穿一样校服的女生，不知道她是怎么跟那个小混混杠上的，语气天真地问他："你有妈妈？"

小混混嘴上没点着的香烟摆了摆："废话，当然有！"

没曾料，那女生接着骂了一句。

小混混被她惹急眼了，一把拽过她的书包肩带，情况危急。

陆嘉洛朝他们喊了一句："教导主任来了！"然后，她作势推着自行车往前跑了几步。

小混混怕惹上麻烦，警告了女生一句就跑掉了。

黄昏底下，陆嘉洛的视线对上那个女生清纯无害的容貌。

许曼也不拉起滑到肩下的书包带，径直走到她面前，上上下下打量她，目光最后锁定在她胸前的校牌，上面有她的名字和班级："你就是那个……陆嘉洛？"

陆嘉洛觉得她的声音有点沙哑，和她的脸不搭，而她的性格，和脸就更不搭了。

许曼出其不意地拽住她一把长发，嚣张地说："我喜欢杨骁，你以后不准跟他说话，更不准跟他在一起，不然我见你一次打你一次！"

这一招只能对"小白兔"有效，陆嘉洛是什么人，怎么能让别人威胁到她的头上。

拽头发的仇，不报是小狗。

陆嘉洛仔细回想一下追过她的男生里，好像是有这么一号人。

没过两天，放学了，陆嘉洛就见着了他。原来是职高的学生，长得"勉勉强强"，没事儿就喜欢拉朋结伴地在附近晃荡，为了引起她的注意。

陆嘉洛扶着自行车停下，转头冲他："杨骁——"

杨骁惊讶于她的召唤。

陆嘉洛面无表情地瞧着他，说："我想喝奶茶。"

其实，他还是挺耐看的，可惜是个"傻子"。他指间的烟烧断了，被同伴嬉皮笑脸地推了一下，他才反应过来，高兴地喊着："好嘞！你等着！"

第二天下午，上课铃响的前一分钟。

班级门口有人喊了一声："陆嘉洛！"

听见自己的名字，陆嘉洛转身，迎面飞过来一只黑板擦，砸中她的头，粉笔灰在她面前炸开一般，糊了她的半张脸。旁边同学傻了眼，回神，赶忙给她递纸巾。

上课铃响了，陆嘉洛却没打算坐下，问了那个女生的名字，去卫生角拎起垃圾桶。

陆嘉洛在走廊追上她的背影，叫住了她："许曼。"

许曼条件反射地转过来，陆嘉洛将垃圾桶倒扣在她脑袋上。

顿时，走廊里响起一声歇斯底里的尖叫。

身边的同学们都以为，许曼大战陆嘉洛至少能有三百回合。

连陆嘉洛都没想到，许曼是个能屈能伸的，装可怜也不在话下，居然到陆嘉洛的班里跟她道歉了，而且料定她不是真的喜欢杨骁。

于是，陆嘉洛跟杨骁绝交了。

时间过去一周，陆嘉洛在课间手撑着脑袋发呆的时候，被同桌戳了戳肩，她茫然地望向班级门外的人，脸蛋从掌心掉下去，用手指疑惑地指着自己，意思是，找我？

许曼带她一起躲在物理实验教室里抽烟，准确说，是让陆嘉洛百无聊赖地看着她抽烟。

原来是那个杨骁认了一个好妹妹，许曼肯定要警告她别靠近杨骁，却被杨骁说她欺负他妹。

这都什么破事儿。

陆嘉洛疯狂地压抑着自己想翻白眼的冲动。

不过，她还是第一次见到哭比笑要好看的女生，有点儿心软，一把拽起她的胳膊："抽什么抽，整他去！"

安慰人，陆嘉洛不行，但要论整人，她行！

许曼在校园里向来横行霸道，无法无天，头一次让别人反客为主了。

后来的某一天，在隔壁职业高中的宣传栏、校外电线杆上，都贴满了

"我叫杨骁，重金……"的小广告，还留下了他的联系方式。

杨骁已经被这件事儿气到爆炸，又在傍晚回家的路上，从天而降一桶水，把他浇了个透心凉。

他抹一把脸，抬头望着居民楼："谁啊！老子砍死你信不信！"

回应他的只有声声犬吠，他提起胳膊闻了闻衣服，还有一股恶心的怪味。

等他走远了，陆嘉洛和许曼才从楼道里起身，张望一眼小巷子，胜利地击掌。

这就是孽缘，不，友情开始的地方。

时间回到现在，进了酒店的门，陆嘉洛拖着行李箱，就到许曼的身旁坐下。

许曼不搭理她，眼睛直勾勾盯着酒店前台："那个靓仔是谁？"

沿着她的目光，陆嘉洛看见了推着行李箱拧巴的小胖子，和办理入住手续的艾德闻。

他是一个神奇的人，穿着蓝墨色晕染图案的衬衫，白色的七分裤，白色的鞋，从肩胛到背脊都很笔直，站在那儿却好像很随意。

过去陆嘉洛瞧哪个男生都"勉勉强强"，是因为身边有一把标尺。

陆嘉洛说："保姆，带孩子的。"

许曼压根不听她的，凭借自己卓越的记忆力，找到答案："你堂弟？对吧！"

陆嘉洛顺口说着："要不要帮你介绍？"

许曼很认真地回答："不用，幸福要靠自己创造。"

这时，艾德闻回头，看着她说："陆嘉洛，身份证。"

陆嘉洛低头从挎包里找出身份证，却被许曼夺了过去，上前站在他旁边，她的眼里带笑："嘉洛和我住一间房。"

酒店房间的窗户外，有一棵樟树，以沉默忍受夏天的苦闷。

陆嘉洛同样一言不发地站在窗前，又想不到该做点什么，听见许曼推门回到房间的响动，她立刻在行李箱前蹲下，把衣服搬出来套上衣架，刻意显示自己的从容平静。

许曼把沐浴露和洗发水的两只分装瓶往电视机前一放，人往床上一坐："……'高冷'啊，他。"

"艾德闻？还好吧。"陆嘉洛的语气漫不经心，眼睛没离开手里的衣服。

许曼摇着头："不是那种拿鼻孔瞧你的冷，就是对你态度不错，有说有笑的，但又是很客气的，跟你保持距离，不给你机会亲近，高级别的冷。"

陆嘉洛好笑地说："你就过去一趟，把他的生辰八字都看出来了？"

"你不知道，我看人很准的。"许曼说。

陆嘉洛怎么不知道，怎么可能不知道，她跟艾德闻作对、让他生气的时间，比所有人都多一倍、十倍。

可是，也不一定，她和艾德闻的相处时间只有每年暑假，她对他在学校里的状况毫无了解。

应该也会有别的女生跟他抬杠，他在无聊的时候，也会扯一下她的头发，等她气恼地转过来，报复地用圆珠笔在他的书上，画出长长的一道。

他会教她写作业，一边骂她很笨。

陆嘉洛想象不出，那个女生的脸该是什么样的。

"你放弃吧……"

许曼有些讶异于她的话，目光随着她去把衣服挂进柜中，又回来。

陆嘉洛给手机接上床头的电源插头，就顺势坐在那儿，划拉着手机屏幕，接着说："我都不知道他喜欢什么样的女生。"

许曼意味深长地"嗯"一声，然后说："这样才有挑战性。"

陆嘉洛的指腹在屏幕上放慢，悄悄抬眼瞧她。

许曼的眉眼干净，鼻梁不高，整张脸的轮廓柔软且饱满，就是传说中的童颜，光凭长相猜不到她拥有怎样一个内核灵魂。

陆嘉洛低垂眼帘，没有说话。

对面的女孩忽然变得痴迷起来："不过他真的好帅，我可以盯着他的脸看一整天。"

正值午后高温，空调房间里凉快干爽，陆嘉洛躺在床上刷着手机，竟然睡了下去。

"嘉洛、嘉洛……"

陆嘉洛听见呼唤自己的声音，醒来，她翻过身伸着懒腰，窗外是金棕色的天，太阳在下山的途中，空气仿佛散发着荞麦香味。

许曼爬到她的床边说："今晚我们去蹦迪吧！"

"嗯……总不能带着我堂弟吧。"陆嘉洛揉了揉惺忪睡眼，瞬间记起化的眼妆和刷过的睫毛膏，手上乌黑一团，她用脚尖挑着拖鞋，下床走去浴室。

许曼躺回自己的床上，短短的秀眉一皱，说着："我不信你堂弟没逛过夜店。"

艾德闻看起来就像很会玩的人，一旦锁定目标，势在必得，只要他想。

浴室里传来水龙头哗哗作响，和陆嘉洛的声音："……我是说另一个堂弟。"

许曼"哦"一声，觉得十分容易地说："让他待在酒店啊！乖乖睡觉，快快长高。"

陆嘉洛往掌心倒着卸妆油，撇嘴："他能听你的才怪。"

她洗干净脸出来，举着走哪儿都不忘带的喷雾，朝脸上一扫，坐在床边说："你真想去，我就不去了，你们去吧，我在酒店陪陆正匀。"

许曼才明白过来，笑着说："就我跟艾德闻啊？不好吧，孤男寡女的。"

不料，陆嘉洛没按常理出牌，干脆地说："那你也别去了。"

"啊？"许曼一愣。

陆嘉洛咬了咬拇指，有所思："我想吃灌汤包。"

许曼仰头往床上一倒，愤愤地说："……真没劲！"

天气太热了，不想上街头寻美食，不如让灌汤包自己找上门，陆嘉洛建议点外卖。

瞧着她揭开塑料打包盒，拆开醋包倒进去，许曼忍不住要问她："你到底是来干吗的？"

陆嘉洛吮过手指，将问题抛还给她："你到底是来干吗的？音乐节啊。"说完，她从椅子里起来，端起另一份打包盒："我给陆正匀他们送过去！"

许曼掰开筷子，姿势还没变，就见人已经闪出门外，她回头嘟嘴："跑得这么快……"

艾德闻起身开门，热食的气味扑来。

"吃吗？灌汤包……"

等外卖的时候，陆嘉洛顺便洗了澡，头发都沾着水汽，许曼喜欢空调温度开得很低，她担心自己感冒，所以换上长袖的卫衣，下面仍然是宽宽的短裤。

艾德闻接过打包盒，隔着塑料袋感觉到微烫，于是问着："你吃了吗？"

陆嘉洛"嗯"一声："正在。"

她抬起胳膊，袖口里露出一截指头，指着旁边，说："那，我回去了。"

艾德闻有些疑惑："你就是来送这个？"

她更疑惑："嗯？"

他自己恍然地解释说："还以为你有别的事。"

陆嘉洛微愣一下，眼睛快要把地板盯穿了，却虚张声势地拔高了音量："我是怕饿着陆正匀，回去他要告我的状。"

"没事我就走了！"她说着就扭头跑回房间。

突然对他献殷勤，总是要有点理由的。

她还没想好，什么样的理由，才最合理。

次日，他们起得晚，还要加上女生打扮的时间，下午一点半，到达考江公园。

下车前，陆嘉洛从挎包里掏出小镜子照了照，艳丽的脸，过分了就显得太成熟，她就刚刚好。

许曼晃进镜子里，羡慕地用手指撑开眼皮："我想把眼睛拉大一点儿。"

"三思而后行。"陆嘉洛很少劝人冷静，几乎每次都是对着许曼。

举办音乐节的场地广阔，有很多人就地野餐，贩售纪念品的摊位错落，如同小市集。

许曼取来节目单，身子一缩挤进她和艾德闻的肩膀之间："我就说嘛，不用来这么早的，大咖都在晚上。"

他们讨论着演出节目单，无意间逛到卖T恤的摊位前，金发的外国女人当场脱掉了自己身上的T恤，陆嘉洛一下用节目单捂住小胖子的眼睛，而她留意到边上的两个人。

许曼大笑着，提起胳膊肘捅了捅艾德闻，故意提醒他去发现，他无语地笑起来，移开了视线。

小胖子打着她的手臂，陆嘉洛的目光从他们身上移开，松开了陆正匀。

许曼抱住艾德闻的胳膊，往一旁拉扯着："我们去那边拎一打啤酒吧，听说关注微信免费领呢。"

陆嘉洛还在应付小胖子，看着艾德闻被许曼拉走，他们真去卖酒的地方。许曼弯腰在那儿扫着二维码，他拎起一打啤酒。

艾米说得对，他很有绅士风度。

哪里"高冷",简直阳光普照。

小胖子蹲在售卖小饰品的地毯前,扭着脖子瞧她:"堂姐,这个徽章不贵。"

陆嘉洛看都不看他一眼,视线固定在远处的两人那儿:"那你自己买啊,叫我干吗。"

她现在非常、非常的不开心。

音乐节是这么让人不开心的场合吗?

显然除了陆嘉洛,其他的人都挺开心,表演马上要开始,场地上的人朝同一个方向迁徙般移动,前往占据最佳地理位置。

结果,在舞台下他们被人海冲散,陆嘉洛落在后头,也不知道艾德闻是怎么做到的,居然能到她的身边。

已经有乐队上台热场,陆嘉洛喊着:"陆正匀呢?"

艾德闻低头,他与她的脸庞,距离寥寥几厘米。

陆嘉洛的两只耳朵,右边是跳躁的音乐,左边是略微低沉的声音,他说:"在前面,跟许曼一起。"

她点了点头,随即面向舞台,跟着人潮一起挥动胳膊。

天空逐渐变成深蓝色,大概是马上要换表演嘉宾,后面不断有人往前挤,陆嘉洛惊叫一声,修长的胳膊揽过她的肩膀,扣住她的肩头。

她抬眼就是艾德闻的脸,嶙峋的颈部,她的肩臂和他胸口重合。

许曼在前头有护栏的地方,左顾右盼,像是寻找他们。

陆嘉洛没有趁着换场,音乐暂时停止的机会叫她,而对他说:"许曼是我的朋友,如果将来她对你说什么,你……"

"你拒绝的时候,不要伤害到她。"

她想不到,艾德闻会说:"我为什么要拒绝?"

陆嘉洛转身离开他的胳膊底下,与他对视着,有些生气,难以置信……

可是她没有底气,连她也不太懂自己的情绪。

如果……

这次是他们之间新一回合的战争，她可能就要输了。

舞台上方的一排烟火，同一时间燃射向天空，摇滚乐队演奏声炸裂似响起，底下暴发震聋的尖叫、跳跃。

听不清他的声音，只看见他的口型——你怕什么。

陆嘉洛，你在怕什么。

出租车里他们一身啤酒味，类似湖水的味道。

今晚许曼有点醉意，倚在陆嘉洛的身上，抱着她，狂欢的啤酒淋湿的头发贴着她胳膊，神情迷迷糊糊的。

小胖子的头抵着另一边车门，控制不住眼皮下沉，微张着嘴巴，手里攥着他用零花钱买的几枚徽章。

艾德闻坐在副驾驶座，在她的正前方，车窗上是他手机屏幕的亮光，还有他低着头的虚影。

在玩什么呢？陆嘉洛托腮盯着他的影子，放空自己。

许曼的喉咙被啤酒浸过，反而更干燥："带我一块儿回去吧。"

陆嘉洛回过神，转头瞧她的眼线晕得厉害，眼睛一如既往的洁亮，她说："我也想去山清水秀的地方，过过神仙生活，你阿姨，还是姑姑？他们不会不欢迎我吧？"

知道她喝多了，陆嘉洛的视线转回车窗外，不理她。

许曼嘿嘿笑着，说："逗你的。"

大概不是觉得陆嘉洛没听见，而是觉得她没听懂，又嘟囔一遍："我逗你的。"

旁观者清，是人类智慧总结出的真理。

这里不是繁华都市，午夜的马路空空荡荡，同行在一条路上的零星车辆，就像一些鱼，游过寒冷江水，找寻更刺骨的寒冷。

陆嘉洛开门下车，夏天的闷热席卷周身，才发现什么寒冷、什么鱼，都是车里冷气给的错觉。

艾德闻藏在衣服下的骨架，是又直又瘦的，竟然能轻而易举地背起小胖子，她架着许曼跟在后面惊叹不已。

酒店的电梯里，只有两个人是清醒的，他们沉默的时间好像很长，陆嘉洛正想随便说点什么，又好像很短，她就要出声的时候，电梯到达房间楼层。

好不容易将许曼推进浴室，所幸她还不算完全失去意识，懂得给自己洗澡。

听见浴室里传来花洒出水的声响，噼里啪啦，有点儿像下雨打雷，陆嘉洛盘着腿坐在地上有一会儿，全身被啤酒淋过，不敢坐在晚上要睡觉的床上。

只是她太累了，累得想躺下。

为什么艾德闻要问她怕什么，她有什么要怕的?

从小陆嘉洛没少欺负他，但是毕竟十几年相处下来，如果他跟随便哪一个女生，比跟自己的堂姐还要亲近，她心里不太舒服多正常。

这样为自己解释之后，陆嘉洛心安理得的，选择跳过思考这些事情。

许曼洗完澡出来，跨过躺在地上发呆的人，往床上一扑，就没动静了。

陆嘉洛忽然很羡慕她，从高中到现在一直保持着及脖子周围的短发，十分钟就能把头发吹干，不像她的头发又厚又长。

羡慕她没有堂弟，任意妄为，没有绝对不能去做的事情。

青州找不到什么好玩的地方，结束音乐节之旅，大家就准备踏上各自的返程，中午他们和许曼一起吃最后一顿饭。

许曼用筷子敲打了一下小胖子的碗，不满地说着："什么'最后一顿饭'，搞得我吃完就去投胎一样，会不会说话，不会就闭嘴。"

小胖子冲着她叫嚣："我就不! 就不就不就不!"

许曼干脆地转向艾德闻："哎! 你管管他啊!"

艾德闻顺着话茬才接一句："陆正匀你好好说话。"

陆嘉洛想吃红烧肉里的栗子，但是留心听着他们一来一往地挤对小胖子，就是夹不起来这一颗栗子。

艾德闻目光扫过饭桌上的玻璃转盘，定在一端，因为她就这样不断尝试夹起栗子，他只能等着不动。

陆嘉洛暂时放弃，问他："你要什么？"

艾德闻下巴往前一扬示意位置，说着："醋。"

陆嘉洛知道他不喜欢吃酸的东西，硬是忽略他要沾蒸饺的意图，从其中揣测出嘲讽的意味，于是转来醋瓶，拎起就直接往他的碗里倒，一下就有小半碗，瞬间醋酸味散开了。

被人扣住手腕制止动作，她假装不解："你不是要醋吗？"

艾德闻没有跟她杠上，松开她的手腕，就把醋碗放到一旁，叫服务员再拿新碗给他。

许曼吐出啃完的排骨，只想着替别人打抱不平吐槽她："你好无聊哦。"

可能是太过认同，艾德闻应一句："一直都这样。"

然后他以自己的方式回敬陆嘉洛："你是不会用勺子吗？"

在他开口前0.1秒，陆嘉洛也想到了自己怎么不用勺子，这么傻的。此刻她只能彻底放弃红烧肉里的栗子，表示她对它不感兴趣，并且忍住瞪他一眼的冲动。

许曼的眼珠子在他两人的脸上打转一圈，突然问起他："堂弟，你有谈对象吗？"

陆嘉洛握起苦瓜羹里的公用汤勺搅动着，也不知道自己要捞什么。

艾德闻拎起醋瓶倒了点儿在料碟里，顺便摇头。

许曼又好奇地追问："那你喜欢什么样的女孩子啊？"

服务员取了新的碗过来，艾德闻接下碗，用最自然的口吻、最生硬的问句转移着话题："你是下午一点的动车？"

许曼瞧一眼现在的时间，接着就将手机放上转盘，转到艾德闻面前："快快快，加我微信，最后夹一筷子菜我就走了！"

小胖子找到报仇时机："去投胎啊？"

许曼凶狠的"眼刀"劈回去："信不信把你嘴巴缝上？"

在餐馆前与许曼分别，他们也要去往机场。

航班落地，坐上机场开往度假区的大巴车，又被小胖子抢到第一排的座位。

明明就要到了日落时分，天色却没有什么变化，只是阳光要黄一些，而空气里一定有一种山林的湿润感和树叶清香。

陆嘉洛疲倦地靠着座椅，眼睛里流动着路上的青色山峦，坐在身旁的人递到她眼下一只耳机。

她怔了一怔，挡回他的小臂，头又扭向车窗。

艾德闻没有把耳机收回去，而是将指尖从她的脸颊划到耳后，挂住她脸旁的碎发，将耳机塞进耳朵。

陆嘉洛有些愣住，不光是他的举动，还有耳朵里正在播放的旋律。

Yesterday you told me about the blue, blue sky. And all that I can see is just a yellow lemon tree. （昨天你和我说蓝色的天空，但是我看见的只有一棵黄色的柠檬树。）

艾德闻敛着眼帘，抬高手机，躲过窗外照进来的光，横着屏幕继续玩游戏，耳机和她的相连。

也许因为太了解彼此，艾德闻好像不用费力就知道她在生气，情绪维持了很久，只好向她道歉，可是他并没有做错什么。

陆嘉洛有一种说不上来的，迷惘又释然的感觉，不懂自己怎么就想哭的，像柠檬酸鼻子了。

大巴车快要到站，有东西在她腿上的挎包里振动，打开挎包，手机意外滑出来，掉进两个座椅之间的缝隙。

艾德闻顺手就替她捞起来，所以，他们同时看见了来电显示——你的男朋友。

这是在放假前，陆嘉洛和室友打牌输掉的时候，室友逼着她改的，还没来得及改回这个人的名字，莫燃。

莫名袭来一阵慌张，陆嘉洛正要夺过自己的手机，屏幕显示，已拒绝通话。

艾德闻的拇指刚好就贴着电源键，他语气平平静静地说："哦，手滑。"

早该想到的，她和艾德闻之间的温情时刻不会超过三秒，就要开始新一轮的对垒。

陆嘉洛一把抢回自己的手机，之前还没摸到头绪的感觉荡然无存，摘了耳机甩给他，转过脸去重拨电话。

艾德闻也拽下自己的耳机，任凭它们缠在一起，垂在他的身上。

光线洒在车窗玻璃上闪闪发亮，她不想转回头去，只能眯起眼睛，电话接通后说着："刚刚不小心按错了……"

陆嘉洛的声音不软不腻，像颗粒感的砂糖，无可否认是好听的，尤其在她刻意让别人觉得好听的时候。

莫燃看到了她发在朋友圈的照片，知道她去青州，所以问问她的情况。

"已经快到家了，这次是和我堂弟一起去的，还有我高中的朋友，也就玩了两天。"

陆嘉洛没意识到自己避开了烫眼的日光，梅子红颜色的指甲轻轻敲着挎包的扣，声音也是轻轻的，每个字都在上扬的音调上："要不你到莫干山找我吧，请你去钓鱼。"

艾德闻不耐烦地扯起耳机，塞住耳朵，打游戏。

他们在下午五点左右抵达车站，终于离黄昏近一些，捕捉到了晚霞的踪迹。回家路上晕散着略带酒灼的气味。

难怪呢，家里阿姨正在做酒烧花蛤面。

艾米前来给他们开门，说着："你们走的时候，尹旭回来了。"

尹旭是本地人，年纪比陆嘉洛大一岁，家就住在离别墅群不远的居民房，他的父母在这儿经营一家日杂店，上至陆嘉洛下至小胖子都喜欢和他一块儿玩，因为能有免费的冰棍和零食吃。

这些是以前的事儿。

尹旭读书的时候有点儿混，社会上的朋友更多，学习成绩是惨不忍睹，没有参加高考就不读书了。听说后来他家里给他找了个出路，去一线城市打拼了，好像路走得还挺顺利。

艾米走进厨房之前，回头对艾德闻上楼的身影，说着："他还想找你打球，有空你给他回个消息。"

没听到他的回应。

艾德闻的自主意识形成得早，一般的事情他都能独立处理，不是会找妈妈谈心的人，艾米很少跟他沟通感情，但毕竟是儿子，她还是能察觉出他心情不怎么样。

陆嘉洛把行李箱放在楼梯前面，想着先发完这几条微信，再搬行李上去。

艾德闻把自己的行李拎上楼，又下来了。

还以为他可能会帮她提行李，却直接从她面前走过，没有瞧她一眼。

反正也没指望他，而且陆嘉洛笃定，将来有一日自己落难，他是最不可能雪中送炭的那一个人。

她把手机塞进牛仔裤的裤兜，搬起行李箱砰砰上楼。

大巴车上的通话使陆嘉洛记起，莫燃才是她的目标，是她喜欢的人，在学校里天天想着怎么撩拨他，到了这儿居然将他抛之脑后。

也许是她太讨厌艾德闻，才让他的存在感变得那么强。

这里没有酒吧夜店，年轻人的娱乐项目很健康，除了打球，就是打球。

夜晚很凉快，适合出门散散步，消消食。

这里的篮球场不太破旧，篮筐很结实，就是场地线的白漆有点掉色，三盏路灯镇场，有一个男人坐在可以算观众席的钢条椅上，抽烟。

见到有人过来，尹旭就将烟扔地上，站起来用鞋底踩灭了它，惊奇叫着："陆嘉洛？"

陆嘉洛随随便便答应着："哦，干吗？"

尹旭了解她从小脾气就这样，还笑着说："你换了个发型啊，差点没认出来。"

以前的陆嘉洛是直发，一片不太整齐的刘海贴着额头，她自己用剪刀修的，只是没等剪发技术练到炉火纯青的地步，就先放弃刘海了。

陆嘉洛很自觉地走到钢条椅那儿坐下，和手机打交道，尹旭就拍着艾德闻的肩，说："行啊你小子，长得都比我高了啊。"

艾德闻说："想比你高还不简单吗？"

尹旭笑着抬脚就踹他。

多找两个年轻小伙不容易，他们通常是跟几个叔叔辈的一起打球，还要顶着被老太太们跳舞的音乐"洗脑"一晚上的风险。

几轮下来，尹旭没什么进攻机会，就问着他："怎么样，日本上学好玩不？"

艾德闻抓着衣领扇风："假放得长，没别的。"

尹旭趁机接住篮球，一边反身投篮，一边吃力地喊："美女多吗？"

进球了，不需要艾德闻给出答案，他心情好，就朝着一个方向，大声嚷嚷："能有你姐、我们嘉洛漂亮吗？"

陆嘉洛抬头冲他笑了笑，然后又低下头，她从坐下就一直低垂眼睛，对着手机，嘴角是藏不住的笑意，一张脸越发俏艳。

艾德闻集中在她身上的注意力，甚至比正在移动的篮球上多。

就在这个时候，一个叔叔向着艾德闻传球。

尹旭发现他在走神，慌忙提醒："艾德闻！"

可惜喊得太晚，篮球砸到他的太阳穴，艾德闻瞬间就往后趔趄两步，产生几秒钟的晕眩感。

陆嘉洛吓了一跳，因为离得远，她跑过来不及其他人快。等她挤进男人们的臭汗之间，只听着他说："没事……"

不是干净的塑胶场地，地上有很多碎砂石沾到篮球上，手掌摸着无所谓，而他脸上的皮肤不能相比，额角都蹭出血痕了。

陆嘉洛没想太多，心跳还保持着刚才被吓到后的速度，直接挽住他的手臂："今天就到这儿，我们回去吧。"

尹旭说："好，要不我送你们……"

艾德闻动作自然地抽出自己的胳膊，对尹旭说着："不用，我真没事。"

她愣了一下，不再碰他。

抄巷路回家，昏黄的灯光错乱无章，照着他额角伤口渗出细细的血丝，大概是觉得痒，他想去抹掉。

陆嘉洛抓住他的手腕，往下拉开："你手脏的，不要乱摸。"

好像是第一次碰到他的手腕，骨头跟她想象中一样硬，有棱有角的感觉，汗已经被夜风吹干，皮肤有点冰。

回到了家，陆嘉洛只按亮厨房的灯，翻出医药箱，放在茶几上。

艾德闻往沙发里一坐，看着她有些心急地打开医药箱。

陆嘉洛知道他打篮球很厉害，高中就是校队的队长，因为打比赛的时候，她被艾米带去给他加油。

其实，根本不需要她的呐喊助威，他每进一球，就有很多女孩子在旁边欢欣鼓舞，情不自禁地尖叫，不管自己是不是他学校的。

陆嘉洛盯着他的伤口处，小心清理，轻声问着："为什么分心了？"

今晚安静得不像话，连她也察觉自己声音，是不是太温柔，从而停下动作，对上他的目光。

厨房投来的黯淡灯光下，他的脸轮廓分明，不笑的时候格外成熟，他的眼光往下落去，从她的眼睛，落在她的唇上。

艾德闻一边胳膊架上沙发背，身影向她覆盖过来，近得就像十七岁那天晚上的距离，她怔住。

救护车从屋外开过，换来一个耳光。

陆嘉洛看着他偏过一些的脸颊，她都没想到自己会扇他，硬着脖子说："你不要太过分了！"

她睫毛颤动几下，说着："要我一次，我原谅你了，不代表还能有第二次。"

艾德闻靠回沙发里，望着天花板，没有任何的表情。

陆嘉洛低头收拾医药箱，说着："小时候吵吵闹闹，是我们不懂事儿，哪家兄妹姐弟不吵架的，现在我想跟你讲和，跟你好好相处……"

"可你怎么这么幼稚。"她不敢看他，只用说的。

艾德闻觉得好笑了，反问："谁更幼稚？"

陆嘉洛诧异地转过头来："难道是我吗？"

她开始较真起来，就忘了刚刚的情景："太远的事儿不说了，就前两周，我才过来的那天，是谁先把我的饼干弄碎了？"

他照样移开视线，不打算瞧她："你去问问陆正匀是谁弄的。"

陆嘉洛深吸气，然后说："一进门就给我下马威，故意把冰激凌弄到我身上的人，总该是你吧！"

艾德闻真是被她丰富的想象力给惹急了，指着玄关的方向，语气重了点儿："门就那么窄！"

艾米打开客厅的灯，果然又是这两人在对决的气氛中僵持不下，她习惯且无奈地出声说："很晚了，明天起床再吵？"

艾德闻俯身将医药箱扣上，拎着就起身走去厨房。

艾米摇着头上楼回了房间。

陆嘉洛也从沙发里起来，比他先一步走上楼梯。

艾德闻把客厅的灯关上，在楼梯下叫住她："陆嘉洛。"

陆嘉洛不耐烦地转身，他正一步步上来，再超过她。

在她听来，他字字句句都是冷漠："要玩姐弟过家家的游戏，你自己慢慢玩，别扯上我。"

陆嘉洛的气息顿时憋在胸腔里，他有必要吗？

就这么不喜欢她？

陆嘉洛重重说着："正好——"

艾德闻的背影顿住。

"我还懒得跟你摆笑脸呢！"

陆嘉洛走上楼，走到他身边的时候，一个字一个字地说："因为我真的很、讨、厌、你。"

此刻她只想马上回到自己的房间里，却听见他好像是笑了。

陆嘉洛气恼地定住脚步，又转身瞪着他，就想知道到底有什么好笑的。

站在静谧的夜色里，他若有所思地点着头说："讨厌，总比没感觉要好吧。"

她被气出的眼泪在想不明白这句话的时候突兀地掉下来，皱着眉头："你什么意思？"

翌日早上，阳光慵懒地晒进房间，尤其在窗边，淡淡的黄，浓密而澄澈。但可惜，陆嘉洛没有大脑清爽的感觉，因为昨天夜里她已经醒来无数次了。

走进卫生间，第一眼就是敞开的窗户，可见开窗人的心境，一如往常般平静无波澜。

陆嘉洛带着失眠的烦躁，拉上窗户，开始洗漱，窗外一片喧嚣，是邻居家在装修，不停锯木头的声音。

今天的早餐是中式的，鸡肉粥、酱腌菜、水煮蛋和拇指大小的油条，陆嘉洛还是给自己煮上咖啡，却又倒了一杯柠檬水。

朝着花园的方向在餐桌旁坐下，她一边等着咖啡煮好，一边看着落地窗外的人。

今天的艾德闻穿着一件深蓝色的T恤，仿佛是从他宽阔肩膀滚下的幕布，还有令人眼熟的休闲长裤。没鞋带的帆布鞋，被他踩扁了后跟，当作室外的拖鞋穿着。

他在草坪上慢悠悠地行走，检查花园里有没有被风吹进来的垃圾，这是他每天早晨的工作。

煮出来的黑咖啡，需要糖。陆嘉洛拧开糖罐，心不在焉地将一勺又一勺的糖放进杯里，深棕色的咖啡在马克杯里震荡。

她见艾德闻拉开了窗走进室内，就将马克杯往前一推，示意咖啡是给他的。

艾德闻没迟疑多久，端起来喝一口，险些直接吐出来，甜得要命。

他以无语的目光瞥她一眼，走到料理台前，整杯咖啡被倒进了洗碗池，全部流向排水口。

陆嘉洛扭着坐过来，对着他笔直的背，不放弃地问："艾德闻，昨晚你到底什么意思？"

昨天晚上的这个问题，没有得到答复。他走上楼梯，侧身从她面前挤过，连衣角都没有碰到她，只有气息和她相撞，在深蓝色的夜里，开门走进他深蓝色的房间。

马克杯被冲洗干净，倒扣在杯盘中。艾德闻快速地抽出两张纸巾，垫在一只手背下，转了一圈到另一只手掌心，捏成团，扔掉，走出餐厅。

陆嘉洛拧着眉头，嘴唇轻抿，盯着他的身影，直到他消失眼前。

——讨厌，总比没感觉要好。

她不是完全不能理解这一句话，像一颗滚到悬崖边的球，就差有人弹那么一下。

大叔叔和小胖子在屋外的太阳底下，利用邻居装修剩下的边角料，给附近的流浪狗建一间遮风避雨的小屋，敲敲打打的声音传进楼上的房间。

书桌上枝丫的影子摇晃，MacBook的屏幕里播放着电视剧，陆嘉洛在神游他方，等待着午餐。

今天的餐桌铺上了红白相间的格子布，一大盘海鲜炒面和清淡的豆腐汤，除了这些，桌上还有一只碗里盛着几颗百香果。

熟透的百香果很容易就坏了，保存难，挑选还要碰运气。

油亮的碗底留了几点葱花，陆嘉洛放下筷子，没有打算起身，捡了一个百香果，捏一下，破开，取了一把干净的汤勺。

散发着清香的、黄褐色的果籽被挖进水杯里，搅了搅。

艾德闻还在低着头吸入炒面，这个年纪，正是生长发育的时候，饭量惊人，还是那么瘦。

阿姨叠起碗筷，离开餐桌。陆嘉洛喝着百香果泡的水，身子倾向对面坐的人，话题还是围绕着同样的问题：你什么意思。

陆嘉洛膝盖一抬，踢到他的小腿上，放轻声音："你说不说，不说以后我不会再理你了。"

艾德闻头也不抬："那不错，我谢谢你。"

陆嘉洛声音压得更低一些，威胁着他："我最讨厌别人把话说一半，今天你不告诉我，我可什么事都做得出来。"

上次清理完游泳池，就出发去青州音乐节，行程匆忙，艾德闻暂时没能顾及地下室没有锁门，这一件事情，被她发现了。

把椅子一扯，陆嘉洛从桌旁起来，转身之前一直注视着他。

艾德闻见她檀棕色的头发，在连身裙的吊带上轻轻飞扬，她快步走向楼梯，他察觉情况不对，拍下筷子。

陆嘉洛毫无阻碍地闯进地下室，随便打开几盏顶灯，不出她所料的，鱼缸还放在泳池的上面，底下柜子装着滤箱，特别重抱不动。

她干脆将鱼缸连同着柜子，一起推到泳池边沿。

玻璃壁干净到如同透明，水质全然没有腥味，砂底是一簇一簇的珊瑚，它们好像一层有绒绒的纤维，橘色的鱼，蓝紫色的光，简直是一个梦幻的、迷你的水族馆。

陆嘉洛不知道他在这上面花费多少精力跟时间，也不想知道，不然她就要尿了。

见到他进来的时候，陆嘉洛出声说："你……"

艾德闻惊愕地抢先："有病吧你！"

她又再出声："你说……"

又被他打断："陆嘉洛你把鱼缸放下！"

陆嘉洛气得放开嗓子喊了出来："你说——"

顿时，回音荡开，再没有其他声音。

陆嘉洛冲他扬了扬下巴，勉强撑住自信心："你是不是喜欢我？"

艾德闻短暂地愣住，目光往旁边移开，再往落下，有微微启唇的变化，却什么也没说。

她屏息，推动鱼缸："回答我是！或者不是！"

他抬起眼睛，脸色非常难看地重复着："把鱼缸放下。"

她偏不放，就是要把场面弄成千钧一发的情势："快说，不然我就把它推下去了！"

"是——"

陆嘉洛瞪大眼睛看着他，脑子是空的。

艾德闻紧紧闭了一下眼，表情是想要停止这出闹剧，再说："我喜欢你，行了吧？"

陆嘉洛向后退了两步，鱼缸在离泳池只有几厘米的地方，保住。

她有些手足无措，呆了两秒钟，从他身旁跑过，跑出地下室，跑上楼梯的时候差点绊倒自己。

她扑进卫生间，关门转身，用背抵着门，平息急促的呼吸。

喜欢就喜欢，行了吧……

算什么意思？

陆嘉洛转身面对镜子，不安地瞧着门，咬住嘴唇，撑着洗脸台，指尖杂乱无序地点着洗脸池边上，嗒嗒嗒嗒。

她正在想着，艾德闻有一张特别出众的脸，在上面找不到痞气，他却不像个好孩子，可是当他笑起来，又让人觉得他只是个阳光少年。

他头脑清晰，有主见，懂得社交礼仪，少见毛躁和粗心的时候。

他是浓墨重彩的油画，是冰美式咖啡。

莫燃是白净的棉布衬衣，解渴的沁柠水。

陆嘉洛分不出沁柠水和美式咖啡，哪一种更好，口味本来就是一件很私人的事情，所以她应该诚实地面对自己，而不是镜子。

等一下！

为什么要把他和莫燃放在一起比较，艾德闻是她弟弟，莫燃是她未来对象，他俩的分类都不一样，不能相提并论。

陆嘉洛这么一想，可能他刚刚承认的感情是……

姐弟亲情？

也有可能是在被她强迫的情况下，妥协的说词，为了不让她把鱼缸推下去，不惜违背本心，更不在意她会不会因此烦恼。

陆嘉洛改不掉"总以最坏角度猜测他"的毛病，她知道这样是不对的，但是控制不住，越想越生气。

她好像在卫生间里待了很久，一开门，艾德闻就出现在楼梯上，而且恰好走完了楼阶。

砰——

她立刻缩回卫生间，关门，风仿佛从他的脸上呼啸而过。

精神上的疲惫，迫使艾德闻将一只胳膊撑在门框上，敲门。

陆嘉洛背压着门，语速飞快地说："敲什么敲，你去楼上啊！"

艾德闻的声音隔着门板不够通透，速度比她慢多了："洗脸台下面有一桶海盐……"

"麻烦你递出来给我。"他把"麻烦"两个字咬得重，且更慢。

她低头扫视一圈，皱眉说："没有！"

卫生间外头沉默了会儿，陆嘉洛悄悄将脸庞贴着门，他的声音又一次响起："打开旁边的柜子。"吓她一跳。

陆嘉洛蹲下打开柜门，真有一桶珊瑚盐。

他低头等着，她开了门，把一桶盐塞进他怀里，准备再关上门，她无意间抬眸。

艾德闻正在看着她，像是有什么要说的，她一双精致的眼睛紧紧盯着面前的人，却只是微怔着。

结果他万分冷淡地说出一句："轻点关门，坏了要修。"

看吧，这能是喜欢她的态度？

艾德闻的眼前一阵烟散过，氧气泵在工作，除此之外，没什么明显的声音，辨别不出日夜，也听不见夏天聒噪的蝉鸣，直到——

"哦！"

砂糖般的嗓音在地下室里响起。

艾德闻直起自己上半身，回了头。

陆嘉洛穿着一件米白色的T恤，印花是个造型夸张的天使，光滑的真丝睡裤，裤脚垂在做旧的粉色帆布鞋上，手里还拎着一张折叠椅，出现在游泳池上方。

她像个中学时期的纪律委员一样，说："吸烟，记过一次。"

他不配合表演地仰回躺椅中，望着天花板，又吸一口。

"我想明白了。"陆嘉洛这么说着，从泳池的扶梯爬下来，剩下最后两格就跳了下来。

她把折叠椅一拉，往他身旁一放，坐下，开始发表自己这几日夜不能寐的研究成果。

"虽然我是姐姐，可是才大你几个月，再加上平时艾米没少在你面前夸我，天天被对比，你肯定不服气。但是呢，像我长得这么漂亮又聪明的姐姐，别说打着灯笼了，打着探照灯你都找不到，所以你心里还是有点仰慕我的，只不过不愿意承认，对吧？"

艾德闻实在不想说话，对她无话可说。

陆嘉洛捏走了他指间的烟，往水晶烟灰缸底一拧，手臂一伸就要搭上他的肩头，同时说着："没有关系……"

他肩膀一塌，躲过她的动作。

没想到的是，陆嘉洛果断捏住了他的脸颊，手感还行，就是肉少了点儿。看着他眼睛圆睁，卧蚕都消失，一脸愕然的表情。

她说："以后我会对你很好的，堂弟。"

艾德闻抬起胳膊挡开了她，锁着眉头搓了下脸，弯腰拿起放在地上的水杯。

陆嘉洛热切地注视着他喝水，没有要走的意思，等他偏薄的嘴唇离开玻璃杯沿，说："好了，你有什么需要我帮忙的？"

他警惕地瞥她一眼，慢慢放下杯子："……不需要。"

"不要这么客气嘛。"她想了想，又说，"不然，我们来聊聊天？"

艾德闻摸了摸额角，原来的伤口正在掉痂，有点痒，然后问着："你想聊什么？"

陆嘉洛托住下巴，目光扫向一个神秘的领域，幽蓝的亮光，斑斓的珊瑚，鱼群在中间穿梭。她问："珊瑚，算不算海底的树？"

"珊瑚是动物。"

"那，那珊瑚礁？"

"珊瑚虫吸收海水的钙质和二氧化碳，分泌出的石灰石。"

陆嘉洛闭起眼睛，指尖按住太阳穴，戏精上身："头好晕……"

艾德闻懒得应她。

但马上，她又变得神采奕奕："不如我跟你讲讲怎么给遗体化妆吧。"

既然承诺要做一个好姐姐，陆嘉洛言出必行，煞费苦心，据说美食能化解一切恩怨，厨艺技能为零，也拦不住她决定亲手烧一盘麻婆豆腐。

豆腐出锅之前，她还没尝过。

午间高温，空调开着健康温度。观察着这一盘岩浆般的豆腐，艾德闻犹豫片刻，夹起一筷子堆在米饭上，混着晶莹的米粒一起入口，沉默了。

小胖子赶来坐上椅子，凡是与食物有关的事他都不会错过，猴急猴急地舀起一勺送往嘴里，表情骤变，直接吐在桌面上。

陆嘉洛拧眉，阿姨告诉她的步骤一样不少，她充满疑惑："是不是这么难吃啊？"

小胖子皱出一张肉包脸，声音都沙哑了："太咸了……"

艾德闻已经猛灌了自己几口凉开水，始终没忍住，笑了出来："陆嘉洛，你算了吧……"

陆嘉洛没有被打击到一蹶不振，反而这个暑假大半的时间，都浪费在自己的征途上，至少，要让他心悦诚服的，叫她一声堂姐。

鸡蛋、细砂糖、低筋面粉，今天打算做纸杯蛋糕。

阿姨出门买菜，艾米在楼上午休，陆嘉洛置身厨房中，依据菜谱提供的零碎线索，进行着令人头疼的解码游戏——打发是什么状态，适量是多少，温度计在哪儿，盆在哪儿，秤在哪儿。

艾德闻在厨房门口，没出声，她身上套着围裙，长发全部用丝巾扎起来，神情无比认真。

过一会儿，他说："陆嘉洛，我是跟你开玩笑的……"

她抬头，停下正要筛面粉的动作，听不懂，没明白。

艾德闻肩膀离开门框，接着说："我不喜欢你，别再搞这些了。"

陆嘉洛有点蒙，目送他转身走出厨房，更搞不懂了。

明明该气愤、该难过的人是她，为什么他看上去，比她还落寞。

果然是少年的心，海底的针。

陆嘉洛茫然地低头，盆里白色面粉上有个黑点，她不带脑子，吹了一下，被瞬间飞扬而起的面粉，糊一脸。

这个夏天里，他们被大叔叔拖出门登山两次，浸泡在驱蚊水的味道中，看完了一场室外舞台表演，也给家里做过大扫除，二叔叔夫妇来过几回，邻居又送他们一筐新鲜的柠檬。

暑假结束前一周，陆嘉洛接到妈妈的电话，后天早上来这儿接她，顺便也把小胖子送回家。

陆嘉洛将这消息告知艾米，艾米也告诉她，明天晚上附近的物业又要在公园里办舞会了。

舞会。

这个名头太忽悠人了，陆嘉洛曾经满怀兴致地去过一次，结果发现要拆开解读——舞蹈晚会。附注，中老年交际舞蹈晚会。

不想再去第二次。

可惜，艾米直白地说："没让你们过去玩，是让你们去帮忙。"

秉承尊老美德，年轻人就是免费的劳动力。

小面包车停在宽阔的水泥大路上，这些年轻人挨个从后备厢里搬出桌椅和装饰品，还要时刻注意着脚下，不要踩到动物的排泄物。把桌椅排放在公园里平坦的砖地上，再给树干缠上会闪烁的、均价十元的小彩灯。

越晚越热闹，热菜都是各家端来的，而蛋糕是从超市盒装拆分出来的，几瓶干红葡萄酒，也不知道谁家端来了粉尖白嫩的寿桃包……

有些年代感的歌声中，叔叔阿姨们拖着手、搂着腰，慢慢旋转。

陆嘉洛坐在长桌旁发呆，胳膊被人撞一下，转头见到是尹旭，就从他的水果拼盘中，叉起一块西瓜。

尹旭说，他爸肚子里长了个胆囊息肉，拖了很久不切除，医生敲着桌子警告他的家人再不切，可能会诱发胆囊癌，这才住院准备手术。所以他是回来继承家业的，就是那间日杂店。

陆嘉洛刚想问他，那他自己的事业怎么办。

尹旭嘴里脆响地啃着苹果，下巴朝前一扬，她顺着望去，是艾德闻。

今晚艾德闻是要负责音响的，眼下正在给一群孩子点着一支细细的烟花棒。

"其实吧，艾德闻挺重视你这个姐姐的。"

陆嘉洛说："没看出来。"

他接上自己的话："为了你还跟别人打过架。"

她愣住，转向身旁的人："他……跟谁打架？"

尹旭努力地回忆着："我想想啊，那个男的叫杨，杨教？杨骁？"

他确定一遍："对，杨骁！"

陆嘉洛满脑子疑问："他们……认识？怎么打起来的？"

尹旭说："之前不认识，就是那男的……说了你几句，不太好听的。"

高二学年一开学，陆嘉洛就交不上暑假作业，她把塞着所有作业的文件袋，忘在度假区的别墅里。

幸好，阿姨整理房间的时候发现了，因为她和艾德闻的高中在同城，所以交给他保管，如果是对她有用的东西，也方便转交给她。

那天是老师说交作业的最后期限，她三催四请，艾德闻才答应放学送来。

傍晚，校门口，陆嘉洛等到了不急不忙的，从出租车里出来的男生。

陆嘉洛夺过自己的作业，瞪他一眼，扭头就往教学楼跑，真会耽误她的时间。

学校对面的文具店旁边是一条巷子，灯泡发黄、生焦。

路灯底下，杨骁正跟一帮人吹牛："陆嘉洛就是个婊子，可浪了，老子就把她踹了。"

"你是说十五中的陆嘉洛？"

"除了她还能是哪个陆……"杨骁发觉这声音不熟悉，转过来，看见一个斜挎着书包，头上扣着棒球帽的男生，阴影遮住他一半的脸，于是叫嚣："你谁啊？"

当时艾米在国外赶不回来，就叫尹旭找他去。

等尹旭赶到派出所，就见艾德闻安静地坐在那儿等他，帽子搭在书包上，眼角有些破皮，校服衬衫的纽扣，掉了两颗。

他倒是没什么事儿，就是把人打进医院接骨了，听说鼻梁都歪了。

办完手续从局子里出来，尹旭从裤兜里摸出一盒烟，一拉裤筒，坐在台阶上，也是坐在他的身旁，狠狠一拍他的肩："你小子，可以啊！"

尹旭倒了两支烟出来，分给他一支，开着玩笑："来，孝敬你，往后你是我大哥，罩我行不？"

艾德闻接了烟，借了他的火，抽一口，然后说着："别说出去，丢人。"

陆嘉洛从上小学开始，就有男孩给她传个小纸条，写封小情书什么的。上中学男生们就用手机短信表白，回家路上拦住人表白，花样是换汤不换药，也都很有放弃精神，她不答应就算了，树林子那么大，总有一只鸟儿愿意和自己双宿双栖。

没有一个男生，为她打过架。

没有一个。

在重叠的人影中，五彩的灯泡下，她看见艾德闻被微火照亮的脸，以及他不厌其烦地点燃一支支烟花棒。

🐟 第三章　一辈子

"不知道为了什么，忧愁它围绕着我。"

"我每天都在祈祷，快赶走爱的寂寞……"

邓丽君的歌声回荡在这个湿热的夜晚，叔叔阿姨们相拥着，慢慢摇晃。

陆嘉洛嘴里含着一根蓝色的吸管，一口气吸光一杯冰镇的橙汁，才觉得有些清爽。

尹旭突然跟她说："嘿，吓吓他？"

陆嘉洛还不明白他的意思，他就拉起她的胳膊，迅速往外跑去，撇开身后悬挂的灯光，和一些惊异的声音。

他们跌撞穿行在树林间，踩踏着泥土上的树枝，风在耳畔刮着，树叶颤动发出声响。

她一直跑到没力气才停下，四周不算太黑，回头可见远处汇聚的光点，更像是六边形的斑点。

陆嘉洛喘着气，掐住自己的腰，需要慢慢走着缓冲一下，也问着他："明年我回来，你还在这里？"

尹旭还带着几根长长的烟火棍，这时他将它们甩了甩，大概是沾上什么，一边说："可能吧，没这么快走就是了。"

她点点头，弯腰抹掉鞋上的泥巴。

"开学之后，你们都是大二了吧……"不用她回答，尹旭一脸八婆地问，"找对象没？"

陆嘉洛轻轻"嗯"一声，说："快了。"

他感觉好笑，就说："啥叫'快了'，你还能预测啊？"

她满满自信地抬着下巴："能啊。"

"我妈以前就爱夸你，说，你瞧瞧人家嘉洛，全镇的小伙儿都跟她屁股后头跑，长大肯定不是省油的灯。"

陆嘉洛嘴角一抽："阿姨这是夸我呢？"

尹旭从石凳跳下，递给她一根烟火棍："土人夸人就这么土。"

陆嘉洛接过，他就望着她身后的方向："我说，你咋怎么淡定呢。"

艾德闻终于出现，他不介意破烂不堪的石凳不干净，往上面一坐，啃着一瞧就是家庭自制的土汉堡，确实很淡定。

看到艾德闻出现在这里，陆嘉洛才明白尹旭说的"吓吓他"是什么意思。但是，毕竟连她也不相信，尹旭可能对她做出什么。

尹旭摸出打火机的时候，她故作自然地后退几步，在艾德闻旁边停住。故作，自然地——她心里是这样评价自己，因为她想离他近一点，却不懂为什么想要离他近一点。

也在这一刻，手中的烟火被点燃，砰一声，烟花瞬间冲上层层树顶，阻断她去思考原因。

陆嘉洛无心欣赏，马上将烟火举得远远地，害怕地尖叫着："啊！它要烧到我了吧！"

尹旭只顾哈哈笑着，然而在她身旁的人，却从她手里拿走烟火，握住它。他高高抬起胳膊，对着天空。

这一种烟花，不会在空中散得很大，就像平地而起的流星，慢慢消亡，亮光闪闪。

汉堡剩下一口包在纸里，艾德闻仰着头，头发比周围还要漆黑，火光不够照亮他的眉宇，他堪称俊美的眉宇，从鼻梁到面颊，会让别人感觉他非常的清瘦。

陆嘉洛有点走神，不是因为烟火。

早晨六点半的闹钟响起，陆嘉洛勉强地起了床，眼睛更显得没精神，她打开卫生间的门。

一抬头，即愣住，是艾德闻微微弓着背脊在刷牙，上身没穿衣服，下半身是纯棉的长裤。

他肩膀的、腹部的肌肉线条柔和且明显。

陆嘉洛看直了眼睛，磕磕巴巴地说出："你……继续。"然后她快速转身闪出卫生间，关上门。

也不是想象中那么瘦的人。

蝉鸣附和着上午十点左右的热气，行李箱被搬出门外，陆嘉洛洗了两个熟透的李子，分给小胖子一个，一起坐在门前的屋檐下吃着。

风掀起一波波温浪，早晨换下的床单，也在洗衣机里滚了一圈出来，此刻迎风飘荡。

一辆白色的车进入视野，再驶入坡上，稳稳停下，熄火。

从车里出来的女人是陆嘉洛的妈妈，许晓惠女士，即将开始她以A字音开头的表演。

许晓惠摘下太阳镜，她揉了一把小胖子的头："唉，你是不是又圆了啊？"

看见帮忙提行李走来的艾德闻，她又捏着他的肩臂："哎哟，艾德闻长这么高啦！时间过得可真快，这一转眼都成大人了。"

最后是："艾米——"

许女士热情地拥住她，就差亲上去了："想你了想你了！改天咱们聚一聚！"

陆嘉洛将行李推到后备厢旁，见他塞完一箱行李，又拎起她推来的。

小时候每次分别之前，大人们都要怂恿她和艾德闻拥抱一下，然后这些日子的纠葛恩怨，就告一段落了。

现在他们默契地避免比较亲密的肢体接触。

可是，怎样都料想不到，陆嘉洛会主动上前拥抱他。

他们的身体之间还是有些距离，她可以闻到他身上的味道，不是烟草味，也不是香水味。

树叶一般的清苦，却更像水的洁净。

陆嘉洛有些紧张，小声地对他说："谢谢你。"

恭喜，艾德闻，在她心里成功摆脱装模作样、逢场作戏等等标签，"刑满释放"了。

他会不会因为这一句感谢而开心呢，陆嘉洛不知道。

当她正视艾德闻的脸，却发现他的神情很复杂，那些是真实的情绪，或生气，或埋怨，徒劳无功的情绪。

陆嘉洛不明白他为什么会有这样的情绪，却后悔了。

啊，不如不说。

带着慌张逃进车后座里，拉上车门，汽车引擎重新发动，陆嘉洛也没有再望向车窗外。

行驶在路途上，也许是今天起得太早，陆嘉洛困倦地蜷缩在座椅中，像只得了抑郁症的猫。

碧翠的山峦，江边的沙地，天是纯净的浅蓝，没有一片云，和她来到这里的时候一样。

可是夏天啊，就要结束了。

在距开学还有两天的早上，陆嘉洛想收回这句内心独白，九月上旬的城市平均气温，和火热的七八月不分高下。

她摸到床头振动的手机，用眼缝瞄着来电人的名字，接起来，声音不太清楚："干吗呀。"

年度好室友蒋芙在另一头喊道："陆嘉洛你还睡呢！今年的新生学妹，马上要跟莫燃表白了！"

校园里的炎热似乎与外面不一样，大概是多种了几株散发出清香的树，和沿路湖泊的功劳。

蒋芙坐在学生礼堂的最后一排，嗒嗒嗒地按着手机屏幕，察觉到身旁有人，抬头，不由得感叹："啧，不错，你可以'秒杀'。"

出门之前，陆嘉洛不仅将头发吹得蓬松柔软，用了最红的口红，还要换上酒红色的高跟鞋，阳光都不及她明亮灿烂。

此刻，陆嘉洛望着舞台上，被军训摧残出可怜相，仿佛在煤窑里打过滚一样的小学妹，陆嘉洛忽然想反省自己，不仅兴师动众，还有点儿太欺负人了。

她转头问蒋芙："人呢？"

居然还没有她从自己家里赶来得快。

"刚才他的室友说，他们在开黑，可能……打完一局会来吧？"

听见敲着台阶走下来的鞋跟声，讨论热烈的学妹们，顿时安静下来，陆嘉洛只问台上抱着吉他的女生："你叫什么？"

女生蒙蒙地看过来，她知道陆嘉洛一定是学姐，因为军训的时候没见过这样有着一双精致而大的眼睛，气质冷又艳丽的女生，如果见过一面，肯定有印象，她直愣愣地回答："倪薇……"

一间男生宿舍里，正是"打团战"的时候，却冒出一句无关的问题："谁电话响！"

距离充电插座最近的室友李飞，扭头瞅一眼，说："莫燃你电话，陆嘉洛。"

紧接着，游戏中的ADC不动了，另一位室友柴晏激动得就差从椅子里蹦起来："莫燃！别离开我啊！不要！啊啊啊——"

忽视深情的召唤，莫燃拔掉充电器，听陆嘉洛说着："有一个叫倪薇的学妹找你有事儿，你快过来吧。"

莫燃的第一个问题是："你在学校？"

然后，他又说："等我一下，现在过去。"

以"送人头"的方式OVER，柴晏颓废地倒在座椅里："呵，再好的兄弟，在真爱面前都得'跪'。"

李飞建议道："那你就做他的真爱兄弟。"

"好主意啊！"柴晏一拍大腿，冲着正要出宿舍门的人嚷嚷，"兄弟，你看我行吗？"

莫燃把门带上之前，指了指他俩人："祝福你们。"

瞧她挂了电话，蒋芙上前在她耳朵边说："你干吗帮她啊？"

陆嘉洛转过头低声解释："我这叫宣示'主权'。"

不到十五分钟，在这里凑热闹的人就知道，动静搞得再响，比不上眼前这个学姐一通电话。

从台阶大步走下来的男生，穿着深蓝色的T恤，黑色破洞的长裤，戴着银色边框的眼镜。

莫燃是一个奇怪又有魅力的人。

最开始，陆嘉洛会注意到他，只是因为他的穿衣打扮不像其他男生那么无趣，他经常给自己搭配一些与自己不相匹配的物件，却又好像适合自己。

蒋芙总结得对——靠脸。

此时，陆嘉洛竟然没有了任何情绪，那种试图与他建立确凿关系的欲望，突然间不再那么强烈了。

就很平静，很平静。

走到这里的莫燃，居然先跟陆嘉洛说了一句："等会儿吃饭去。"

然后，他才面向舞台上的女生，像是感到有点麻烦，挠了挠脖子，憋出一句："不好意思啊。"

前来助威的学妹学弟们，于心不忍地提醒说："她歌还没唱，要不你……"

莫燃语气更随意了些："别了吧，你……会找到更好的，日子还长呢。"

如果有一个人的口头禅是："等会儿吃饭去。"

那么这个人很有可能对吃的深有研究，跟着他或许能找到虽然其貌不扬，却令人惊喜的角落美食。

然而实际情况是，莫燃对吃的一点都不挑剔，随随便便一家街头面馆，也能让他大快朵颐，至于味道，无法夸赞，大概可以和方便面进行一番殊死较量。

他是这样，艾德闻也是这样，就让陆嘉洛对男生的味蕾有了错误的判断，是否他们只能尝出甜与咸。

当然，就陆嘉洛的厨艺而言，和他们算是某种程度上的半斤八两。

面馆贴着菜单的玻璃门外，狭窄的小路上，自行车和送餐的摩托车交错，对面一楼是紧密排列的小商铺。

油锅里煸炒过蒜头，再下里脊肉，烟气从厨房飘出来，混合进空调吹出的冷气。

这会儿陆嘉洛不是很有胃口，夹起排骨面的精髓，排骨肉，一块给蒋芙，一块给莫燃，人人有份，她自己端着搪瓷碗，喝绿豆汤。

莫燃抬头问她："你什么情况？"

陆嘉洛搅着碗底没化开的白糖，说着："太热，吃不下。"

在她说完之后，他不但从她碗里夹起一大筷子面条，而且捞走仅有的一颗溏心蛋。

他与艾德闻相似的地方，还有惊人的食量，和不知道把食物都吃到哪里去的神秘能力。

为什么老是想起艾德闻？

陆嘉洛拧紧眉头，喝一勺绿豆汤，软糯颗粒混杂冰屑。她拿勺子戳在碗底，忽然说起："其实今天那个学妹，还挺可爱的。"

蒋芙啃着排骨，也认同："很有勇气，我头一次见女生干这种事儿。"

只管埋头吸入面条的莫燃，忽然有所感应，再次抬起头，他迟疑着问："……是轮到我发表意见吗？"

陆嘉洛点点头。他竖起筷子，这一刻在无言苦思。

最终，陆嘉洛忍着笑说："吃你的面吧。"

走进宿舍楼前，她们告别了莫燃，拎着给室友打包的一份排骨面，回到宿舍房间，遮光窗帘束在一旁，杂物几乎堆满了房间，只有陆嘉洛和另一个室友的床位还空着。

阿宁撩起床帘，艰难地爬下来。

蒋芙吓一跳，连忙扶住她："哇，你脸色这个白啊，没问题吧？"

"没事儿，就是姨妈痛……"阿宁按着肚子，进了卫生间。

陆嘉洛搁下自己的挎包，去卫生间门外，敲了敲："阿宁，我给你买药去，布洛芬可以吗？"

隔着一层门，听见阿宁有气无力地回应："嗯，麻烦你了。"

在药店收银处排队的时候，陆嘉洛盯着手机屏幕上，微信聊天的界面，顶端显示着昵称，Edwin。

她想说点儿什么，但是以"在吗"开头，很俗且无趣。

她灵机一动，发出去一句：快转我三十，在买药。

仅仅过去几秒钟，队伍才前进一个人，手机就弹出转账消息，并且问着她：你怎么了？

陆嘉洛等前面两个人结完账，她调出付款页给收银员扫码，走出药店前，才回他：给室友买的，卡里没钱了。

男人和女人的对话，就像天平，太快回复消息，她这一头就不够重要了。

陆嘉洛突然定住。

水泥地上一片斑驳的阳光，球场的哨声响起，从身旁路过的女孩，轻快地说笑着。

即使她不是身经百战，也不可能连一点伎俩都不懂，只是没有想到，有一天会运用在艾德闻身上。

作为一个姐姐，过去对他的关心太少，她是该尽力弥补，所以先要培养起长期聊天的习惯。

陆嘉洛给自己找出这样一个恰当的理由，继续往前走，顺便飞快地按着手机。

——你的微博叫什么？

——Edwin1229。

陆嘉洛搜了半天没有找着，显示查无此人，差点怀疑是自己网络不行。

——没找到呀。

为了证明不是自己的问题，陆嘉洛还发了一张截图。

——Instagram，没有微博。

有病吧你不早说！打完这一句，陆嘉洛忍住没发送，克制着自己的脾气，把"有病吧"删了。

在宿舍里蹭了一下午热播的电视剧，晚上和莫燃的室友一起，去校外的清吧喝酒小聚。

服用过止痛药，阿宁又是生龙活虎的一条好汉，要喝最烈的酒，吐槽最渣的男人，谁劝都不管用。

Jazz慵懒的节奏和酒精的气息填充着空间。

氛围暧昧，手机屏幕的光昏暗，打亮年轻女孩的五官，她低垂着睫毛，哑光的玫瑰红唇，不会因为玛格丽特而张开，涂着黑色甲油的指尖，游弋在手机上。

陆嘉洛正在刷着，艾德闻社交账号的照片墙。

珊瑚、水母、各种鱼类出镜率最高，剩下是美食、街景、篮球明星。

唯一一张自拍是非常"直男"的角度，在篮球比赛的现场，跟一个外国男人的合影，配文描述着他有多开心，和介绍这个外国男人，什么教练……鬼知道。

他穿着一件两只袖子颜色不一样的连帽卫衣，眼睛明亮，笑容明朗，难怪比那些珊瑚和鱼，多出这么多的点赞。

"你喜欢这类型的？"

男生的声音和长相一样干净，她困惑地抬眼。

莫燃的视线轻轻落在她手里，再打量到她的脸上。

陆嘉洛微愣，低头扫一眼自己的手机，才锁住屏幕解释说："不是，他是我堂弟。"

莫燃慢慢点头，念着："堂弟啊……"

"也很危险。"

留下这一句，莫燃又转回跟朋友聊天的状态，架在桌面的胳膊前，是半杯鲜榨橙汁。

他们当中活得最健康的人，绝对是莫燃，不抽烟少喝酒，闲暇时就练跆拳道和打游戏。

这也说明他的自控力很强，不受外界的干扰，更难掌握。

最初陆嘉洛只是想着，如果能让他变成自己的男朋友，一定很有成就感。

半夜的时候才从酒吧出来，各回各家。其实只有还没搬进学校宿舍的陆嘉洛，以及送她回家的莫燃，要和他们分道扬镳。

校区偏远，风大，马路也空寂，烦人的发丝在眼前混乱飞扬，陆嘉洛只能不停去拨开。

莫燃伸出手，略冰凉的触感，滑过她颈后的皮肤，替她一把握住头发。

出租车到了。

他们钻进车上，中间隔着一小段距离坐。车向前行进，车顶的灯灭了。

莫燃从手机里找出一张图片，问她："你觉得这个设计，还行？"

陆嘉洛反问："这是什么？"

"邀请函，我不是生日快到了，柴狗他们说要包场。"

陆嘉洛笑起来："上流社会啊，还邀请函，发个微信不就完了？"

莫燃轻描淡写地说："无聊就瞎折腾。"

她不记得这句话，抓一把坠到脸上的碎发，让它们在她发顶柔顺地转弯，垂落，再稍稍转向车窗，没留意到他在一边观望自己。

他记得是上一个夏天，辅导员说，大一新生必须报一个社团。

因为没几个人发自内心的，想参加社团活动，莫燃有一个室友叫柴晏，外号柴狗，他决定建一个社团，造福广大校友，起名，无事闲来社。

柴狗把能找到的、有点小名气的新生，拉进一个群里，然后发了消息：下课别走，礼堂集合。

莫燃环着胳膊，身子斜斜的，坐在舞台旁边，偷偷打个哈欠，瞧柴狗起着领导人的范儿，动员大家集思广益，让学校批准通过这个社团。

周围声音有一刻渐弱下去，凑巧，一直低着头玩手机的陆嘉洛，不耐烦地说出一句："无聊，瞎折腾。"

莫燃抬起目光，在人群之中，发现了她。

当时，他觉得这个女生，应该很讨人厌。

关于那一天，陆嘉洛的回忆里只有闷热的学生礼堂，前排同学身上汗液的酸臭味，图书馆乒乒乓乓的翻修声，和舞台上"白痴"的慷慨激昂。

她们都是被阿宁强行拽来的，她说，这是检验同届新生里，有没有高颜值的好机会。

"无聊，瞎折腾。"

陆嘉洛说完，察觉到周遭的安静，以及似有若无的视线向她投来，干脆起身，准备走了。

这时，台上的男生喊出："同学你等一下！"

她回头。

陆嘉洛脸上的五官经得起逐一审阅。那一双眼睛，没有因主人缺少足够的人生阅历而空洞，反而有一种生人勿近的艳丽，正不偏不倚地盯着他。

柴晏被这么个大美女盯着，忘了原本要说的，在脑海中努力地搜寻："你，是不是陆……陆嘉洛？"

殡仪管理的新生陆嘉洛，因为出现在学校官方微博发布的一组军训照片中，同样是身穿迷彩服，面无表情地平视着一个方向，她尤其吸引眼球，使得这一篇微博下多出几百条评论，围绕她展开。

"是又怎样？"

陆嘉洛的回答，与下一秒转身就走的举动，都带有明显的个人风格。

两个月之后，气温骤降，校外周边最火的一间饮品店，已经开始主打热奶茶。

因为跟室友斗地主连输五把，陆嘉洛自觉承担起请客的义务。

她走到点单台前排队。

陆嘉洛以为那是她第一次见到莫燃，他坐在靠窗的位置，枣红的圆领薄毛衣，衬得他肤色偏白，手臂互相交缠在胸前，两腿摆在另一张椅子上，听着旁边的男生说话。

灰白色的日光照落进来，从他肩膀隔开两个空间。

当时，陆嘉洛想到一杯水，不加蜂蜜，不加糖，杯沿还有不明冷热的雾气。

他目光的方向有了变化，即将注意到她。

一个身影挡住她的视线。

挡在她面前的男生说："我叫柴晏，哲学院的，你还有印象吧？"

陆嘉洛非常想回他，没有。

但是，他这一张有点像某种犬类的面容，确实令人印象深刻。

柴晏笑着说："不好意思上次当着那么多人点你名，我想请你……"

面前的人在说话，她不露声色，视线移向靠窗坐的人，他偏着头，低眸之前，摸了摸颈后。

分明触碰到了彼此的目光，又疑似没有。

柴晏接着说："……和你的朋友一起吃火锅，跟你们道个歉吧。"

阿宁嗅到八卦的气息，专程凑过来，这会儿说着："我可没意见。"

陆嘉洛还没有点头，他误把阿宁的回答当作答应。

柴晏说："行，我还有两个室友，叫上他们一起。"他扭头喊着，"莫燃——"

她所留意的男生，他转过头来。

陆嘉洛眼皮一跳。

大二开学快有两个月，每到这个时间，季节交替，小心过敏。

秋天清晨的雨遮住寝室的窗，风把没有关紧的窗，吹得哐哐响。

呼吸间尽是潮湿的味道，气压低得让人胸口发闷，她辗转难眠，彻底醒了。

陆嘉洛随手抓下一件外套，裹住自己，下床，雨水淅淅沥沥，冷得她想骂脏话。

关紧窗户，抽几张纸巾抹过窗台，她问着："今天早上有课吗？"

蒋芙弹坐起来，号一句："社会学！"又倒回床上。

陆嘉洛也不打算睡个回笼觉，走进卫生间洗漱，听着室友掀被子下床的动静，和声音——

"灭绝张的课……"

雨要下一整天，灰蒙蒙一片，空气稀薄，踩进教室的鞋子，全是湿透的。

老师在讲课，总在前两排来回走动。

陆嘉洛的胳膊肘抵着桌面，手撑着头，眼睛盯着桌下的手机屏幕。

她在调查艾德闻的社交软件里，关注的人都是谁，特别是女生的头像，虽然为数不多，她按顺序点进账号，挖掘是否有合照。

不负苦心人，被她发现一张。

艾德闻的表情是微笑，身旁是齐肩直发平刘海的女生，淡粉色的嘴唇抿出笑容，年轻的脸蛋多像饱满的苹果。

配字是日文，她完全摸不着头脑。

只觉得女生两指分开贴在眼睛边上的动作，就是一个胜利的手势，耀武扬威的。

陆嘉洛忽然意识到自己像个跟踪狂一样，追查有关他的一切，没有无孔不入的能力，却走火入魔。

她马上把手机锁屏，扔进抽屉里。

一定要遏止对他生活状态的探索欲。

是的，探索欲而已。

她这样提醒着自己。

次日不再下雨，仍然潮湿不堪，势要让人习惯这一股类似旧书的气味。

下了课，陆嘉洛顺道取了快递包裹，在走回宿舍的路上刷着微信，与艾德闻的聊天记录，停在前两天。

她说：借我十二块买杯柠檬茶。

他发来一串省略号，然后是转账消息。

——生活费没了，许女士最近跟我爸冷战，不敢提。

他又发来一串省略号。

——打字有那么难吗？

——在上课。

最后，她找不到前后逻辑地说：好想吃麦当劳。

她的废话是不是有点多？陆嘉洛自己想着，在宿舍楼的台阶前站住，时间过去太久，消息不能撤回，有人走出宿舍楼，她回神，走进去。

还在琢磨给艾德闻发点儿什么，从头顶响起一声："嘉洛！"

陆嘉洛抬起头，朝着折叠般的楼道，向上望去。

在楼上的阿宁探出头，笑得稀奇古怪："有你的信。"

"信？"

好家伙，这年头哪个正经人还写信？

陆嘉洛推开门进寝室，就见自己的桌上堆满信件，凌乱铺散着。

下午陆嘉洛叫罪魁祸首出来见面，在她以为是他们初次见面的饮品店。

莫燃坐下有十几分钟。一身黑色的女孩，拉开店门进来。

他先瞧着桌上的杯子，再抬眼瞧着她："给你点了杯柠檬茶。"

陆嘉洛跨进座椅里坐下，顺便扔下一叠信封，蓬松的头发往后一拨，露出两边白皙的肩头，说："你不要太过分了。"

"这个你……"莫燃歪着头，有些无措地摸着脖子，"懂我的意思吗？"

"不就是要我帮你寄出去！"

莫燃笑一下又忍住，说："我把所有的邀请函都给你了。"

陆嘉洛捧起柠檬茶，要喝之前说着："你好狠的心啊。"全都让她去寄。

莫燃说："什么邀请函，生日派对，这些无聊的主意全是柴狗想的……"

"对，你就负责掏钱。"

"但我想请的人，只有你一个。"

冷不丁的一句话。

陆嘉洛愣一下，抬眸看着他。

"其他人我都发微信了。"莫燃补上一句，端起自己的马克杯。

陆嘉洛想起柴狗对她说的，要不是有你，莫燃同志估计会孤独终老，他对女孩就是不怎么上心，脑袋里少这根筋。

莫燃和她之间，也是一场战争，但其实更多是暧昧的趣味，眼下正是跨过暧昧阶段的好时机。

"柴狗偷偷告诉阿宁，说后天晚上他们要把你灌倒，让你第二天爬不起来去上课。"

陆嘉洛选择岔开话题。

因为她面对莫燃，有一种精神出轨的愧疚。

可是，她出轨的对象是谁呢？

陆嘉洛在寝室里，剥着一颗大提子的皮，思考这个问题的时候，收到一条微信消息。

她蹲在垃圾桶前，瞄见屏幕弹出的提醒，起身太快，一阵晕眩，所以怀疑是自己眼花了。

对方说：十分钟，到你学校门口。

在确定他是在一分钟前发来之后，陆嘉洛有点蒙，感觉这句话很眼熟，又怀疑是系统出错。

她跑进卫生间整理自己，看样子是还要出门。

蒋芙吐掉提子皮，冲她喊："哎，下雨了你带把伞！"

蒙蒙细雨打在伞面上，路上水洼里浸泡着广告宣传单，水汽打湿她才梳过的头发，和皮肤。

陆嘉洛走出校门外，向周围张望。

爬出围墙的藤类植物，天然的遮雨棚。有一个高瘦的男生，背靠着这面墙，避雨。

她很想大声告诉艾德闻，不要用你的白色卫衣抵着墙，很脏！

却发不出任何声音。

他低头看着手机，暂时没发现她。

这一刻她想的，不是他有什么原因突然出现在这里，而是，好像他们从未在秋天里见过面，多浪漫呀。

他轻敛着明眸的侧脸，落在肩上的水滴，卫衣底下露出的一截黑色T

恤，沾上污渍的鞋子，似乎都在问她，你要占有我吗？

陆嘉洛之前所有的心理建设，开始坍塌了。

为什么喜欢柠檬水，因为它淡淡的味道，喝它能补充维生素，不会长胖。

不是不喜欢黑咖啡，可是惧怕苦涩，想它甜，需要奶精、砂糖、碎果仁，每一口都是罪恶感，诱人犯罪的存在。

所以，她有没有可能，同时喜欢两个人？

一辆出租车停在路边，轮胎压出水花，艾德闻抬头，接着发现了站在不远处的女孩。

车灯在雨雾中闪烁，陆嘉洛举着伞走向他，出租车后座下来的陌生人，从她身旁跑过。

艾德闻离开围墙，低头钻进她的雨伞下，甩掉手表上的水迹，然后手握住伞柄，碰到她的手，她立刻松开。

"你怎么来了？"陆嘉洛问。

他把伞往上提一些，引领她朝前走，她还不知道要去哪里，只是无意识地跟着，肩膀与他，保持几厘米的距离。

要怪下雨天，她的头发变得服帖，若不是这样，也许发丝能够沾上他的衣服。

艾德闻回答说："刮台风，加上周末就放了四天假。"

陆嘉洛低着眼睛留意脚下："台风天……航班不会延误吗？"

"延误了。"

马路上仍然有很多行色匆匆的人，街边的小饭馆逐渐忙碌起来，骑车的外卖小哥冒雨和他们擦肩而过，两旁的梧桐树开始脱叶子了。

陆嘉洛又问一句："什么时候回去？"

艾德闻走得不急不慢，却很有方向感，好像他才是在这里上学的人，说着："明天晚上十点半，可能延误到一两点吧。"

她皱起眉："你没跟艾米说吧？"

"没说，两天而已。"

没有跟艾米说，就是没有回家。

陆嘉洛再问："你住哪儿？"

"酒店。"

艾德闻脚步一停，胳膊轻撞她，目光朝着前上方。

雨中竟然还能弥漫着烘焙食品与肉类的气味，她从伞沿下望出去，这一节被雨水冲刷的楼梯上，是麦当劳的店门。

两秒钟之后，陆嘉洛有一种恍然大悟的感觉，转身冲着他发脾气："你干吗呀！"

街头平添一点灯色，满载乘客的公交车碾压过路面，迫切地想在秋夜降临前，结束路途。

陆嘉洛和他对视，难以置信地说："好不容易放假，你这么远跑回来，就为了请我吃一顿麦当劳？"

她也不想这么自恋，可是事实显而易见。

艾德闻也受影响，不自觉地睁大一些眼睛，理所当然地说："不是你说想吃，没有钱？"

陆嘉洛最近是过得很拮据，甚至揭不开锅，不敢乱点外卖，但不至于饿着自己，更不至于死活都要吃一顿麦当劳，那天是她……

找不到聊天的契机，随便一说。

陆嘉洛扇形的眼睫闪动几下："你……"半天憋出一句，"学海洋生物学得脑子进水啊。"

下班下课的高峰时间，等了好一会儿，艾德闻端着餐盘过来，在她面前放下，他点了三份套餐。

陆嘉洛已经用纸巾搓掉了裤脚上的泥点，扯出手腕上的皮筋，正要扎起一头长发，看见桌上有一份是吉士汉堡，动作便慢一些。

她最喜欢吉士汉堡，不经常点其他的。从来没有特意提起过，只是小的时候，偶尔和他一起吃过几次麦当劳。

吸管戳进可乐里，陆嘉洛假装不经意地问："你的同学里，女生多吗？"

艾德闻低头啃起汉堡，抽空说："五六个。"

"我闲着没事逛你ins的时候，不小心点到了你同学，长得都很漂亮啊。"

艾德闻忙于吃自己的晚饭，也不知道有没有听进她在说什么，就点着头。

点什么头！

陆嘉洛的五脏六腑蹿上一股无名之火。

她需要喝一口冰可乐，冷静一下。

一团包装纸扔在餐盘上，陆嘉洛挑着薯条吃，灵光一现："不然，你把酒店房间退了？我学校附近有一家招待所，环境又好又便宜，这样省下的差价还可以留给我当生活费。"

艾德闻刚刚开始消灭第二枚汉堡，缓缓抬头，认真说："我是你堂弟，不是你的……钱包。"

以为他能说出什么呢，亏她还紧张一下。

艾德闻原先下榻的酒店一晚六百，陆嘉洛介绍的招待所一晚九十五。

在招待所一楼等着的时候，将近黄昏。艾德闻推门进来，身后拖着一只行李箱，陆嘉洛见外面天空彻底黑下来了。

办理入住，前台的阿姨说："没有大床房了啊，只有单人床的，要小一点儿，你们挤挤没事儿吧？特价八十。"

陆嘉洛有些慌张地解释："不，不是，可以的，就他一个人住，我是送他上去。"

阿姨"哦"一声，拉开抽屉摸钥匙："身份证，押金一百。"

进电梯间，他按下楼层指示键，她将几张现金折叠，塞进裤子口袋，一边还说着："等我生活费到账就转给你。"

隐约听见电梯上升咣当作响。

陆嘉洛想起挽回一下形象，在他身旁，要仰起些头，才能观察到他的表情："而且你住太远我不放心，这里离我学校几步路，要是有什么情况，我还能第一时间赶到。"

艾德闻很不给面子地别过脸："算了吧。"

用钥匙开门，房间里空气微微泛潮，光线阴暗，她摸到墙上的电灯开关，灯不是很亮。

门旁就是卫生间，狭窄的一条。

陆嘉洛率先进房间，活脱脱一个房屋中介："挺干净嘛，还很安全，你看——"两步就走到头，指着雨夜说，"窗有锁！"

艾德闻掀开床上的被子，没有想象中烟头烫出的窟窿，往床上一坐，轻声感叹自己悲惨的命运："跟着你就没好事……"

她深感歉意，坐到床上他的身边："距离你生日还有两个月？有准备请假回家吗？"

他胳膊一伸就碰到行李箱，拉来一旁，想也不想地说："十二月放冬假。"

陆嘉洛一脸"原来如此"的表情，又说："我都想好了，让许女士包几斤饺子，她包的饺子远近驰名，邻居馋得厚着脸皮上门蹭吃，等你生日前一天，我一定送货到你家。"

艾德闻转回头，看着她，想要说的话也消失在这一分一秒，消失在与她的距离之间。

今天陆嘉洛忘记刷睫毛膏，口红被吃掉了颜色，头发还扎在后脑勺，露出瓷白细长的脖子，黑色一字肩的上衣，紧贴着美好的胸脯。

黯淡的灯光下，艾德闻脸庞的轮廓更浅，却显得眼眶更深一些，瞳孔是漆黑的。如果不了解他，此刻会以为他是一个冰冷的、阴郁的人。他的气质是可以随着光照不同而变化的，奇妙。

陆嘉洛脑子里突然蹦出前台那个阿姨说，床很小。

她站起来，说着："晚上要查寝，不能太晚回去。"

他撑住两腿的膝盖，也要起身："我送你。"

陆嘉洛挡住他："不用了！不用了……"

她捡起地上的雨伞："你早点休息，明天下午没课，到时候再来找你。"

晚上八点半，窗外雨要停了。

蒋芙坐上窗台，叼上一根烟，单手点着火，低头瞄见有人打着令她眼熟的伞，走进宿舍楼。

果然，几分钟之后，寝室门被打开，她便说："回来啦，要不要来一根？"

陆嘉洛摇了摇头："洗澡。"

深夜十一点，寝室熄灯，雨声又渐渐低沉。

做完睡前的最后一件事情，定下明早起床的闹钟，却无法入眠。

陆嘉洛平躺在床上，睁着眼睛说："我有一个朋友，她喜欢上一个不可以喜欢的人，就是有不可抗力因素，绝对不可能在一起，你们说她该怎么办？"

阿宁别有意味的："哟——"

蒋芙替她讲解："一般用'我有一个朋友'开头的，其实就是'我'"。

陆嘉洛爽快地坦白："好吧，是我。"

阿宁又疑惑地问："可你说的这个人，好像不是莫燃吧？那莫燃怎么办？"

对，莫燃怎么办？

陆嘉洛扯起被子盖住头，声音闷在里面："今晚我什么都没说！"

朝夕共处同一片屋檐下，都知道陆嘉洛只是性格上像小辣椒，人还是"傻白甜"。

蒋芙翻身趴在床上，对着她的床头喊："你个尿包，起来！"

对面床没吭声。

蒋芙不管她，继续说："让我们进行两秒之内快问快答环节，准备好了没？"

陆嘉洛从被子底下冒出头："……你说。"

蒋芙问："米饭还是汉堡？"

她回答："汉堡。"

"鸡腿还是鸡翅？"

"鸡翅。"

"可乐还是咖啡？"

"咖啡。"

"莫燃还是他？"

"他……"陆嘉洛脱口而出，只有一个音节，连临时变卦的机会都不给她。

黑暗的房间里，剩下沉默，雨打窗户。

从阿宁床位的方向，传出一声叹息。

蒋芙好笑地问："你叹什么气？"

"应应景。"阿宁说。

思考已久的陆嘉洛说："你们发现没有，我都是回答后面的，这属于回答的惯性。"

蒋芙敷衍地出声："哦——"

阿宁手臂挥出床帘，豪气地说着："你尽管找借口，说服得了你自己，算我输。"

上午最后一节课，没有人再用窗帘遮挡阳光，它开心地钻进树影间，是被人承认的温暖和安静，等到冬天，它发现自己是被利用的，就只剩下冷静了。

陆嘉洛低头划着手机屏幕，手里转着笔，课本翻着第一页。

旁边的人用胳膊肘捅她一下，圆珠笔啪地掉在桌上。

入眼是低跟女士皮鞋，直筒西装裤。

陆嘉洛抬头坐直。

社会学的张老师，一身职业装，大地色眼影晕染着单眼皮，春夏秋冬涂的都是亮玫红色的口红，没有一点漏到唇线以外，装扮与她的性格相仿，顽固且严苛。

张老师目光锐利地盯着她："你上课除了睡觉吃零食玩手机，还能做点别的事情吗？"

陆嘉洛感到了一阵威慑力，未经大脑思考，战战兢兢地回答："……不能了。"

说完，她的同桌蒋芙忽然发出扑哧一声，笑到趴在桌上发抖的程度。

陆嘉洛茫然。

蒋芙笑够了低声解释："她是想让你回答'还能好好听课'。"

下课的铃声响，人与声音躁动起来。

张老师已经走到讲台前，却点她的名字："陆嘉洛。"

她还没来得及起身，愣一下。

"你把我这堂课讲的这几页内容，抄三遍……"

陆嘉洛着急："老师，初中生都不罚抄书了！"

张老师不容置疑地接着说："下周三上课的时候交给我。"

风吹过窗外的树，疏光在寝室地上摇曳。

阿宁点完外卖，下楼取餐，回到寝室的时间里，有人已经重新补妆，换过三套衣服了。

陆嘉洛蹲下来，烟粉色的裙摆差几毫米碰到地面，她从书桌底下拉出一只鞋盒。玛丽珍鞋，鞋跟八厘米。

装有咖喱猪排饭的塑料盒一揭开，味道充满寝室，与原本空气中甜美的香水味抗衡。

阿宁抽出筷子，无心地说一句："这么费心打扮，你要去约会啊？"

一针见血。

陆嘉洛怔神短短两秒钟，迅速撤掉身上的装扮，改回今天上课的牛仔外套搭紧身T恤，甚至连鞋子都懒得换，挎上包就走了。

在招待所对面，看见艾德闻坐在路旁一辆共享单车上，目光对着手机，无处安放的长腿，随意地支撑在地上。

陆嘉洛没料到有这么一天，与他碰面之前，要在心里反复练习开场白。

然而，她的脚踝一歪，还好只是踉跄几步，吓自己一跳，也让他注意过来。

陆嘉洛一把抓起纷乱到脸上的发丝，为了掩饰丢脸，姿态高傲地控诉着："真是，这路都修不平，高出一块让人摔跤什么意思，挫折教育吗？"

艾德闻走到了她面前，低着头："你这鞋……"

她飞快打断："刚才是失误，我穿高跟鞋能参加马拉松，你信吗？"

他走心地敷衍："厉害。"

陆嘉洛急着把这事儿翻篇儿，推起他往前走："好了好了，今晚我请你吃顿好的，算是给你践行。"

双手搭在他的肩上，瞬间产生一种微妙的感觉，竟然还有一些胆怯和紧张，担心他会不露声色地躲开，所以她先松开，拦下出租车。

今晚的航班，时间不够充裕，他们只能等待晚饭。绕着商场的门店一直走着，然后走进一间生活用品馆。

陆嘉洛随口说着："今天被我们老师罚抄书，估计要浪费我一本笔记本，买本新的好了……"

陆嘉洛从货架上挑出一本，翻开，闻了闻味道。

艾德闻笑了说："你怎么又被罚抄书了？"

又。

陆嘉洛还是一个初中生的时候，真被老师罚抄过书，而且是一整本。

回想起来，居然是同样的原因，每节数学课开小差的名单上，都有她的大名，于是，她比其他同学的暑假作业多一项——抄完整本数学课本。

暑假结束倒数一周，陆嘉洛才提笔乱写作业，一边看着电视一边抄课本，把字写得龙飞凤舞。

抄完就随便扔在茶几上，人走了。

阿姨做卫生，瞧着茶几上、地毯上这些鬼画符似的纸张，困惑不已。只有艾德闻坐在沙发上，避着午后的阳光，玩游戏机，便以为是他的东西。

阿姨将纸张收拾起来，还对齐："这一沓纸是要不要啦？"

艾德闻抬眼一扫，因为没见过，所以摇头。

"不要！那我丢掉啦？"

他专心致志地打游戏，没多想，所以点头。

等到陆嘉洛回来，从阿姨那里了解的情况就变成了：艾德闻说是他的东西，也说没用了，我就给扔了。

愤怒的因子不由自主涌向大脑，陆嘉洛忍无可忍，把他的作业本找出来，当着他的面撕成无数的碎片，朝他砸了过去。

艾德闻有点愣住，没能闪躲，纸片像雪般，从头落他一身。

恰巧，那天是陆嘉洛父母来接她回家的日子，目睹这一幕，许晓惠女士调侃着："哎哟，华山论剑呢？"

得知前后曲折，因为陆嘉洛吃这个家的，用这个家的，他们不可能指责艾德闻，或者这个家里的任何一个人，就只骂她。

艾德闻沉默着，捡他的作业碎片。

装腔作势。陆嘉洛移开目光，委屈到憋不住眼泪，一颗颗地往下滴。

从那一天起，她暗下决心，要讨厌艾德闻一辈子。

市中心商圈，临街铺面之中，餐饮店的气势嚣张，人声鼎沸。

他们选择别人推荐过的火锅店，涮火锅。

服务员剪开锅底包倒入锅中，半打啤酒跟着上桌。

转眼店里挤满了人，有的人抽烟被制止，有的人高声谈论近况，最多还是锅中沸腾的声音。

艾德闻从十二月下旬放冬假，放到一月中旬，也就是等她开始放寒假，他就要开学了。

与他错过的遗憾，她说不出口。即使喝下好几瓶酒，也说出不口。

"哎——"陆嘉洛突然发出一声。

"你这里……"摸过啤酒瓶的指尖冰凉，点上他的脸颊，她惊奇地说，"有一颗痣。"怎么她以前都没有发现。

艾德闻看着她，仿佛看着一个麻烦："你是不是喝多了？"

"没有，这才几杯……"陆嘉洛皱眉头，数起桌上的酒瓶，数不清，她甩了甩头。

他悄悄挪远她手边的半瓶啤酒："明天上课吗？"

"明天一节课，后天四节课……"她想到什么，说，"对了，明天还是莫燃的生日。"

"莫燃？"

陆嘉洛睁大眼睛，说着："我没跟你说过吗？他是我……"

顿了很长很长的时间，最后她这么说："一个同学。"

陆嘉洛不明白自己为什么隐瞒了"莫燃是我喜欢的人"这一件事情，随即诚实地说："我不想骗你，但是我骗了你，为什么呢？你知道吗？"

艾德闻更摸不着头脑："我怎么会知道。"

陆嘉洛笃定地说："你一定知道的，就是不告诉我，我爸妈都夸你很聪明，小小年纪什么都懂，还特别瞧不起我。"

他无奈地说着："我从没这样想过。"

"不要安慰我。"

艾德闻笑了笑，一脸早就知道的表情："说了你也不信。"

他们坐进出租车里，降下车窗，看着街上阑珊的灯光。

陆嘉洛醉意不深，还能给他指路，让他送自己到了宿舍楼下，顺便帮他祈祷着，航班延误到足够他去机场换登机牌。

对于爱情，她是有设想的，在自己能掌控的范围之内去喜欢一个人，可以不用太主动，不用创造各种各样接近他的机会，不需要从他的每个神态和动作，猜测他的心情。

女孩子太主动就输了。她认为。

站在楼梯前，陆嘉洛迟迟没有迈步，想起了他被强迫的表白。

应该要礼貌地回应一下，才对。

幼儿园老师经常问，小朋友，知不知道你的特长是什么呀？

陆嘉洛的特长，就是随时可以为自己找到最理想的借口。

她转身，想追上艾德闻，阻碍她的，是宿舍楼大门，锁了。

宿管阿姨不管她要追谁，只追自己的电视剧，眼也不瞧她地说："门禁啦。"

陆嘉洛撒娇："阿姨，我就是出去一下下，马上就回来！"

宿管阿姨没有给她周旋的余地："去跟你辅导员说。"

陆嘉洛犹豫了一下，扭头跑上楼梯，二楼不够高，从三楼的楼道窗台，正好看得见街灯下的路，发现他颀长的身影。

她一把拉开窗户，晚风灌进来。

"艾德闻——"

那人停下脚步，回头，朝她的方向望过来。

陆嘉洛闭上眼睛，今夜清新的空气被吸进肺里。

"我喜欢你！"

是的，你赢了。

我喜欢你。

费尽心思让你生气，让你注意到我，证明我对你而言是最特殊的，别人不能牵动你太多的情绪，而我能。

她再次喊出一声："我喜欢你！"

不因为你是我的弟弟，不是作为姐姐的妥协，不像其他人一样喜欢你是个聪明完美的好孩子。

只是简简单单地，喜欢你。

太远了，根本看不清艾德闻脸上的表情，但是可以看见他的动作是低头从口袋里掏出什么，贴到耳边，再望着她。

裤兜里手机在振动，陆嘉洛心头慌张地摸出来，接通了。

半晌，他的声音才慢悠悠地传来："你不会用手机吗？"

陆嘉洛犯蒙地说着："我忘记了……"

等了有一会儿，艾德闻仍然原地望着她，只说了一句："走了。"

陆嘉洛还是蒙着："哦，路上小心。"

她没忍住打了个嗝，旋即捂住嘴巴。

听到他笑出一声，她马上挂断通话。

少年的低笑刚刚还在耳边，就被他背影取代，隐没在树影之下。

幸好，地上的影子很长，你知道他还没有走完这一段路。

酒真是个好东西，喝醉了就会作诗了。

陆嘉洛趴在窗台上张望了很久，冷清的路上，寂寞的灯影，热闹在远处，有汽车的喇叭声。

正要离开窗台时，她发现自己的T恤上，留下一横灰尘的印记，正打算抱怨几句，忽然察觉到固定在自己身上的视线，转向楼梯上方。

住在三楼的学妹端着一盆洗净的衣物，准备在走廊晾晒，此刻呆呆地瞧着她。

与多数人喝酒之后面颊红润不同，陆嘉洛喝酒脸会失去血色，所以那个女生的视线，迎上一张长发掩住一半的，苍白而妩媚的脸。

陆嘉洛拍了拍T恤，朝着楼梯走上去，顺便向不认识的女生问候："你好。"

从女生面前拐弯上楼，她又慵懒地说着："晚安。"

她娇憨的神态透露出微醺的状态，鞋跟没有秩序地敲着楼阶，身形摇摇晃晃地上去。

奚玥揣着盆的姿势没变，退了两步，反身开门，钻回寝室里。

动静引得她的室友问："你不是去晒衣服，怎么又回来了？"

奚玥激动地说："你们知道我刚刚撞见谁了吗！"

没等室友猜出答案，她迫不及待地公布："陆嘉洛！"

"她好像是喝醉了吧，在外头，就在窗台那儿，对人表白呢！"

床上的女生还敷着面膜，直挺挺地起来："她跟谁表白？"

"没听清，反正她喊的人名是三个字的，肯定不是莫燃！"

话音落罢，她们的目光，同时望向坐在另一角的倪薇。

开学的时候她告白失败，她说过不会因此伤心沉沦，却剪短了原来的一头长发。

女生又说："她搞什么，吃着碗里瞧着锅里的？"

分享完这个大八卦，奚玥真要出去晒衣服了，转身前说："仗着自己长得漂亮，东撩一个西撩一个呗。"

床上的女生一边按着脸上的面膜，一边不屑地说："我就没觉得她长得多好看，眼睛一瞪，吓死个人哩。"

她们谈论的时候，倪薇拿出自己的手机，踌躇的指节轻轻磕着齿间，最后还是点开微信。

陆嘉洛坐在寝室的书桌上，弯腰将鞋面上的搭扣一解，甩掉鞋子。

阿宁躺在床上，塞着耳机唱歌，找不着调，听不出是什么歌。

等到她唱完，陆嘉洛才从书桌下来，洗漱，上床。

坦诚面对自己的释然，是短暂的，她以为自己注定要失眠，但是酒精对她抱有善意。

早晨醒来的第一件事情，查看手机，陆嘉洛反复测试过网络，确定没有收到艾德闻发来的任何新消息，她就感冒了。

洗澡的时候，她连打了几个喷嚏，打到太阳穴都疼，疑似听见手机振动，头发没吹到干透，还散发着湿漉漉的清香，按捺不住地跑出来。

没有消息。

陆嘉洛将手机往床上一扔，扭头回去继续吹头发，突然间转身，指着床："休想我主动找你！"

旁边正在吃零食刷剧的两个人，被她吓到了。

蒋芙回过神，习惯地说着："发病了，不要理她。"

莫燃生日当天。

阿宁坐在寝室的桌上晃荡着双腿，一边说着收到柴狗发的新开的CLUB地址，一边跳下来。

陆嘉洛最后对着镜子，拨了拨睫毛，拎起包跟上她们。

深秋将要到来，夜色偏冷，走进CLUB却感觉温度刚好。

环绕着跃动的音乐，这么多的人，光线黑暗绮丽，即使他穿着黑色的衬衫，黑色的九分裤，白色的球鞋，非常之低调，还是可以一眼被发现。

就算不能成为所有人的焦点，也能成为陆嘉洛的焦点。

看见软沙发里和他们坐在一起的女生，只几秒钟的时间，陆嘉洛就想起，她是曾经向莫燃告白的学妹，好像叫倪薇。

她的短发及肩，鼻梁不高，脸不尖，整张脸很柔软，像没有化妆一样，却不觉得寡淡，她知道自己怎样笑是最好看的，才显得过于费力和刻意。

她们正要过去坐下，倪薇玩骰子输了，对喝酒的惩罚犯愁。

她的朋友很仗义，将酒杯递到身边的男生面前："那你帮她喝！"

柴狗身体向外避开一些："我为什么？"

"那……"她试探着把酒杯移向莫燃。

倪薇忙着要接过酒杯："我自己喝啦。"

莫燃伸手接下，却还没将酒杯拿近自己，酒杯又被夺走。

冰冷的杯沿，碰着陆嘉洛血浆色的红嘴，她缓缓仰起头，口感清醇的酒，却一路烧到胃里。

陆嘉洛也想不明白自己这个举动的意义，下意识地这么去做了。

空掉的玻璃杯，咚地搁在桌上。

"我渴。"陆嘉洛笑着说，卷翘的睫毛轻轻一碰，格外妖冶。

因为不想跟他们一起，群魔乱舞，夜里十一点，陆嘉洛走出了CLUB，坐在门店外的自动售卖机旁边，给手机接上充电器。

刷了几下微信，依旧没有新信息。

自动售卖机亮着光，陆嘉洛背靠着墙，藏在阴暗里，难得见她头发全部扎起，斜向下的鼻子，纤薄的嘴唇，空洞的眼睛，都是一种孤高的风情。

"昨天晚上是你吗？"

陆嘉洛表情迷惘地转过头，莫燃已经在身旁坐下。

他接着说："在宿舍楼真情告白的女生。"

她眉毛一跳，心里发慌，狡辩说："是我吗？怎么可能是我呢？我怎么可能干那么蠢的事情。"

莫燃笑了起来，眼睛弯弯的："陆嘉洛，你……"他转去望着正前方，说，"撒谎的样子也真好玩。"

陆嘉洛只能愣着看他。

"第一眼见到你的时候，我觉得你不怎么招人喜欢，后来发现，你就是脾气差了点儿，又爱逞强，没什么大毛病，还是个很容易懂的人。"

接近凌晨的马路上，仍有汽车在眼前不停驶过，挂在枝丫上的灯泡一闪一闪。

他说完，又似喃喃自语般说了句："最好不要轻易去懂一个人。"

陆嘉洛还没反应过来，没能理解这一句话的含义，莫燃先好奇地问她："你对谁告白了？"

她稍稍抿唇。

"堂弟？"

陆嘉洛诧异地看着他，什么都写在脸上，无神的眼睛就变得单纯。

莫燃皱眉想着说："三代以内的旁系血亲，比较难搞吧？"

她低下头："他……是婶婶和她前夫的孩子。"

他恍然大悟地点头，又问："你们家里人会同意吗？"

许晓惠女士的反应，她猜不准，至于艾米。

陆嘉洛想到一些以前的事，比如，艾米耐心地教她如何煮咖啡，晚上和她在花园里搭帐篷等流星，她们睡在一起，还跟她讲自己的小时候。

艾米对她的好，出于她的个人修养，也是要拉近和他们家的关系。

"不知道……"陆嘉洛抬头瞥向一边，"连他喜不喜欢我，我也不知道。"

一直到现在，连一条消息都没有发给她，完全符合他的作风。

不过，艾德闻应该是喜欢她的，不是人生的三大错觉之一。

不然用什么解释他千里迢迢跑回来，只是要请她吃一顿麦当劳的举动，又不可能真的脑子进水。

可是，不知道他的喜欢是从什么角度出发，承认她是一个好姐姐，或者与她一样——我是喜欢陆嘉洛，这个女孩子而已。

"那我还有机会？"

陆嘉洛一怔，将目光重新转向莫燃。

莫燃摸了摸脖子，紧张时候的习惯动作，他说："你是喜欢我的，对吧？"

"啊？"陆嘉洛怀疑自己听错了。

这样的情况下，不是该他先表白吗？

莫燃笑着说："阿宁不小心对柴狗说漏嘴了，柴狗答应她要保密，自己又憋不住，就逼我保密。"

陆嘉洛暗叹一声，认命地说："我喜欢你……"

连续两天，表两次白，向两个不同的人。

陆嘉洛深呼吸，转头直视他的眼睛，非常果断地说道："所以我不能耽误你，放弃吧，你没机会了。"

做个很不恰当的比喻，在她感冒生病的情况下，莫燃可以特意跑去药店买药，再把药送到她手里，可能也比不上艾德闻发来一条：多喝热水，多吃蔬菜。

这么想，或许爱情的真谛就是没道理。

不料，莫燃反过来安慰她说："我还年轻，多浪费些时间在自己喜欢的人身上，又有什么关系呢？"

他侧身捡起地上的酒瓶，喝一口，然后洒脱地说："本来我是这么打算的，如果你也喜欢我，那我就只是缺一个合适的机会告诉你，这不是正好赶上生日了，二十岁生日礼物……"

"我想要你。"

陆嘉洛着实愣住。

莫燃用手背挡上了嘴，笑出声："是不是太直白了？"

陆嘉洛有些僵硬地点着头："吓到我了。"

突然间没有一辆车从前面的路上开过，这寂静的时间里，她的手机屏幕亮了起来，一则新微信的消息提醒。

陆嘉洛没点开，而是拿起顺手带出来的一瓶啤酒，举到他眼下："生日快乐。"

莫燃抬起酒瓶和她的碰一下，但是摇了摇头。

"不快乐。"他说。

第四章 十九岁

　　黑暗中听见一声声蝉鸣，那是属于夏天的歇斯底里。

　　陆嘉洛睁开眼，只有飞机掠过深秋天空的声音，才发现蝉鸣是自己的错觉，头也因为宿醉而真实地疼痛。

　　寝室窗户紧闭，还是冷得她缩起肩膀躲进被窝，满是身体润肤乳的樱花气味。她按亮手机屏幕。

　　天气原因，艾德闻的返程航班延误到凌晨四点钟，天亮时分他回到在东京租的公寓，睡了整整一天。

　　所以陆嘉洛在午夜收到他的消息。

　　——刚醒。

　　当时，她回：继续睡吧。

　　——哦。

　　哦。对话暂停在这个字上，任凭她怎样往下滑动，没有后续。

　　她注意到现在的时间是清晨六点半，可能他还未醒来，她锁了屏幕，也再度睡去。

　　等到陆嘉洛又一次在酣睡中找到朦胧的意识，解锁屏幕，下午一点钟，微信聊天界面上"哦"字下面多出一条对话框。

——月底要去缅甸。

陆嘉洛从床上坐起来，肌肤接触冰冷的空气，大脑瞬间清醒一大半。

这是除去让她被迫担任快递员到校门口取件的消息之外，艾德闻主动发给她的第一条消息，而且是主动向她汇报自己的行程。

"你知道这意味着什么？"陆嘉洛这么问着。

橘黄色的圆球，微微透明，轻巧地弹跳在球桌上，在红色胶皮的球拍间传递。

去年她们没有参加无事闲来社，选择了社团人数最多的乒乓球社。不出所料因为人太多，社团不点名，没想到她们竟然来得也很勤快。

阿宁的大嘴巴靠不住，蒋芙不幸沦为她的最佳商谈对象。

蒋芙挥拍打回飞来的球："我只知道，你还是先把……"她下巴朝一个方向扬去，说着，"搞定再说吧。"

陆嘉洛顺着她所指的方向，转过头。

不知道什么时候，柴狗他们已经坐在休息区，当然还有莫燃。

莫燃一边捏着一颗乒乓球，无聊地往地上抛出又接住，一边跟旁边的人讲着话。黑色的针织毛衣配着白色衬衣领，这种颜色搭配并不会显得温暖，却很清爽。

陆嘉洛没接住的球丝毫不会看气氛，径直向他们弹去，莫燃的目光顺势移来，她避开他的视线，随地捡起一颗球，转身发球。

傍晚他们打算去市中心，阿宁趁机热情介绍起自己想看的电影。

陆嘉洛拎起自己的包，说："你们去吧，我回寝室抄书了。"

莫燃抬头看着她。

蒋芙心领神会地跟着解释："她被我们社会学老师罚抄书。"

陆嘉洛没有去对上他的视线，故作表情凝重地说："一个字还没动呢，再不抄下周我就要死了。"

堪称完美的借口，全班都知道她被罚抄书。

感谢张老师。

陆嘉洛一个人回到寝室，洗完澡，在书桌前坐下，打开台灯，拔开笔帽，她又竖起笔记本闻了闻。

淡淡的廉价的香味，但是因为通过它，她自然地联想起陪她买笔记本的男生，让她觉得这个味道，也挺好闻的。

唉，爱情使人盲目。

放下笔记本，瞥见书桌角落里厚厚的几沓邀请函，陆嘉洛又叹一口气，往桌面上一趴。

唉，爱情也使人心累。

此刻陆嘉洛很后悔以前在数学课上开小差，而今仅仅三个人纠缠的题目，她都解不开。

对寒冷敏感的梧桐树，仿佛一夜间颤抖掉了身上的叶子，它们静静覆盖在潮湿的土地之上。

天气越来越冷，图书馆开着暖气，窗户玻璃上有些许蒙蒙的雾。

陆嘉洛摆着书做做样子，投入地按着手机。

——日本有什么好看的文学作品？除了村上春树的那些，不要太有名的。

艾德闻发来一个经典冷门好书推荐的文章链接。

——真是敷衍啊，你平时都看什么？

——老舍。

知道他是故意逗她的，陆嘉洛很给面子地没忍住，轻轻笑着。

阿宁歪着脑袋，偷瞄她的手机屏幕，幽幽说一句："这有什么好笑的？"

陆嘉洛把手机盖在桌上，控诉她："我还能不能有点私人空间了？"

"不能，快帮我挑一条围巾……"阿宁嚣张地说着，便将打开网购页面的手机搁在两人中间。

大二学期，艾德闻加入了以疯狂著称的一位教授的seminar（研究讨论课），他们全组要在缅甸度过整个十一月。

考察地点在德林达依海岸的最南端的狭窄半岛上，每天只有两趟航班从缅甸仰光到丹老群岛。

——赶不上的话，就可以不用去了？

——你和我同学想的一样。

以上摘取自他们最没营养的一段对话。

大部分时间，艾德闻都是摒弃一贯能多省字则多省的表达方式，甚至经常用上语音、大量手机拍下的照片和视频来表达他对这件事情的浓厚兴趣。

说实话，陆嘉洛有一点嫉妒。

十二月中旬，艾德闻的学校开始放冬假。

二十四日平安夜，陆嘉洛和朋友们在酒吧喝酒，街道上点缀暖暖的灯光。

23点59分，开始圣诞倒数，最后一秒钟，柴狗对阿宁表白。

年轻真好。

二十八日，艾德闻生日的前一天，正巧是周六。

一大早上，陆嘉洛打着哈欠从家里的卫生间出来，用卷梳整理着头发，走进厨房想瞧瞧交给许女士的包饺子任务落实的进度。

许女士嫌弃地尖叫起来："你梳头就不要过来，别把你的头发掉进馅儿里！"

陆嘉洛很尿地去沙发上跪着，一边梳头，一边向厨房张望。

饺子整齐码满两大盒，剩下一些就是她家的午饭。

锅里的饺子挨个浮上来，她捞起一个尝尝是否熟了，接着打心底地对饺子赞不绝口。

黄昏之前，提着一袋冰冻过的饺子，陆嘉洛走进市中心地段的一幢高楼。

超豪华大平层，电梯每层只对应一户业主。

艾米开了门，赶紧接过她的袋子："快进来，冷吗？"

"还行。"

陆嘉洛换上棉拖鞋。

在客厅里能够俯瞰对面的城市，中间隔着波澜壮阔的江水，天际一片深蓝和落日的橘红。

艾米递给她一杯热红茶，说着："Edwin和夏中（大叔叔）去超市了，应该快回来了。"

艾米预测得很准，陆嘉洛刚刚脱下外套，就听有人开门的声响。

从玄关进来的身影，拎着两大袋的东西，艾德闻还是那样一张轮廓分明的脸孔，穿着灰色的连帽卫衣和一件格子外套，头发长度恰到好处，略显成熟。

纯属"颜值犯规"。

艾德闻抬眼看见了她。

陆嘉洛极不自然地捋一下头发。

他还没出声，艾米先过来问："你爸呢？"

艾德闻一边放下超市的购物袋，一边说着："车没油了，他说开去加个油再回来。"然后又说，"我先去换件衣服。"

陆嘉洛低头打开购物袋，搬出里面的东西，无法描述心情。

主动告白就没好处，失去对自己的掌控力之后，她正迈向第二阶段——非常想要靠近他的阶段。

从冰箱里取出几听冰可乐，艾米切着洗净的蔬菜，说："替我叫一下Edwin，让他出来帮忙。"

陆嘉洛犹豫着："他是寿星呢，可以叫他帮忙啊？"

艾米微笑说："还没到零点，不算。"

可乐搁在餐桌上，陆嘉洛走近走廊的转角，听到艾德闻说话的声音，应该正在跟谁通电话。

拐弯就可以直通往他的房间，有一节向下的台阶。

陆嘉洛摔倒了，她对天发誓是因为拖鞋底滑。

她惊得倒吸一口气，整个人坐在台阶上，更像跪下去。

艾德闻在明亮的光线下神情微愣，然后笑出声来，上前握住她的胳膊想将人拉起来，还不忘说着："免礼平身。"

陆嘉洛强忍着因为丢脸自己尴尬的笑意，正准备在起来的时候踹他一脚，报复他的调侃，却在这一刻与他离得很近。

她听见他手机那一头是女人的声音。

此时此刻，陆嘉洛千头万绪化为混沌，她忘记自己起来之后该做什么，一动没动地站在那儿。

看到艾德闻还举着手机，她回神，故意大声说："艾米叫你过去帮忙。"

艾德闻点了点头，对手机说着："哦，没事……"

电话那一头的女人肯定听见了。

陆嘉洛甚至可以模拟出对方会提出的最经典的问题：你家有女生啊，是谁呀？

但他接着说了句："我堂姐。"

无疑是直指她弱点的攻击，力度堪比当年一个点头就把她的暑假作业付之垃圾桶的痛击。

最可气的是旁观者都能理解他，都说他是无心的。

一股马上要转化为难过的恼人之火，陆嘉洛将它变成黑眼珠子就快翻没的大白眼，转身走了。

艾德闻出来的时候头上冒出个运动发带，他走进厨房，给艾米帮忙。

陆嘉洛接受自己帮厨资格还不如他的现实，徘徊在餐桌边上摆盘。

她一边摆着餐具，一边偷吃着碗里的圣女果。她杏色的厚高领毛衣在灯光下颜色显得更白一些，光滑的、似有弹性的鬈发，滑落到她的胸前。

她挪动玻璃制成的蜡烛杯，找寻它适合的位置。

余光里一小块蔬菜卷递到了她的嘴边，她无意识地张嘴接下。

陆嘉洛再次对天发誓，她以为那人是艾米。

　　干净修长的手指，皮肤紧实的小臂，堆叠着的卫衣袖子，离开了她的视线。

　　她顺着抬起眼睛，看见艾德闻走回厨房的背影。

　　陆嘉洛怔怔地咀嚼嘴里的东西。

　　当晚，最后一盘菜被端上餐桌，半透明的越南米纸蔬菜卷，头尾被切掉了，展示着鲜艳水嫩的内馅。蔬菜卷包有胡萝卜和柿子椒，清脆，微甜。

　　眼前出现一双筷子，夹起一个水饺，陆嘉洛跟着转头看去。

　　艾米吃下饺子，惊艳得频频竖大拇指。

　　大叔叔将饺子一口塞进，声音含糊地赞叹："嫂子的这个手艺，可以开家饺子馆。"

　　最重要的是艾德闻的评价，她不露声色地观察。

　　他咬下一大半饺子，瘦削的脸庞鼓起来滚动着，眼神亮了几分，不自觉地点头。

　　晚餐进行中，大叔叔挑起话题，让艾德闻讲讲他在缅甸的游历见闻。

　　一般听到别人说起旅行的感受，无非是讲那里的天气、当地的人、有什么好吃的，同样是描述零散的片段，艾德闻会抓住一些特别的细节和他自己喜欢的重点。

　　"我们从土瓦到丹老，快艇只有一班，而且在每天凌晨四点半出发，开始我们不知道，就在土瓦多待了一天，那里有很多木屋，混在商店和大厦中间。

　　"英国人统计的丹老群岛上有八百多个岛屿，其中最大的海葵田，在水面露出只有……十米左右的岩石旁边，围着一圈。"

　　陆嘉洛剥着虾壳，艾米和大叔叔也未必会感兴趣吧。

　　大叔叔随即问他："我听说那里的礁石下面还有鲨鱼，你们潜过水吗？"

　　居然很感兴趣……陆嘉洛跑偏地插一句："你去一个多月都没晒黑？"

　　艾德闻瞧着自己的手臂，转了转说："回来又白了吧。"

艾米意外地很懂陆嘉洛在意的地方，笑说："你要知道他怎么洗脸你的才会生气。"

陆嘉洛很好奇："他怎么洗？"

艾德闻说："正常洗啊。"

艾米搁下筷子，两只手挡在脸前面模仿她儿子粗犷的洗脸动作，听见陆嘉洛的笑声，自己也笑起来："我都怕他把脸搓毁了！"

艾德闻爽朗地笑道："哪有这么夸张。"

晚餐结束，艾米和大叔叔在书房，好像在讨论她家企业的新项目。

陆嘉洛坐在客厅中的长沙发上，艾德闻坐在单人沙发椅上，电视机里演着古装剧，皇帝说，平身吧。

几小时前，他说过一句相似的台词，在一个女人的电话的时候。

一个女人的电话。

所以，陆嘉洛动作幅度很大地抽出靠枕抱住，开始摆臭脸。

妃子被打入冷宫。陆嘉洛的脸比冷宫还冰冷，却始终没有被发现，忍不住把目光斜向左边坐着的人。

吃完晚饭没一会儿，艾德闻又有要清空干果盘的趋势。

少年的胃，无底的洞。

估计等一集剧播完，他都不会发现她在生气，于是，陆嘉洛单刀直入地问："刚刚你在跟谁打电话？"

艾德闻剥开一枚花生，来不及扔进嘴里，被她问住。

他迷惑地皱起眉头，看着她美丽的侧脸。

短暂的记忆回溯后，艾德闻恍然地"哦"一声："我们教授的女儿，也是他的助手，相当于国内的……助教吧。"

陆嘉洛微微挑眉："年纪比你大？"

"当然。"

他终于能把花生投进嘴里。

"单身？"

"好像是。"

陆嘉洛即刻把脸扭向他："漂亮吗？"

艾德闻一边吃着花生，一边表情纠结，想了会儿："……还行。"

绝对不是最佳答案，他的求生欲望不强烈。

陆嘉洛视线移回前方的电视机，阴阳怪调地说："作为姐姐，我不得不提醒你一下，有不少阅历的女人如狼似虎，像你们这样的小鲜肉，最好小心一点。"

他将目光定格在她的脸上，又摸到一枚花生，捏开："陆嘉洛，你觉得你像一个姐姐吗？"

陆嘉洛不正眼瞧他，扬起饱满的下巴："也不知道谁讲电话的时候还说着，'嗯，我堂姐'。"

艾德闻说："我只是陈述客观事实。"

之前那股恼人的闷气再度侵袭而来，陆嘉洛掐着靠枕，拨了拨睫毛，才说着："你生日，我让着你，不跟你一般见识。"

艾德闻无语地笑出来："谢谢你啊。"

然后拍了拍落在裤腿上的花生衣，他起身走向厨房。

江水上游船驶过，撞开江面的霓虹光影。

陆嘉洛沉默地，盯着电视机下面的品牌标签，聆听厨房细微的响动，进入广告时间时，她坐不住了。

艾德闻在洗碗水槽前，胳膊移动幅度微小地削着什么。

他穿着圆领卫衣，颈后的领口上有一个倒三角的车缝线，整件卫衣接近墨绿色，又像深蓝，仿佛将入夜的天空。

想碰一下，只碰一下。

与隔着他半步的距离，她伸出手，指尖的纹路触及他衣服的面料。

艾德闻察觉到有人在背后，偏过脸来，又无视般回过头。

然而，他的手臂背到身后，准确地捉住她的手。

他的手是湿冷的，手被握着，就像伸进水里，但他的掌心透出隐隐的温热。

陆嘉洛瞬间愣住，任由艾德闻将自己拉到洗碗槽前，再让她拿着一颗已经削好皮的苹果，他才松开手。

从没想到过他的举动会让她纯情得像个中学生，不知所措。

陆嘉洛慌张地取出盘子，握起他放下的水果刀，干脆将苹果切片。

她知道，这可能是他削给她一个人的。

艾德闻已经转过身像要离开厨房，却又探头回来。

下一刻，冰凉的指腹碰到她脸颊。

她蒙到忘了躲开。

"过敏？"他问。

陆嘉洛低下头继续切苹果，舌头打结："换……季脱皮。"

艾德闻拿起一片苹果，还没吃，先笑着说："怎么跟蛇一样。"

陆嘉洛一下从纯情的女生跳脱回自己，扭过头对他说："我拿着刀呢！"

他假装害怕地安抚胸口："哎，好吓人。"

零点将至，对面城市的灯光逐渐散场。

大叔叔打开冰箱，将自己在蛋糕店订做的生日蛋糕拎出来。

大概是艾米让大叔叔订的，精致的翻糖蛋糕，上面竖着迷你版的钢铁侠。

陆嘉洛笑场了。

艾德闻无话可说地闭上眼，揉了揉脑门。

蛋糕上没有如她预想中地戳满蜡烛，就是两个数字，十九。

艾德闻被大叔叔强行扣上生日皇冠，才有些像个十九岁的男孩。

关了灯。

艾德闻敛下眼睫，表情平淡地象征性许愿，可是好像他什么也没想。

艾米去取餐具分蛋糕，大叔叔正在找角度给蛋糕拍照。

陆嘉洛俯身，发丝倾流在他的肩上，悄悄问他："你许了什么愿？"

听见她的声音，艾德闻轻轻转过脸，她毫无防备地对上他的眼睛。

还有一种清凉到凛冽的味道，闯进鼻腔里。

她迅速直起腰向旁边退开，慌忙间，撞了一下椅背。

深夜十二点半，大叔叔开车送她回家，路上行人稀少，竟然有点塞车，不夜城的夜生活才拉开帷幕。

陆嘉洛坐在副驾驶座，半天才找到车上的插孔给手机充电。

大叔叔忽然出声："嘉洛啊。"

"叔叔很感谢你……"他的声音有些哽咽，"你知道吗，我和艾米结婚的时候，大哥他都不愿意来。"

大叔叔是一个感性的人，说着说着就抹泪了。

原来他们结婚的时候，她的父母没有出席。

这样想来，艾米不仅没有埋怨，反而在煞费苦心地修复他们兄弟的关系。

陆嘉洛压根不知道他们之间有什么过节，但她至少能用上一剂万灵药："一切都过去了，以后会好的。"

手机屏幕一亮，微信新消息提醒。

——明天来吗？

陆嘉洛这才记起明天莫燃有一场跆拳道实战比赛。

然而在此之前，她都没有想起莫燃，一点也没有。

正是因为这样，她更不能去。

拒绝就要拒绝得干干净净。

陆嘉洛抬头转向车窗外，街上商店的橱窗里还挂着圣诞节的装饰物，白色的雪花，金色的铃铛。

只有一家酒吧周围出现几对人影。

顶着照在脸上会使人眩晕的阳光，许女士眯着眼睛，在阳台晒衣服，还嫌太阳不够热。

卫生间里，陆嘉洛旋出口红，对着镜子在自己的唇上试了试颜色。

她抿一下，是珊瑚的红色，她整理几下头发，又接着收拾自己的化妆品，准备傍晚返校。

这时，镜架上的手机弹出一则新消息，她瞄一眼，阿宁发来的：莫燃比赛受伤了。

陆嘉洛拿起手机，担心地问：他没事吧？

一会儿，才收到一条有点不像阿宁口吻的回复：那叫一个严重啊！搞不好要截肢！你快点过来，市一医院！

从出租车里下来，整座医院人来人往，却显得分外宁静寒冷。

陆嘉洛跑进外伤科，随便扎起的马尾来回扫着脖颈。

仿佛常年浸泡在来苏水里的地砖，被一双双鞋底磨蹭，发出的声音使人紧张。

莫燃坐在诊室里头，就是胳膊被吊起一只挂在胸前，看上去没什么其他的问题。

陆嘉洛歪着头，恢复了平静，说着："截肢手术可以坐着完成？"

柴晏认为要不是自己用阿宁的微信，给她发了条消息，今天她就不会出现在这里，所以愤愤不平地说："他比赛叫你，你不愿意来，他受伤你也不来，说他快死了才屈尊纡贵来瞧一眼，陆嘉洛你是不是有点太无情无义了啊？"

阿宁登时跳了起来，冲着柴晏喊道："说谁呢你！"

陆嘉洛的脾气更不能低估，直愣愣地瞧着他说："谁让你们叫我了？他打比赛我就非去不可吗？他受伤是我造成的吗？他跟我有什么关系你说啊！"

不去就不去吧，还扯到她的人品问题上，她都没说他道德绑架呢。

陆嘉洛发言完毕，扭头就走。

莫燃从诊室追出来，他知道柴晏是怎么想的，语气无奈地对他说：

"脑子没毛病吧！"

走廊顿时回荡起柴晏的声音："我是替你不值——"

阿宁气得推了他一把，让他赶紧闭嘴。

莫燃追到她身影消失的地方，推开安全出口的门，温度骤降，她背对自己面朝半开的窗户，另一半窗玻璃模糊地映着她的半张脸。

"嘉洛。"

外头有一棵银杏树，剩下不多的叶片，这个季节不知怎么还会有群鸟盘旋。

"对不起……"莫燃说。

陆嘉洛从额前抓起一把凌乱的碎发："应该我跟你说对不起。"

莫燃以为她赌气："柴狗说话就那样，他不是有意的。"

陆嘉洛转身，认真地说着："我说真的，是我对不起你。"

声音在沙沙的风中，消减下去。

莫燃拥有让人一见钟情的气质，却很难给她留下深刻的印象，曾经她一遍遍去记，因为记住了才难忘记。

最终陆嘉洛先出声："你……严重吗？"

莫燃也低头，瞄了瞄自己的胳膊，无所谓地说："折了，过几天就好。"

"赢了？"

莫燃笑了："就这样还赢呢？"

陆嘉洛的鞋跟不由自主向后退一点，要和他保持距离，说着："我也想去看你比赛，想给你加油，知道你受伤我很着急……"

她把自己说得眼眶燥热。

"可是我不能。"陆嘉洛直直地看着他，坦诚地说，"我不能喜欢你，然后又喜欢他，这算什么呢？"

莫燃有一刻没说话，才问："你们在一起了吗？"

她退后靠在窗沿上，摇头。

他不解："为什么？"

陆嘉洛撇开脸，用指尖蹭了下眼角："他没说。"

"你也没问？"

莫燃侧身靠着白色的墙壁，叹气："我想退出吧又不甘心，万一你没有那么喜欢他呢，可我又想，凭什么我要这么喜欢你呢。"

陆嘉洛不敢抬头去看他此刻的神情，从裤兜里掏出手机，飞快地编辑了一条消息发送出去。

"……三天，我跟他说，要是他不能给我一个答案，以后我再也不会和他纠缠不清。"

话是说给莫燃听的，但感觉更像是说给她自己听的。

陆嘉洛离开窗沿，站直。人在孤注一掷的时候，会突然变得很有底气，她的整张脸又明艳起来。

莫燃扶着脖子仰头，懊恼地说着："不妙啊，我是不是助攻了？"

——如果你不是真的喜欢我，以后我们就保持距离吧。

艾德闻坐在沙发里，正看着陆嘉洛从微信上发来的消息。

熟悉的声音正向他靠近："Edwin？"

他转过头，艾米脸上满是惊奇，她笑着说："怎么了，很少见你发呆，叫了你好几遍了。"

艾德闻用掌心压了压耳朵，放下手机，同时起身说道："有点感冒。"

不需要艾米明说，他默契地跟着她走向厨房。

路过餐桌旁，艾米从桌上的果篮里挑了一颗橙子出来，脚步没有停下，头没有回，举着橙子晃了晃："喝点橙汁？"

一般人猜想她下一步应该尽母亲的责任给他榨一杯，补充维生素。

然而走进厨房，艾米将一颗完整的橙子塞进他的手里，再捧起自己精心准备的沙拉，对他说着："帮我盯着火，十分钟左右可以关了。"

这一碗沙拉，艾米要送去给书房里的男人，他的继父。

艾德闻刚刚将身子靠向桌沿，已经走出两步的艾米又回来，说道：

"有空的话，顺便帮我整理整理？"

她指了指乱七八糟的料理台。

艾德闻把橙子搁在身后的桌上，调料瓶摆回原位，剩下的食材收进冰箱，再拎起地上的垃圾桶，取下挂在一旁的抹桌布，包装袋和蔬菜碎末一点一点掉落下去。

艾米很爱她的现任丈夫，胜过她的儿子。

因为在她的认知里，子女是自由的个体，只要彼此爱护、尊重就好。伴侣，才是能陪伴自己走完一生的人。

艾德闻不介意这一点，而且深受她的影响，从小他对母亲的依赖期就短得不可思议。

可能因为太过独立，他对处理人际关系无师自通，想要得到称赞和羡慕的目光太容易，他开始不屑于、甚至轻视那些嫉妒或者赞赏他的人。

这是他的人格缺点，他知道，但是很难矫正。

他没有把心思放在谁的身上，因此不曾讨厌任何人，除了陆嘉洛。

不知道是为了什么，每年夏天他们在度假区的家都要招待两位亲戚家的小孩，身材胖的叫陆正匀，眼睛大的叫陆嘉洛。

她眼睛不是一般地大，大得很像一种鱼的眼睛，透明，无神。

艾米经常与朋友调侃儿子，说他从出生起就对水中的生物很感兴趣。他承认是如此，起初还想着，自己跟陆嘉洛起码能平和地相处。

陆嘉洛没来这里之前，他很喜欢走廊尽头的那间画室，她到来几天之后，他就接到艾米遗憾的通知，画室要被陆嘉洛霸占，希望他能宽容地接受这个现实。

可是他大部分东西还是留在画室里，重要的搬去地下室，地下室的钥匙归他保管，算是一种补偿。

可是，陆嘉洛又想用一盒糖，跟他借走地下室的钥匙。

多么贪心的人，既要画室，又要地下室。

艾德闻懒得跟她交流，因为她太傻了。

就比如，在他们十一二岁的时候。

六岁的陆正匀脚下垫着凳子，手伸进他的鱼缸里捞金鱼。

他这一捞导致书柜上的鱼缸倾斜，落下，碎裂，水弹出花盆一样的形状，哗啦啦地散开，鱼缸变成一地玻璃碴。

阿姨赶来阻止他从凳子下来，然后和艾德闻一起抢救地板上挣扎抽动的金鱼。阳光下，玻璃碎片和水迹，造就满地金色的肌理。

事后陆正匀说："我把它们摔在地上，它们会不会不跟我好了？"

陆嘉洛竟然对他说，它们不会，因为金鱼的记忆只有七秒钟。

早在1966年，密西根大学的阿格拉诺夫和戴维斯就已经证明，金鱼的记忆时间至少有三天。

所以，至少三天，那些金鱼都会记恨着陆正匀。

又过一年的暑假，趁陆正匀还没来，他准备将金鱼从玻璃罐转移到新的鱼缸，没料到，陆嘉洛故意投放很多的饲料，把鱼都给喂死了。

艾德闻真是受够了这两个人，尤其是陆嘉洛。

当时对她说了什么，艾德闻记不太清楚，但是他清楚地记得，她说完之后，眼眶里瞬间蓄满一层水，眨一下眼睛就掉下两颗眼泪。

他愣住。

同一天，遭到她串通陆正匀的报复，他就知道之前不应该扔可乐瓶提醒他们邻居的出现，更不应该因为她的眼泪而愧疚。

她简直无药可救。

还是同一天晚上，艾德闻的房间门外凭空冒出一颗柠檬，而且柠檬上面写着"sorry"。

拥有颜色明亮的皮囊，和让他难以下咽的味道，陆嘉洛就是他的那颗柠檬。

除了对不起，柠檬又代表另一层意思。

柠檬太累了。

十六岁的陆嘉洛充满自信和骄傲，外貌是她的资本，好像觉得全世界都抵挡不了她艳丽的笑容。

那一段时间，她沉迷黑色的哥特风格，涂着暗红的指甲油、戴银白色骷髅的首饰，眼角画十字架，迷得尹旭偷偷跟艾德闻说："我想当你姐夫。"

"滚"，他是这样回应的。

也是她十六岁这一年的假期结束前，家里按照惯例进行大扫除。

夏日炎热的午后，一只蝉都知道贴着落地窗乘凉，而他在室外浇灌草坪。

艾德闻将水管喷洒向落地窗，驱走蝉，看见窗里的陆嘉洛，通过她的表情，他才知道，这面窗户她擦过了。

她走上一步，鼻尖快要碰到窗户玻璃，伸出舌头舔一下玻璃，留下一块雾气般的印记，再对窗外的他，竖起中指，然后离开。

这个画面，他总是无端、反复地想起。

陆嘉洛不是不把别人放在眼里，她是，只把自己喜欢的人放在眼里。

今年的暑假，他们之间的斗争明显锐减，因为她要分散精力跟手机里的另一个人聊天，并且时常不自觉地笑出来。

连艾米也发现，某天在午饭之前问她是不是交男朋友了。

她否认说不是。

她没必要撒谎。

这里没有值得她撒谎的人。

况且，聊天的人在她手机里的备注是"未来男朋友"。

艾德闻一旁分着餐具，没有表情——只是找不到合适的表情来表达此刻的心情。

后来，每一天，每一天每一天每一天，陆嘉洛就在他的眼皮底下，与那个人公开地秘密通信。

她光脚窝在老旧的单人沙发里，阳光没有被楼群的遮挡，晒着她白皙的皮肤，她的指尖缠绕着自己的头发。

他把书重重合上，扔下，转身离开，才让她抬头。

仅仅几秒钟，她又把视线垂落到了手机屏幕。

在很久以前，她笑着抬起骄傲的下巴："我下了微信，你有微信吗？我加你呀。"

然后，艾德闻追悔莫及地走进加微信的陷阱，充当起她的快递员，并且没有报酬。

该用什么样的态度，才算是她认可的好态度。

迄今为止，他没有对她说过一句谎言，一句都没有。

很多时候只是她一个人在较劲，无聊且幼稚。

艾德闻极少做出荒唐的举动，哪怕他应该要年少气盛，所有冲动行事的原因都是她。

最后换来她一句"谢谢"。

陆嘉洛大概不是傻子，是心狠。

她用这一句"谢谢"来告诫他，充其量他就是个堂弟。

傻的人是他。

挂钟走至傍晚七点，天空呈现出蓝绿调和的颜色。

可能真的感冒了，他脑袋发闷，还是给自己榨出一杯橙汁。

替艾米收拾完料理台，艾德闻又坐回沙发里，思考一下午，如何回复她的信息，写了又删。

终于，他放弃地仰起头，过于明亮的吊灯迫使他闭上眼睛。

十分钟之后，他选择离开客厅，抓起家门旁衣架上的外套。

艾米走出书房，正好在玄关撞见他穿上黑色的防风衣外套，听见他说："我出门一趟。"

"OK……"

她话音未落，门已经关上。

"注意安全。"艾米接着把自己该说的说完，耸了耸肩。

若是柴晏不选择他自己一直钟情的火锅店，陆嘉洛会更容易接受他的道歉。

不过，这一家位于商场顶层的火锅店环境有那么一些特别，室内的灯光还不如窗外深浓的暮色光亮。

服务生说这里是上一家西餐厅不做了，转让给做火锅的，老板很欣赏他们原来的装修风格，所以保留下来了。

阿宁一如以往地见解犀利："想省装修钱是吧。"

服务生小哥嘿嘿笑。

柴晏拉开一罐啤酒的易拉环，先给陆嘉洛倒满一杯："今天千错万错都是我的错，您大人不计小人过，小人给您赔不是了……"

他正要给自己也倒上一杯，他毛衣袖子底下钻出的手，被对面伸来的柔凉的手背顶上拦住了。

陆嘉洛傲慢地说着："你干了，我随意。"

柴晏举起易拉罐碰一下她的酒杯，咕咚咕咚喝完一整罐啤酒，然后毫无顾忌地打出一声长长的嗝。

阿宁皱起眉头："你好恶心，注意点行吗？"

柴晏辩解说："这是人体的正常生理反应。"

陆嘉洛不搭理这对小情侣的拌嘴，拿起平板点菜："你吃猪脑吗？"

莫燃胳膊肘抵着桌面，撑住脑袋，眼皮一扬："来一份。"

阿宁说着："屁都能憋住，你打嗝怎么不能憋住？"

陆嘉洛抬起头："吃饭呢！"

柴晏顺着她的话说："就是，吃饭呢，回去再嫌弃我。"

"不是我嫌弃你，我怕别人嫌弃你，而且人家嫌弃你是藏在心里的，又不会告诉你。"

柴晏浮夸地左顾右盼，接着说："这儿哪有别人，在座的都是自家人。"

"我又不是说他们……"阿宁脸一撇，"随便你，走你的野蛮生长路线吧。"

"哪能随便我啊，高老师说的话，我肯定谨记在心。"

因为阿宁姓高，还喜欢念叨他，柴晏就叫她高老师。

菜上齐了，陆嘉洛搅了搅蘸料。

柴晏用手机拍下沸腾的汤锅，换个角度偷拍阿宁，被她发现，一把抢过他的手机。

阿宁一边删除，一边说："丑死了，不准你再拍我了，不然咱俩就分手。"

柴晏笑着将鱼头下锅："不拍不拍，给你捞个鱼头，养颜！"

莫燃凑热闹地说："柴狗我要鱼头。"

"少吃一个鱼头你会死是吧。"

莫燃一脸理所当然："我还吊着胳膊呢，医生叫我多补充点营养。"

柴晏握起筷子："吃啥补啥，你要鱼头有啥用，你应该啃个鸡爪，给——"夹起一只酱焖鸡爪，丢进他碗里。

莫燃悲哀地叹气："想不到有一天会被'狗'虐。"

陆嘉洛笑了起来："太惨了，你再吃一个。"说着，她又夹一只鸡爪丢给他。

柴晏含一口酒，咽下，又说："哎，陆嘉洛，你真的很随意啊。"

从她酒杯里的酒，可以推测出她只抿了几口，桌上一打啤酒都是他解决的。

柴晏按住一听啤酒："还剩最后一罐，来来来，咱们一醉泯恩仇。"

瞧见阿宁就要发作的表情，陆嘉洛拍开他的手，把酒放到自己面前，说着："我要带回宿舍当'女儿红'。"

他们吃完这一顿饭，从商场的观光电梯下来时，像有一根开关绳，拉亮城市的灯。

电梯里很拥挤。

进来的两个高中女生，回头偷瞄他们一眼。

陆嘉洛知道她们在留意着谁，她转过头，莫燃出神地望着下降的夜景，即使吊着一只胳膊，也完全不影响他的回头率。

116

莫燃有所察觉，她的目光随即移往电梯外。

夜晚容易滋生胡思乱想，所以她想着，也许和身边的男生在一起，才是正确的选择。

电梯在一层停稳，冷风吹到身上，心也落定。

再等等吧。

既然人人都夸艾德闻聪明，区区一个三角关系，他一定能解开吧。

商场一号门附近一辆捷豹XJ停至他们眼前，是来接莫燃的。他目前的状况住学校不方便，准备请假回家休养几天。开车的人是他爸爸。

车窗降下，棕色夹克里头穿着布衬衣的中年男人，和善地对他们说："先送你们回学校吧？"

柴晏连忙推辞："不用了叔，我们已经叫车了，这儿离我们学校挺远的，你们早点回去。"

男人点着头，视线在他们其中一个人身上停顿住，音调向上地"哦"一声："你是陆……"

莫燃立刻打断："走了走了怪冷的。"他打开车门，但没坐进车里，说着，"柴狗你注意点，送她们到宿舍楼。"

柴晏抬脚要踹他："还用你说。"

出租车在路上疾驶中，天气太冷，夜里没多少骑单车的人了。

陆嘉洛靠着阿宁的肩头，沉默地观望路旁的树木。

阿宁轻声说："他好像跟家人介绍过你……"

陆嘉洛闭上眼睛假装睡觉。

宿舍楼底下，风刮得人不能直起脖子走路。

柴晏将一罐啤酒递给她："你的'女儿红'别忘了。"

又是一阵刀子般的风，她们尖叫着跑进宿舍楼里。

阿宁掏出手机，点开刚刚收到的微信群消息，转述着："辅导员说，明天下午一点半南门集合，整容课实操演示，大巴准时发车，不要迟到。"

陆嘉洛凑近她的手机屏幕："是不是去殡仪馆……"

"应该是吧。"阿宁浑身一抖，走上楼梯还说着，"晚上我要多看两部丧尸片壮胆。"

一回到暖和的寝室，陆嘉洛习惯性地坐上桌，把啤酒搁在旁边，手机接上电源，梳起头发对阿宁说着："你先去洗吧。"

阿宁冷得龇着牙，急吼吼地扯下挂在床边的浴巾："那我先洗啦。"

早早就躺进被窝的蒋芙，盯着手机说："吃什么好吃的了？"

陆嘉洛说："就火锅。"

她低着头打开微信，屏幕仍然静止在她发出去的消息上，明明下午五六点的时候，她撞见过对方正在输入的提示，可到现在都没有回应。

还剩下两天。

艾德闻是不知道自己已经进入"死亡倒计时"了吗？

手机屏幕渐暗，陆嘉洛正想按亮，画面一变，一通电话打了进来，出现的人名让她怔住，几秒钟后，她接起，贴到耳边。

"快到你学校门口了，还有十分钟。"

第一次听见他说这么完整的一句话。

只是，艾德闻声音有些奇怪，比以往要暗哑沉闷，好像是感冒了。

"……我出不去，宿舍门关了。"

陆嘉洛说出这句话有一半心态是庆幸门禁让她逃避，因为太紧张。

倘若是拒绝她，就没必要当面跟她说，羞辱她的自尊心，艾德闻不是这样的人。

陆嘉洛向自己坦诚的那一刻起，就已经摘下对他的有色眼镜。

接着，她听到电话那头司机大叔说"五十二"，大约是他从家里到学校的费用，接着听到他下车关门的动静。

哪里还需要十分钟。

艾德闻的声音再度传来："那你去三楼的窗台。"

陆嘉洛即刻从桌上跳下来，稀里哗啦地翻找镜子，再对着镜子，整理自己差不多快脱完的妆，虽然他不一定看得清。

她跑出寝室，下楼梯，同时说着："你感冒了吗？"

他回答："有一点。"

陆嘉洛无故想起艾米那个治百病的橙汁药方："……喝点橙汁。"

艾德闻忽然笑了，说："喝过了。"

即将到达三楼之前，电波传送的他低低的一声笑让她的脚步慢下来。

艾德闻带着一点因走路而产生的喘息，问："看见便利店左拐？"是询问到她宿舍的路线。

陆嘉洛在这一扇窗户前，轻轻发出一声"嗯"。

灯下的路还是无声，风都停了，光秃的枝丫不再摆动，寂静地伸向夜空。

几分钟后，艾德闻穿着宽松的黑色防风衣，拉链顶着瘦削的下巴，出现在她的眼里，注定一整晚她都要用来回忆这一幕。

为什么从俯瞰的视角，她也觉得他个子很高？

陆嘉洛先说："不冷吗？"

艾德闻望着她的方向，声音手机里传出："还行。"

"我冷，就不开窗了。"

没料到是这一茬等着他，艾德闻无语地点了点头。

陆嘉洛按着窗沿的手蜷缩一下，问他："大晚上的，你干吗来了？"

"你要不发奇怪的信息，我就不用来。"

"你早给我一个答案，我就不用发奇怪的信息。"

好奇怪，隔着这么远，也能感觉到艾德闻在认真看着她："你想要什么答案。"

陆嘉洛顿一下，说："你不会自己翻一遍聊天记录？"

没人出声的时候，天地之间，只剩他似有若无的呼吸声，安静又被他自己打破："如果我不喜欢你……

"凭什么迁就你的臭毛病？如果我不喜欢你，谁管你能不能交上暑假作业，会不会因为晒伤睡不着？你一句想吃麦当劳，我就从东京到这里，你知道飞机上颠簸有多厉害吗？我连觉都睡不好，睁着眼睛到落地。竟然还要被问一句，是不是真的喜欢你？"

这可能是艾德闻对她一次性说过的最长的一段话。

他轮廓偏深的眉骨上眉毛不自觉拧起，他说："陆嘉洛，别老想办法气我，我就感激你的大恩大德。"

"我、气、你？"陆嘉洛一字字说着。

她忍住翻白眼的冲动，飞快地说："我就是问了你一句，而你只要回答，对，我真的喜欢你，非常非常喜欢你，比地球上任何一个雄性生物都要喜欢你，这样我们皆大欢喜不行吗？到底谁气谁啊！"

沉默了一会儿，艾德闻屈服地说出一个音："我……"

陆嘉洛屏息等待，却等到他叹息着说："为什么偏偏是你。"

这一句是他在责问自己，语气听起来真是非常苦恼。

"哦。"

陆嘉洛说："怪我咯。"

然后，听着艾德闻说出他经典的简短的台词："算了。"

风从树影与灯影之间吹过，他说着："我走了。"

"不送，晚安！"

开门的动静响起，蒋芙仰头，就见陆嘉洛神魂不附体似的走进寝室，坐下开始发呆，又抽出几张纸巾，擦了擦掌心的灰尘，眼泪突然流下来。

蒋芙拔了耳机，从床上坐起来："怎么了你，被人欺负了？！"

陆嘉洛就像没有回过神，喃喃："他说他喜欢我……"

下一秒，她捂住嘴巴，把脸扑在膝盖间，长发倾泻在身侧，就要垂到地上，乍一听她像是在啜泣，结果蒋芙发现她更像是在笑。

这场景吓到了洗完澡出来的阿宁："她这又是什么症状？"

蒋芙被逗笑了，躺下继续玩手机，顺便说："开心疯了呗。"

陆嘉洛从双膝间扬起了头，将如丝绸般顺滑鬈曲的头发往后脑勺一抓，吸了吸鼻子，两只手覆上脸颊向外抹去，转向书桌，按住今天带回来的一听啤酒，"滋"一声开了她的"女儿红"。

"来，我敬大家一杯……"这么说着，陆嘉洛起身将她们桌上的水杯递到各自手中。

她高高举起啤酒说："在不远的将来，我就是名花有主的人了！"

反正艾德闻迟早会是她的，提前庆祝了。

蒋芙笑说："你该喝药，不是喝酒。"

阿宁还是有点蒙，只知有其人，不知其人身份："你跟谁啊到底是……"

蒋芙答疑解惑，但是没答完整："她弟。"

阿宁一下忘记自己挺莫燃的立场，咬住水杯的杯沿，睁大眼睛说着："我去，也太带感了吧！"

陆嘉洛一口气喝掉半罐啤酒，压下胃里的膨胀，说："他妈妈也就是我大婶婶和她前夫的孩子，跟我没有血缘关系。"

"嘻……"阿宁顿时失去兴趣，放下水杯，转身面对衣柜上的挂镜擦头发。

蒋芙探出床沿，将水杯递给底下正打算喝完整罐啤酒的人，说："我能问一个比较扫兴的问题吗？"

陆嘉洛接住杯子，看着她的眼神茫然。

"就算你跟他没有血缘关系，你们家里会同意吗？"

会同意吗？

陆嘉洛不敢说。

也许她和风情万种之间，还差几百种的距离，但是乖巧安静四个字可能一辈子都将远离她，所幸，她是个已满十八岁又两年的成年人，一定程度上她不会因为一时头脑发热，就把局面搅得天翻地覆。

可是，得不到家人的认同，前路无疑艰难。

"……不管了。"陆嘉洛扭头，捏扁易拉罐，投进垃圾桶，说着，

"走一步看一步吧。"

陆嘉洛抓起桌上的手机，点开微信，寻思片刻，发给他：到家记得给我个信息。

发送完毕，她放下手机，双臂抱胸等待，两分钟没动静，她又拿起手机。

——你先回我！

接着，才收到艾德闻秒回。

——哦。

今晚沐浴露的橄榄味格外好闻，但是陆嘉洛没时间一寸寸踟蹰自己的肌肤，连头发都来不及吹干，就裹着毛巾从卫生间出来，做一件事情——查看微信。

果然。

——到家了。

陆嘉洛指尖点着屏幕，莫名其妙地笑起来，因为她说：

——乖，洗洗睡吧。

消息一发出去，陆嘉洛即刻把手机一搁，又慌张地将屏幕盖向桌面，正要回卫生间吹头发，起来的时候没留神，脚抬得不够高，结实地撞上了椅子。

她抱起小腿痛呼出声，惊起两位室友，怔着瞧她。

陆嘉洛弯着腰摸了摸腿，止不住地笑："没事没事，睡觉睡觉！"

蒋芙继续刷着最后半集电视剧，不禁感叹，恋爱中的女人啊。

熄灯。

陆嘉洛在床上直直躺着，在黑暗中盯着亚麻材质的床帐。

她开始慢慢回想，那些蝉声填满的夏天里，从隔壁邻居家的柠檬树、打碎的鱼缸、晶莹剔透的玻璃，再到蔓越莓饼干，一幕幕浮现。

除了送他一个钢铁侠，陆嘉洛实在想不起，她有没有对他做过什么别的好事儿，好像自己总是带着敌意与他相处，用漠视的目光、傲慢的言语。

越回想越焦虑，她还真是……一点都不可爱！

怀着这般焦虑的心态，她凌晨五点才入眠，正午被室友喊起来吃了两个生煎包就撂了筷子，睡眠不足影响食欲。

下午一点半，校区南门集合。

陆嘉洛穿着一件最适合在路途补眠的宽大的深蓝色棒球棉服，坐上大巴车，头一歪就睡过去。

冬日晴朗的阳光静静照着，她脑袋贴着微微发烫的车窗玻璃，随着大巴行进缓缓摇晃，迷迷糊糊地听着后排的同学聊天。

"这就是上回我说的，陵园班那个男的，微博5万粉丝的'大触'啊。"

"唔，看不出来唉，我就觉得陵园班一个个学风水学得神神道道的。"

"怎么办我有点害怕，亲眼见到的那个……和照片上的肯定不一样啊！"同一个女生的声音，又说："你居然还吃得下去。"

咔嚓咔嚓，有人一边春游似的吃着膨化食品，一边说："这有什么，我爸就是搞遗体整容的，我小学那会儿上台表演的妆，还是他给我化的……"

一阵哈哈笑声。

陆嘉洛没能睡多久就到达殡仪馆，找到他们的任课老师签到，领走一只口罩。

"一人一把折叠椅，女生全部把头发扎起来。"

长长的走廊没有神秘冰冷的气质，更像普通单位的办事处，不同的是墙上挂着一行标语：请保持安静，让逝者安息。

他们走进一间敞亮的房间，打开椅子坐下，环顾四周只有存放类似医疗器械的柜子，窗户紧闭，空气里弥漫着强制性帮助人去习惯的尖锐的味道。

老师拉来一面教学用的白板。

"我再强调一遍，等会儿整个过程中保持安静，要是有谁感觉难受，及时举手啊，及时举手。"

陆嘉洛倾斜身子，躲在蒋芙背后，偷偷按着手机，给他发微信。

——正在殡仪馆观摩。

"准备的上妆工具，我们上个学期都讲过了，一箱是正常的彩妆用品，一箱是戏曲油彩……"

她低头，拉动一下微信界面，皱起眉，飞快地点击屏幕。

——你在干吗呢！又不回我消息！

轮子划着地面的声效一刹清晰，他们立刻化身待哺的雏鸟，伸长脖子张望。

两个穿着防护服、戴着口罩的整容医师，推着不锈钢推车进来，停稳。

老师接过一份文件，用几枚磁铁将其固定在移动白板上，是几张整容方案。逝者因车祸身亡，身体多处需要修复。

从陆嘉洛的角度，刚好能看见白布没能盖住的青灰色脚掌，和缩挤在一起的脚趾。

整容师进入工作状态。

老师在一旁说着："首先，判断遗体的扭曲程度，比如现在，我们就要恢复脑组织的位置、腿部骨骼的位置，确定线路再进行缝合、填充和清洁，确保速度要快，因为人的遗体变质更快。另外，在损毁太严重的情况下，我们还可以选择做模型……"

哐当一声响。

班里十几号人，包括整容师都抬头。

一个男生从椅子跌下来，旁边的同学赶紧将他搀扶出去。

男生被扶出门之后，还说着："不是，那股味道我……"

关键时刻，离门最近的男同学反应敏捷一把将门关上。

随后，门外传来干呕的声音。

蒋芙对关门的男同学抱拳，以示敬意。

口袋里的手机一振，陆嘉洛悄悄摸出来，盯着他发来的消息，她先一愣，然后眉头深锁。

——医院看病。

度过正常的两节课时间，在没有铃声的情况下下课，他们轻手轻脚叠起椅子，静悄悄撤出来。

摘下口罩扔进垃圾桶，殡仪馆大门外洒满灿烂的阳光，比中午韵味浓厚，还未到黄昏时分。

老师催促他们动作快点上大巴车返校，还能赶上半节文化学的课。

陆嘉洛挪步的方向偏离大巴车门，她对阿宁她们打着手势，准备偷偷溜走。

在室友们完美的掩护下，陆嘉洛绕过大巴车，运气极好地拦下一辆出租车，成功逃脱。

"市一医院！"陆嘉洛钻进车后座里说着，再抬起胳膊闻闻衣服，还好没什么奇怪的味道。

接着，她从包里掏出粉扑补妆，脸色怎么这么苍白，没点血气，她马上去翻包，翻着翻着焦躁起来，然后抓狂地尖叫一声。

司机师傅吓一跳："啊？怎么了！"

"没带腮红！"

"嘻……"

从医院诊室的窗户射进来的昏黄日光照在墙上，将阴影分割得整整齐齐。

陆嘉洛一眼望到他，穿着黑色的连帽卫衣、戴着浅蓝色的口罩的他低着头假寐，恰好躲过头上一片日光。

陆嘉洛走近发现，绝了，他竟然把两件卫衣套一起穿着，还都是连帽的。

她在艾德闻身旁的椅中坐下。

艾德闻揭开眼帘，看见是她，薄薄的一层睫毛又降落在下眼睑，肩膀斜向另一边，肘枕着座椅扶手，弓起的指节撑住头。

这里是排队取药的地方。

陆嘉洛轻声问他："几号？"

艾德闻靠近她的这只胳膊稍微抬起一些，捏着一张排号单。

陆嘉洛接过来，上面写着2086，她扫一眼头顶的显示屏，前面还有十几个人。

医院里人影匆忙，来来往往。

听见艾德闻因为重感冒而咳嗽几声，陆嘉洛转过头，目光就从被医用口罩遮住的大半张脸，落在他无力地搭在椅子低矮扶手上的手臂。

两层袖子底下露出的手背，尤其白，血管颜色偏蓝。

她无聊地伸出指尖，碰一下他手背的皮肤，收回，再碰一下，轻轻描着。

没能猜到，艾德闻忽然把手翻转过来，掌心朝着她，像是……一种邀请。

陆嘉洛脑袋一片空白地盯着他的手，然后由指尖开始，轻轻将手伸进他的指间，往下覆盖，感受着他掌心的温度，他们十指相扣。

他收拢了手，握住。

周围人影仍然步履匆匆，偏移的日光，显示屏滚动的数字，都在骗她说一切是如此自然，而她实际此刻的心率却远远超出平常的速度。

陆嘉洛面对取药窗口坐着，突然就把脸撇到一边，挡着嘴笑出了一声，她绷着脸扭头，欲盖弥彰地理顺头发，一点一点，倒向他的肩膀。

然而，艾德闻却伸出手抵住她的额头，指腹冰凉，将她的头往旁边一推，声音似闷不透气地低沉："不要靠近我。"

陆嘉洛逐渐瞪起玻璃球般的眼睛，下一秒就要出声。

艾德闻冲着她，点了点自己脸上的口罩——会传染。

陆嘉洛眼皮稍微往下一压，皱起鼻子，却被他的指节突袭夹住。

她愣一下，瞬间张嘴吸气，拍掉他的手，再甩开和他交扣的手，从包里翻出镜子照着，检查粉底有没有被蹭掉。

担心将病气传染给她，艾德闻又倚向另一边，无精打采地半敛着眼瞧着她。

陆嘉洛放下镜子，嫌他烦人，斜着眼睛和他对视。

艾德闻的下眼睑微微隆起，疑似是笑了。他倾身过来，重新握住她的手，拉到他的腿上放着，没有再给她松开的机会。

陆嘉洛她真的，一点脾气都没有了，彻底没有了。

大部分的人都是因为生病才到医院的，直面冷酷的脸孔、亮晃晃的刀刃、心惊肉跳的诊断结果。

这个时候的医院对陆嘉洛而言，感觉就是某一个场景，她全神贯注在一件事情上，听不清周围的人都说些什么。

陆嘉洛揪起棒球外套的高领子拉到鼻子底下，她低垂着眼睛，光滑的地板上是自己的浅色牛仔裤脚、白色板鞋。

一堆人马要走过眼前，她就把交叠前伸的腿收回来。

过了一会儿，陆嘉洛转头去打量身边的人，可惜他的脸庞被蓝色口罩遮挡，歪着头，安静地闭着眼睛，一直握着她的手。

她手背的温度，好像已经和他的掌心一致。

陆嘉洛抬头张望显示屏，数字滚动到了2084，怎么这么快？

另一边坐着一位穿花棉袄的中年女人，陆嘉洛瞄一眼她手里的排号单，然后说着："阿姨，2087是吧？我2086啊，您先去！"

艾德闻不知道什么时候醒来的，好笑地瞧着她说："你有病啊。"

陆嘉洛回头对上他视线："你才有病，你是真有病。"

下一刻，显示屏上的数字变成2086，她一边拎住包带起身，一边甩着他的手："放开放开！"

艾德闻看着她两只胳膊架在取药窗口的台前，牛仔裤裹着笔直纤细的腿，认真听着护士的一番交代。他挺直背深吸气，按住颈后，活动脖子，从座椅里起来。

他们从医院的楼梯下去，陆嘉洛走得比他要快一阶楼梯，她检查着医生开给他的药，还念念有词地说着："回家让艾米帮你煮粥吃，饭后半小时记得量一下体温，千万别碰垃圾食品哦小朋友。"

艾德闻又咳嗽几下，说话声音像喉咙里含着沙砾一样："……在附近随便吃点吧。"

陆嘉洛疑惑地回头："不回家吃？"

他说："她和爸出去吃饭了。"

陆嘉洛停住脚步，眼看着他从身旁超过自己平静地往下走。

这一层楼梯底下就是宽阔干净的医院大门，透明玻璃之外是天暗前的一片灰蒙蒙的蓝。

陆嘉洛站着没动，眉毛中间挤出个小褶子，有些难以置信地说道："你是充话费送的吗？"

艾德闻抬头望着楼梯上的人，表示自己也很困惑地耸肩。

他们在餐饮点评网站上找到附近一家卖粥的饭馆——富记粥铺。

正是晚高峰时间，店内盘旋着浓郁的热食气味，空位不多，墙上贴满菜单。

艾德闻坐下，摘下口罩。

他的面颊原本就没有多少脂肪，此刻还多一些眉宇沉沉的病态，倒是变得有点桀骜不驯。

点了单，陆嘉洛又去隔壁买来一杯柠檬菠萝冻回来，浮着很多冰块，杯壁上冒着水汽，晃动就会有轻轻碰撞的声音。

艾德闻说："会不会太冰了？"

"我又没感冒。"陆嘉洛说着又起身，倒了杯温开水给他，"冲剂要饭前吃。"

艾德闻解开医院的塑料袋，撕开冲剂的小包装，仰头将药粉统统倒进口中，喝水咽下。他从小就是这样喝药，陆嘉洛还是跟他学的，这样可以不必忍受药味的持续冲击，一秒钟解决。

他喝药的时候，她捏着吸管喝饮料，入口冰甜，后味微酸。

"冬天喝冰饮和夏天喝冰饮，是不一样的味道。"她轻声说着。

上桌一碗白粥，另一碗是用料丰盛的生滚粥，外加一颗溏心蛋。

服务生说下饭小菜在另一边的餐台，是自助式的。

盛菜的盘子都挺干净的，陆嘉洛随便抽两个，手机"嗡"地一震，她将它从口袋里掏出来，收到蒋芙发来的微信。

两盘小菜搁在桌上，陆嘉洛坐下，怕忘记蒋芙同学交给她的任务，说道："记得提醒我买纸，寝室卷纸没了。"

艾德闻即刻放下勺子，转向一旁，低头咳嗽两声。

他抽了张纸，擦了擦嘴，继续舀起清淡的白粥，说道："最好是在外面超市买，你学校的便利店关门很早。"

陆嘉洛刚刚吸上一口冰饮，摇着头，咽下才说："店里头有人的，敲门都会开，晚上我送你回家，然后我再回学校。"

她自信地说："让你体验一下什么叫不是亲姐，胜似亲姐。"

艾德闻动作顿住，抬起头，神情略带着讽刺地喊了她一声："姐？"

陆嘉洛微怔过后，竟然说道："这可是你有史以来第一次叫我姐，不行，你再说一遍，我要录下来……"

她兴奋地抓起手机，他沉默地敛目，抿唇，病菌害他失去活力，也让人感觉他处在即将摔勺子的边缘。

陆嘉洛夹起一颗腌豆角，递到他嘴边，眼巴巴地说："我逗你的。"

艾德闻保持怀疑地看着她，没有张嘴的倾向。

陆嘉洛又往他嘴边送去，做了个催促他的表情，他吃掉腌豆角。

她笑容中带着满满威胁地说："今天就是体谅你生病，下次约我出来不把我送回去你试试看。"

艾德闻表情顿一会儿，摸起筷子，从她的粥里夹走一大片鱼肉。

陆嘉洛愣着眨眨眼睛："……还给我！"

吃完饭，坐上出租车。出租车缓速行进，天际还有最后一丝淡淡的紫红色晚霞。

陆嘉洛懒洋洋地侧着身子，靠着椅背，戳了戳他的肩膀："叔叔他们还没回家？"

艾德闻收到母亲发来的信息，一边编辑回复的内容，一边摇头："还没。"

"带钥匙了吗？"

他眼也不抬："当然，我又不是你。"

陆嘉洛慢慢坐直："小伙子，是不是觉得单身的日子还没过够？我现在放你自由好不好？"

艾德闻转过头来，波澜不惊地说："出门的时候我想了想，如果是陆嘉洛，她一定会记得带钥匙，所以我也带上了钥匙。"

陆嘉洛正坐身体，脸向着窗外，抓一把滑落在脸颊的头发，压着嘴角的笑意："这个说法还勉强能接受吧。"

司机师傅说前方路段堵车，离目的地不太远，所以他们下车步行。

整座城市灯火通明，车河肆意但井然有序地流动。

他们把手塞在各自的外衣口袋里，艾德闻比她多拎着一袋药。

寸土寸金的地段，街道上的路灯都很精致，如同五颗一簇的白玉樱桃，正好路灯杆子都是深绿色的。

陆嘉洛仰起了头，脸朝着寂静的夜空，天气还没有冷到说话就冒白雾的地步："你知道吗，这会儿天空颜色的名字就叫冬季黄昏，编码是HEX，冒号，4C55……嗯，想不起来了。"

艾德闻也抬起了头，看着这一片"冬季黄昏"。

所有梧桐树都掉光了叶子，夜晚看不见它们的枝丫，可以听见汽车飞驰，叫人忽略夜风轻轻而行的声音。

而精奢的住宅楼就在眼前了。

艾德闻没再往前走，想着说："我还是送你回去吧，有点晚了。"

陆嘉洛很快地回答："有什么好担心的，这地方你又不是不知道，晚上十一点还堵车呢。"

艾德闻犹豫着正想对她说什么，她却将他推一把："你快进去，别害我也在这儿吹风。"

他点了点头，随即转身。

陆嘉洛却有点儿蒙了，不请她上去坐坐就算了，他不是会这一种套路的人，但是都不跟她再告别个三四十分钟吗？

陆嘉洛不懂自己为什么要去拉他的胳膊，而他的手臂正不巧往前滑动，好像只是拉住他的袖子。

她清醒后马上松开，说着："没事……"

艾德闻迟疑地注视着她片刻，再转身，又一次被她拉住。

陆嘉洛想化解自己的尴尬笑出声来，摆着手："没事没事！"脚下正想后退，胳膊被他一把拽住，往他身前一拉，她直接扑进他的怀中。

瞬间，她整个人都凝固住了。

等到能够自如地呼吸，她再没有迟疑，环抱住他的腰，鼻尖蹭到了他的衣服，除了冷冷清清的空气味道，居然还能隐约闻到柔润的沐浴露香味。

这是第一次不带任何戏弄，不存在敷衍，也没有歉疚的色彩……属于他们的第一次拥抱。

得到了她的回应，艾德闻笑了笑，收紧手臂，下巴抵着她的头顶。

陆嘉洛给自己十秒钟的放纵时间，就从他怀抱里退出来，迅速扭头之前低声说着："养病吧你我走了！"

第五章　齐刘海

"阿嚏……"

陆嘉洛打了个喷嚏，作为装饰品的咖啡色贝雷帽从头上掉在地上。

她弯腰捡起，随意拍了几下，对着寝室的镜子再戴上，鼻子很痒，她怀疑是被某个人传染的。

虽然他们上一次见面已经是两天前的事情。

阿宁捏着手机从卫生间破门而出，兴奋地喊着："耶——书法老师请假，今天的课改到周五下午了！"

蒋芙正梳着头发，听到她这么一说，梳子一甩，准备爬上床，同时说着："改课又不是不用上课，有啥好高兴的。"

阿宁依然兴奋地说："今天一整天没课可以出去浪了啊，蒋芙同志！"

陆嘉洛打开衣柜，摘下帽子往里一扔，关上柜门。

蒋芙已经坐在床上，盘起了腿，打开笔记本电脑，说着："你不瞧瞧外头冷的，我这只单身狗哪儿都不想去，就想在宿舍老死。"

刚刚把帽子收起来，陆嘉洛往自己的书桌上一窝，就收到了莫燃的微信消息。

——阿宁说你们今天没课，出来走走吧，我到学校了。

陆嘉洛拧起眉头，转脸喊着："高宁！"

阿宁假装自己什么都不知道似的，一拍脑袋："哎呀，衣服忘记晾了！"即刻逃离现场。

校区里有三个食堂，第三食堂门外有两尊石狮子。

谁知道食堂门外为什么要摆石狮子……

反正，莫燃站在一尊石狮子旁边，把一只胳膊搭在它怒张的嘴巴里，另一只手滑着手机屏幕，漫不经心的姿态。

莫燃抬起视线，正好看见她走来，才收起手机，嘴上说着："哟，小帽戴着挺精神啊。"

陆嘉洛两手插在外套的兜里，踩着高筒靴来到他面前："你的手没事了？"

"没事儿，能有什么事儿，几天别动它就行。"莫燃举起还绑着矫正绷带的手臂转了转，放下，又问，"吃了没？"

陆嘉洛点了点头，继续往前走："嗯，还以为下午要上课。"

莫燃却往后退了几步，一边说着："唉，我还没吃，等会儿，我买份炒饭。"

陆嘉洛看着他跑进食堂，一头钻进挡风的门帘里，她条件反射地跟上两步，又站住不动了。

出来之前，陆嘉洛习惯性地喷上香水，即便Jo Malone London的香水有个外号叫"五步散"，她也不想身上混合食堂里的味道。

她踢开路边的小石子，冷风吹得靴子里只穿丝袜的她跺几下脚，才准备要躲进食堂的时候，就见莫燃拎着一袋餐盒、一瓶矿泉水出来了。

他们去足球场坐着，空旷的观众席零零散散地坐着几对小情侣，这里也算是校区里的野餐胜地之一。

看着他因为一只手不能使力，所以不太利索地解着快餐塑料袋上的结，陆嘉洛说："我帮你吧。"

莫燃撑起眼皮，一脸惊恐地说："你喂我？"

陆嘉洛倒显得有点儿尴尬，直接扯着塑料袋说："……帮你打开。"

他笑着低眸："开玩笑的。"

莫燃埋头与一大盒火腿菠萝炒饭酣战，抽空跟她聊着一些琐碎的事情。

今天的天空是如此晴朗，大朵大朵的白色浮云，蔚蓝蔚蓝的底色，充满恬静的美好，而此刻他们之间，却需要一些沮丧的氛围，哪怕是下一点小雨。

一粒米都没有被浪费，他又把矿泉水喝光了，放在脚边，瓶子轻飘飘的，风一吹就倒，无声地往外滚。

莫燃给捡了回来，塞进快餐盒的塑料袋。

陆嘉洛缓缓吸入一口冷空气，然后语速飞快地说："那天我说过三天以后给你一个答复，我知道不应该带着太好的心情来跟你说这件事，可是直到现在，我还是很开心的，因为能和他在一起所以很开心，你就不要再在我这里浪费时间……"

大概是因为表达得乱七八糟，一塌糊涂，句句伤人，所以，陆嘉洛没有勇气面对他清水一样干净的眼神。

她低下头，轻轻说："对不起。"

飞机掠过天空，一串轰鸣，热血的呼喊从底下球场传来。

只有时间是寂静的。

这个时候，她身边的人突然命令似的说出："把头抬起来！"

陆嘉洛吓一跳，抬头瞪着他："干吗呀？"

莫燃笑了，肯定地点着头："这样才是陆嘉洛。"

她愣住，忽然间不知如何回应。

反之，莫燃很潇洒地说："你没做错什么，不用和我道歉。"

他拎起脚下垃圾，站起身，也说着："回去吧，你穿这么点出来，看着怪冷的。"

陆嘉洛忙不迭点头，确实很冷，而她也不懂该怎么和他相处了。

当她快走到从观众席下去的台阶处，莫燃还是站在原地，想着什么。

他放下了垃圾袋，两手搭在嘴边，冲她的背影喊："陆嘉洛——"

听他号这一嗓子，陆嘉洛差点儿崴到脚，她按住头上的贝雷帽，转身，有点蒙地瞧他。

底下中场休息的男同学们，就算没有身经百战，这场面一看他们也懂，就是要表白的架势，纷纷起哄，吹口哨。

在不明真相的围观群众的疯狂起哄中，陆嘉洛独自慌张，难以控制表情地望着他。

莫燃是镇定自若的，就像释然地、亦是无奈地喊出："人这一辈子，不可能只爱一个人！"

多么匪夷所思又铿锵有力的一句话。

这表达必然导致了球场上的男生们满头问号，其中有人笑着喊："哥们你说啥呢！"

随后他们集体哈哈大笑。

陆嘉洛笑不出来，只能愣愣地看着他。

莫燃转向球场，朝他们两手一摊。然后他又转过来，又和她摆手作别，意为让她快点回去。

就在他弯腰再次拎起一袋垃圾的时候，陆嘉洛掉头走开。

走下台阶的脚步很急，迎面的风拼命牵绊她的头发，她却不敢回头。

总感觉……他说的话，还有下半句。

那么他没有说完的，究竟是什么呢？

是"人这一辈子，不可能只爱一个人，我可以等你"，还是"我会遇见比你更好的人"。

或许，连莫燃自己也没办法确定，下半句会是什么。

周五的傍晚时分，霞光散后不久，陆嘉洛拎着行李箱回到家。

快要过年了，她的妈妈许晓惠女士正在收拾卫生，当然喜闻乐见免费的劳工回家了。

陆嘉洛就只能戴起口罩，一边搬出柜子里的杂物，一边抱怨："你就不能请个家政阿姨嘛。"

"请阿姨不要钱的啦？"许女士瞥她一眼，"平时没让你做家务就不错了，还叨叨叨的……"

陆嘉洛撇撇嘴，发现柜子下面还塞着东西，拉出来，灰尘厚度可以厘米计。

原来是两三本相册，她兴致勃勃地翻起来，也好趁机偷懒。

有一本里记录了她爸爸的童年、中学、大学，陆嘉洛越往后翻越疑惑，问着："为什么这上面都没有大叔叔？"

没有人回应。

陆嘉洛回过头，许女士背对着她收拾衣物，就好像没听见一样。

陆嘉洛过去跪坐在她身边，拉下口罩，直白地问道："妈妈，你知道爸爸跟大叔叔以前发生了什么吗？"

许女士似乎有点儿不想告诉她的意思，但怎么说，八卦是人类的天性。

经过几番心里斗争，许女士凑近她肩膀，明明她爸没有在家，还是要跟她悄悄说着话。

时至今日，陆嘉洛才知道，她爸和大叔叔陆夏中不是一个妈生的。

难怪爸妈从小就不让她在奶奶面前提起另外两个叔叔，而爷爷在她没能留下什么印象的年纪就去世了。

"当初你爷爷身体不好还要抽烟喝酒，管管他吧，他又气吼吼地说'你们还不如夏中对我好'怎么怎么的。

"是，陆夏中什么时候管过他，随他喝随他抽，偶尔想起他了，再给他点零花钱。所以你爸就说，钱也是他出，力也是他出，最后落得好名声的，是陆夏中那个白眼狼。"

许女士口中的陆夏中和她所接触的大叔叔，简直对不上号。

许女士将衣服一抖，总结陈词道："人啊，都是说不准好坏的，人家对你好就行了，别管那么多。"

担心冬季要长膘，陆嘉洛拒绝吃晚餐，就啃了一颗苹果。

洗完澡，她扑倒在自己的单人床上，摁亮床头架上的灯，摸到手机，撑起上半身。

湿淋淋的发尾垂落到床沿，渐渐变得像夜幕一样冰凉，她丝毫不觉地发着微信。

——我知道了一个天大的秘密，和你爸有关的。

发完消息，陆嘉洛把手机放枕头上盯着，屏幕即将暗掉之前，她收到了艾德闻的回复。

——都能被你知道，还算什么秘密。

陆嘉洛深呼吸一个来回，不生气不生气，以后还有机会收拾他。

她重拾耐心地点着屏幕。

——针对这个秘密的真实性，现在我要问你一个很关键的问题。

——什么？

她翻过身，举着手机打字。

——你想不想我？

点击发送后，陆嘉洛就将手机按在胸口，眼珠一转，马上又举起，输入着：算了不要回答了，我知道你很……

字还没打完，一通电话先打进来。

陆嘉洛清了清嗓子，却不懂自己为什么要严肃地说："干吗突然打电话？"

在极其短暂、可以忽略的间隔时间后，他说："想你啊。"

怎么也没想到，会是这个回答。

陆嘉洛拿远手机，趴在枕头上笑出一声，然后再贴到耳边："哦。"

可是紧接着，他又平静地抛出一个重磅消息："后天我要回东京了。"

陆嘉洛从床上弹起来，踩着柔软的床垫，幸好天花板够高："你们寒假还放不到一个月？什么情况啊还没过年呢！"

"啊……"艾德闻刚要应答，只是慢了一点。

陆嘉洛的身子骤然下降，跌坐床上，思维发散地说道："是不是你的日本女同学催你回去呢？仗着我也看不懂日文，你们还能在社交网站肆无忌惮，我就知道异国恋不可靠……"

艾德闻听不下去地打断："陆嘉洛，你理智一点。"

她眉毛轻挑，隔空对他眼神压迫："陆、嘉、洛？"

对方沉默了几秒，在她快要以为电话断线的时候，艾德闻似乎才搞懂状况地改口："嘉洛。"

艾德闻的感冒好了，又变成了记忆中的少年，他从未这样叫过她的名字，用这样偏低沉、却那么干爽的嗓音。

登时，陆嘉洛钻进被子底下，又不高兴他后天就离开，情绪混乱地呜咽哼唧。

她稀奇古怪的声音被艾德闻听到，所以他的声音听起来像是带着笑意："明天可以见你吗？"

陆嘉洛掀开被子坐起来，一会儿才回答他："嗯。"

翌日，早上九点。

陆嘉洛跪在床上，拉开了窗帘，天是灰亮的。

这几天才真正进入冬季，玻璃窗开始蒙上模糊视线的水汽，下雪的概率微乎其微，是仿佛随时遇见雨的潮湿空气。

难得早起没有被困雾凝结大脑，陆嘉洛心情轻快地洗脸化妆，却在给头发吹出卷度的过程中败下阵来。因为她疏于锻炼，举一会儿吹风机就累到胳膊快断了。

换上昨夜入睡前构思好的一套打扮，陆嘉洛明艳的脸蛋回到梳妆镜里，她为唯一素淡的嘴唇抹上口红。

许女士正准备叩响女儿房间的门，发现门是虚掩着，就一把推开了进来。

陆嘉洛险些把口红擦出嘴唇外，她从镜中瞧着她的妈妈，而许女士背靠门框，半点目光都不分给她，握着毛球修剪器嚓嚓地刮毛衣。

"奶奶生病了，我现在过去看看她，一会儿给你打电话你就过来，我们送她去医院……"许女士颇感烦恼地说着，"哎哟，这三天两头的，别有什么大事情才好哦。"

"奶奶……"陆嘉洛发着愣，话未经大脑地脱口而出，"可是……我……还要约会……"

此言一出，许女士抬起头，从上到下把她扫一遍，眼神流露出对自己得意之作的赞赏，不忘问着："跟谁？"

陆嘉洛咽一次口水，不敢坦白真相："……蒋芙。"

果然，许女士不耐烦地说："你俩天天搁学校都能待一块儿，不缺这一天！"

随着话落房门就被带上，门风吹倒梳妆台上的口红盖和她原本雀跃的心。

半个小时过去，许女士出门了。

陆嘉洛对着手机思考，怎么跟艾德闻解释目前的情况，以及怎么他还没从她频繁地正在输入，却没有任何新消息的诡异上看出端倪，屏幕突然显示他的来电。

接通电话，她连基本的礼貌用语都省略了，着急地问道："你到哪儿了？"

艾德闻说："你家楼下。"

陆嘉洛匆匆爬上床，额头抵着玻璃向下望，一片灰色水泥地，来往的人极少，她紧张地问："没碰见我妈妈吧？"

红唇间吐出的气息在窗玻璃上凝结成雾蒙蒙的一团。

艾德闻特意环顾四周，才回答："没有。"

结束通话，艾德闻侧着身靠住墙壁，低头玩起手机，老阿姨从菜市场满载而归，拎着花花绿绿的塑料袋走过他身旁，正要打开楼底下的安全门，瞅他一眼。

见他不为所动，她径自进去，砰的一声门又关上。

等听到高跟鞋敲着大理石地砖走近的声音，他仍然低着头，却退出手机游戏的界面，站直，拍了拍肩头蹭上的灰。

嘀嘀两声，安全门由里头的人打开。

艾德闻推着门进来，目光都没有在她的脸上停留，就盯着她的尖头高跟鞋的细长的鞋跟。

他摸摸鼻梁说："大冬天你穿这个鞋，挺好看的，就是……好走吗？"说完，才抬眼与她对上视线。

安全门外头刮风，顽强附着枝头的树叶在日光下摆动，听不见它的沙沙响，只听见不认识的阿姨又在小区里叫唤她家的狗。

眼前男生穿着防风外套，里面是深蓝色连帽卫衣，她平视他的颈肩，可见一圈红色T恤的领檐，大概他上身就这三件衣服，也不怕冷的。

艾德闻越是清俊得使人心里悸动，她越是纠结，因为许女士不可反抗的地位，和她也有点儿担心奶奶的心情。

"我奶奶生病了，等会儿我要去医院照顾她。"

艾德闻第一时间问道："严重吗？"

接着又说："我陪你过去吧。"

陆嘉洛连连拒绝："不用不用不用，我那个什么，没跟我妈妈说你和我的事情……"

艾德闻微微仰起头，眼神饶有探究趣味的，打量着她："为什么不敢告诉伯母？"

陆嘉洛反而振振有词："你不觉得他们，就是你爸妈和我爸妈，要是知道我们在一起了，他们会很尴尬吗？"

艾德闻表情轻松："不觉得。"

"难不成你跟艾米说了？"

“还没有……”

“别说！”

陆嘉洛抬手制止他，这手就顺便拽住他的袖子，拉去乘电梯：“多大的人了懂事一点不要给家人添麻烦，你没来过我家吧，我们抓紧时间参观参观。”

像是做贼一样回到了家，陆嘉洛先确定许女士是真不在，再把艾德闻换下的鞋塞进鞋柜里看着不那么显眼的位置。

她又觉得客厅不安全，拽起他胳膊往自己的房间去，忽然记起什么，即刻转身又挡住他：“你在这儿等我一下！”

陆嘉洛闪身进卧室，快速拾起散落在床上、椅背上的衣物，一股脑儿扔进衣柜，关上。

等她再从卧室出来，艾德闻倚着身后的餐桌，掌心按在桌沿静静端详整个客厅，哪儿都没去。

短短两秒钟之内，陆嘉洛在想着一些能够触动她的事情。

每个暑假，他们最起码会一周一次出门游山玩水，有时候也开车进城去看电影。

情侣约会能去的地方，其实他们都去过，只是他们身边多了几个人，心态不同……

可能只是她的心态不同。

如果艾德闻很早很早以前，就对她抱有其他的感情，那么当时的登山、钓鱼、看电影，甚至每天的对话与距离，他的心情会不会和此刻一样的？

所以，陆嘉洛一直都不允许自己暗恋别人，因为太辛苦了。

于是，艾德闻就见她走到自己的面前，拍着他的肩说：“你辛苦了。”

他完全搞不明白她什么意思：“还好吧，我打车来的。”

陆嘉洛的卧室很小，散发着一股樱花的味道，并非香料调制的甜腻，而是一种生机盎然的、缓慢侵入鼻息的、带着一点苦涩的植物散发的气味。他闻过樱花，所以认为是它的味道。

床头架上挂着一串小灯泡，墙上贴着一张奥黛丽·赫本的人像海报。

自从他们碰面和闲扯时不再冷漠，对方即使面无表情，目光也变得柔和，他指腹在她的置物架上移动的动作，游弋在书本之间的目光，也不会被陆嘉洛解读成轻蔑。

要是他不在这时候说一句"你的书架该擦了"会更好。

陆嘉洛在自己的单人床上坐下，他就开始脱去外套，她有一点心跳加快地注视着他的动作。

他们好像没有共处一室的时候，应该说，如此和平且暧昧地共处一室的时候。

艾德闻随手将外套挂上衣架，望着前面问："这墙上是什么？"

大面积的颜色，红一块黄一块，形状像猩猩之类的动物，加上一层抹不去的白色雾气。

"初中的时候画的，后来我嫌难看，又刷了一层漆想盖住，时间长了漆又掉了。"她把手一比，向他展示一样地说，"就掉成这样了。"

陆嘉洛垂下手臂，又拍打几下身旁的床："过来坐，不要客气。"

艾德闻从容地过来坐下，但是避开了她的眼睛，搓了搓大腿，看见床头架上的书本，手伸了出去，同时问着："我可以翻吗？"

"不可以。"

他生生地停住。

陆嘉洛身子转过来，面对着他，无比认真地说："你现在只能看我。"

她把手放进艾德闻的掌心，握住他的手，也盯着他的手，不开心地说："不然我就白化妆了。"

她低垂着眼，浓密的睫毛，玫瑰色的嘴唇。

他又不懂门道，只能说："很漂亮啊。"

陆嘉洛扬起脸，扯着嘴角："真不走心。"

"随你吧，反正我说什么你都……思维扩散，还都是朝不好的方向。"

陆嘉洛指间扣住他的一个指节往外刮，慢悠悠地说："这能怪我？让你好好表个白，然后你那时候还发脾气，四舍五入是你白捡一个大便宜！"

说完，她就生气地扔掉他的手。

艾德闻抓回她的手，紧紧攥着："难道不是因为你太傻？"

陆嘉洛倒吸一口气，更吃力地甩开他的手。

他再来捉她，她再甩开，干脆把两只手藏到背后去。

她以为这是一次看谁先笑场的对视。

可是，当艾德闻突然靠近她的脸，神情并不是有所预谋的，就像想要探寻她身上是否有某种味道，因为她在这一瞬间把头撇开，艾德闻亲到了她的脸颊。

陆嘉洛没能把头扭回去，只是短暂地回忆着这短促的触碰，随即她失去力气往旁边一倒。

她躺在床上，长发散落在浅灰色的被单上，头顶就是窗。

艾德闻没有沉默多久，跟着躺下，天光微微发暗，他盯着找不到阳光的天花板。

他声音不舒畅地沉闷："为什么躲？"

陆嘉洛摸到他的手，自觉地往他掌心下面钻："……没有，就是条件反射。"

那些沉闷一扫而空。

窗沿上摆着她日常的几样杂物，还有三盆很小的多肉植物。

艾德闻抬起胳膊去，拿起其中一盆，转了转说着："冬天不会冻死吗？"

"好像快了。"

他们无心地讨论着多肉在冬天的存活率，而她只想知道刚刚的场面还有没有后续，以及她该如何扳回一城。

艾德闻一个翻身，衣服摩擦发出细微的声音，双臂便撑在她身侧，身形的阴影笼罩着她。

近距离欣赏她的五官，瞳仁太过有亮泽，如同黑夜里的雨，仍有一点年轻灿烂的东西，隐藏在凝视她的眼波下。

心跳如擂鼓的状况下，陆嘉洛居然问了句："你还要亲我？"

这简单的问句让艾德闻停顿，从而她有机会，抵住他的肩往上一推。

今天，她第二次说出："等我一下！"

陆嘉洛开门张望，缩回脑袋，锁门，手机静音，扔到床上一旁，自己也随之坐下，排除一切可能影响到这个亲吻的因素，然后盯住他。

艾德闻理解了她的一系列举动，忍不住笑出来了。

"有什么好笑的。"

陆嘉洛戳他的肩膀，他还就势躺倒下去。

艾德闻尽情嘲笑着她："陆嘉洛你真是太屁了。"

她咬起嘴唇，从他的脑袋底下将枕头抽出来，再举起枕头，要砸他的时候，家里的座机电话响了。

短而急促的铃声，在神经末梢叫嚣，持续作响。

而眼前这个人眉眼明亮，躺在她的床上，笑容分外阳光爽朗。

陆嘉洛高举枕头毫不留情地砸下去，反正枕芯是羽绒填充的，他手臂还是下意识挡在脸前。

艾德闻把手臂放下，她看了一下他的眼睛，这一次扔下枕头，起身跑出卧室。

根据以往的经验判断出，电话铃声即将进入最后一段，陆嘉洛抢在这之前，接起电话。

许女士不容置喙的声音像一串鞭炮，噼里啪啦地炸着她的耳朵。

陆嘉洛将听筒翘起，远离耳朵，一边听着她妈妈说话，一边观赏起阳台落地窗里的自己，黑色的高领毛衣，浅驼色的灯芯绒短裤，白皙笔直的双腿，踮脚，要是能再高几公分就好了。

此时，她的身后又多出一个人影，斜斜地倚在沙发椅背上。

将听筒放回座机，陆嘉洛转身，毫无预兆地一头埋进他的胸膛，环住他。

只拥抱过一次，根本不算驾轻就熟，她感觉身体的血液在加速流向心脏。

艾德闻在短暂的时间内，反应过来，胳膊扣在她的背后，压着她柔软松散的头发。

剔除层层衣服的布料，仿佛只剩他的躯干，分不清是骨头还是肌肉，这样纯粹的、不留余地的肢体相碰，使她开始出现迷恋的征兆。

陆嘉洛心有不甘地问："你行李都收拾好了？"

"还没有。"

"明天几点？"

"上午十一点。"

怕口红蹭到他的衣服上，陆嘉洛只用鼻子顶着他。她情绪失落地说："不要走。"

艾德闻没听清："嗯？"

陆嘉洛脱出他的怀抱，额前的头发向后一抓，恢复平常端着下巴的状态："我要接奶奶去医院了，你自便吧，要是你有空就瞧瞧我家新买的洗衣机是怎么回事，可能它换个环境有小情绪了，自己洗着洗着就往外蹦，都快从阳台跳楼自杀了……"

嘴里这么说着，陆嘉洛脑子里回忆许女士的嘱咐，忙碌地穿梭在家里的房间，手里堆集起围巾手套等等物件。

艾德闻看着她做这一些琐碎的事情，说："我送你过去。"

她定住："啊？"

"然后我再回家。"

"哦。"她干干地回应。

数完应该带上的东西，陆嘉洛走向玄关，回头发现有人别有意图地打量着她。

艾德闻已经走近她，目光一点点下降，落在她的腿上，低声困惑："我一直就想……"

他在说话的同时，带着灼热温度的手，从指尖开始到掌心，到她的大腿，触碰着她暴露在冷空气中的肌肤。

这毫无顾忌的动作使陆嘉洛愣住。

艾德闻一脸不出自己所料地说："你果然没穿袜子啊？"

陆嘉洛回神，羞愤地说："干吗呀，谁让你乱摸的，要流氓！"冲他的肩膀打了好几下，她正要转向玄关，艾德闻一把握上她的胳膊，没使多大劲就将她拽住，不让她出门："这么冷的天你还不穿袜子！"

她指着玄关："我穿靴子，过膝盖的！"

他露出难以理解的表情："靴子有什么用！"

"我的坚持你不懂，放手！"陆嘉洛拍打他的手臂，徒劳无功。

艾德闻把她往卧室的方向拽。

"我不要！我不穿！"陆嘉洛蹲下抗拒地嚷着。

他笑了起来却没放弃，像拉雪橇一样拉住她两只手往后退。实力悬殊，她拖鞋底没有停顿地在地板上滑动前行。

艾德闻轻松将人塞进卧室。

"你换完裤子再出来。"他通知她一声，就把门带上。

坐上出租车，陆嘉洛的脸只朝着车窗，下巴不服输地继续扬着，表示她很不高兴。

交叠的两条腿裹着黑色修身长裤，还是加绒款的，黑色马丁靴，一身黑，如同她被迫换裤子的心情。

尽管室外真是冷极了，但她死也不承认他是对的。

为了方便照顾奶奶，她家住得离奶奶家很近，开车不到十五分钟的路程。

这条路上一排小吃餐饮的店铺，中间分开一截，呈现出相对较窄的小区正门。

艾德闻下车的时候，望一眼小区上方挂的名字，康禾社区。

这里对他而言是全然陌生的地方，继父的母亲，也就是他现在的奶奶，住在疗养院，听说上周才跟着旅行团去海岛游，所以跟陆嘉洛口中的奶奶不是一个人。

他也没说什么。

路旁的树竟还是绿的，只是梢头嵌着枯黄，枝叶压得很低。

陆嘉洛关车门比他快，却走得比他慢一步，直接站住。

她想到明天就郁闷："你能不能不走？"

艾德闻愣一下，接着神情认真地进入思索的状态，仿佛不走还有可能性。

陆嘉洛即刻用两手夹住他的脸，扶正他的头："啊，不要想，不要想办法，我就是跟你撒娇，你不要误机一路顺风，好好学习天天向上。"

艾德闻笑了出来，嘴角往外牵起，露出洁净的牙齿。

他扯下她的手，放到自己的腰后，顺势揽过她抱在怀里，还轻轻拍着她的后脑勺。

闻着他身上有也近似无的温和味道，她反倒更堵得慌。

这样的场景下，艾德闻豁然开朗地说："如果你家洗衣机是新买的……可能是背后的螺栓没拆。"

陆嘉洛猛地抬头："你确定？"

许久没见到奶奶，今天见到的她似乎又老一些，幸好不是令人绝望的苍老，她精神还很好，而且依然很会开玩笑："我啊，争取熬到咱们嘉洛毕业上班，还省了红包钱。"

从家里出发去医院之前，奶奶塞给她两颗橘子。

陆嘉洛坐在病房一旁，剥橘子自己吃，将来十有八九她在殡仪馆工作，所以她马上领会奶奶的黑色幽默，没心没肺地咯咯咯笑不停。

许晓惠僵尸一般冰冷的刀眼甩过来，让她差点被橘子汁呛到。

许女士带她从病房出来，倒热水，顺便说着："奶奶要住院观察几天，今晚我留下陪她，你明早带着保温杯，在楼下打包一碗粥上来。"

电热开水箱光滑的一面照出陆嘉洛纠结而急切的表情。

许女士转过头："干吗这表情？有困难？胳膊断了还是脚瘸了，用不用楼下给你挂个号？"

陆嘉洛的破烂脾气遗传自许女士，显然许女士的坏脾气更胜一筹。

第二天早上，医院的住院部走廊冷得肺都冻僵，陆嘉洛疾步窜进病房。保温杯和几盒下饭菜，悄悄放在床边柜子上。

奶奶在睡觉，许女士不在，可能去洗手间了。

陆嘉洛小心翼翼地拉出椅子，坐下，掏出手机，打开微信。

——登机了。

她点着屏幕编辑信息，再发送。

——记得想我哦。

附带一个可爱的颜文字表情。

对方回——你被盗号了？

陆嘉洛朝天花板翻一个大白眼。

——再见。

——我会的，巷说百物语还可以。

他会什么？

陆嘉洛憋着笑意，明知故问地发给他一串问号。

艾德闻以为她是问他的后半句。

——小说。

陆嘉洛扶额。

寒假来临前夕，这一天中午，许曼突然间来学校找她，约在校区外头的火锅店见面，说是要请她吃饭。

陆嘉洛两手插在枣红色的棒球棉服口袋里，梳着高高的马尾，踩着高跟靴子，走进火锅店。

许曼听到这个傲慢的脚步声，就知道是她，头也不准备转一下。

走到桌旁，陆嘉洛伸出手指钩住椅子上的纸袋，视线往里一瞄。

许曼自己解释："晚上兼职要换的衣服。"

火锅沸腾有一会儿。

许曼眼帘看似疲惫地垂着，烫生菜，说："请你吃的这顿饭花光了我这个月的生活费，你表示表示吧。"

陆嘉洛从碗里抬起脸，还咬着豆腐皮就说："你钱都花哪儿了！"这才月初。

"我爸老毛病又住院了呗，亲戚被我借烦了。"

许曼父亲是师范学院硕士毕业的，在她们的高中当老师。当陆嘉洛得知这件事情之后，恍然大悟为什么写在许曼履历表上的大过小过，就跟用的是定时消失的墨水一样，无声无息地没了。

不过，许曼很仗义，也画掉了陆嘉洛那些年被记的处分。

想到这里，陆嘉洛摸起手机："……转到你微信吧。"

"你给自己留点儿，还要吃饭的。"

"你看我像那种无私奉献的人吗？"陆嘉洛搁下手机，语气散漫，"哦，忘了跟你说，艾德闻和我在一起了。"

其实从接到许曼的电话起，她就在酝酿了。

许曼的反应如预料中的大，却不是她预料的反应。

"终于啊！"

许曼如此感慨只一瞬间，马上又因为倦怠变回快然。

陆嘉洛想恭喜她，她在高中就梦寐以求的高冷面瘫的气质，现在已经初现苗头。

许曼捞起一块白萝卜，说着："以前你就爱提起你的那个堂弟，讨厌的人哪有每天挂在嘴边的，你是典型的吃不到葡萄说葡萄酸。"

有人敲了敲窗玻璃。

她们转过去，一张酷似柴犬的人脸贴在玻璃外面。

柴晏嘿嘿笑着，身旁还有莫燃，他穿着与她穿的衣服颜色相近的棒球外套，乍一看两人简直是穿着情侣装。

莫燃也发现了，还笑出声一下，摸了摸颈后，就盯着手机。

陆嘉洛不太自然地笑了笑。

他们离开视线，许曼就问："你同学？"

算是吧。陆嘉洛点头。

"那个跟你穿情侣装的呢？"

陆嘉洛顿一下："这是撞衫，他叫莫燃。"

寒假在这座城市最冷的一天开始了。

陆嘉洛和艾德闻彻底变成异国网恋，他甚至成了她的私人国际代购，如同代购才是他的本职工作。

零食保健品这些还容易些，艾德闻本人对化妆保养品的知识匮乏，由于他代购得不太专业，他们经常产生分歧。

陆嘉洛在书桌前坐下，把手机夹在肩头，搅拌几下奶茶，一边打开MacBook，一边说着："你到底会不会日文啊，大哥？"

手机那边传来艾德闻的回答："我确定是按照你发过来的问了，店里的人说没有这个产品，大姐。"

"大姐？"

艾德闻停住脚步，汽车飞过压起水花，哗一响，他极具智慧地改口："旁边走过去一位大姐，认错人了。"

"我劝你珍惜生命，你命没了不要紧，我可是要失去了一个男朋友。"

"微臣惶恐。"

阴沉的天空下，行人繁忙。

艾德闻打着一把透明的雨伞，雨水不断从伞沿，落到地砖上，他继续往前走，路过地铁站，拐进此刻无人经过的巷子里。

陆嘉洛抱起双腿，转向床旁窗外使人懒洋洋的日光："过年你不请假回来吗？"

"我爸妈除夕前两天会过来。"

陆嘉洛明白地"哦"一声："看来你是买房送的。"

艾德闻看见迷蒙雨中一家小餐馆的招牌，原本想说什么，也改成问她："你想吃可乐饼吗？"

"这也可以邮寄？"

"应该不行。"

那你没事提这个干吗？

陆嘉洛往椅背一靠："我请客，你去买两个吃。"

艾德闻在店门屋檐下收起雨伞，放进伞桶，走进开着暖气的店内。

她听见拉开门的声音，听着他在说日语。

点了两份可乐饼、一杯红茶，在店里坐下，艾德闻没挂电话，换了只手举着，解下围巾挂在椅背，再从口袋里掏出耳机插上。

陆嘉洛端起奶茶，就像坐在他旁边一样，问着："好吃吗？"

他一边低头啃着可乐饼，一边说："不错。"

陆嘉洛的两位室友家在外地，许曼又忙着兼职，为了挽救她寒假在家枯坐的无聊，艾德闻说要请她一起看电影。

一部人变猫的荒诞喜剧电影。

他给她买的是VIP放映厅的票，沙发椅的座位比普通放映厅的座位宽出许多，座椅数量也少。

陆嘉洛抱着一桶爆米花和饮料，在放映厅关灯前找到了她的座位。

边上的沙发椅与她的挨得很近，扶手是可以收上去的，传说中的情侣专座。

放下饮料，她一直挂着耳机，往嘴里塞一颗爆米花，就问着："我旁边有人吗？"

耳机里传来艾德闻的声音，理所当然地说："旁边的我也买了。"

陆嘉洛轻轻地笑，猫一样的眼睛向上弯起来。

大荧幕上的广告播完，出现影片的片头。

陆嘉洛扯下一边的耳机，说着："要开始了。"

东京的某座公寓里，艾德闻在沙发里坐下，刚煮好的黑咖啡放在茶几上，让笔记本中的电影视频开始播放，再拎起一盒饼干拆开。

他喝黑咖啡，她吸着碳酸饮料，投入同一部电影里，跟着周围观众的频率笑出声。

影厅中的背景音乐很响，还是能听见他带着笑意说："你长得跟这猫很像。"

陆嘉洛表情瞬变："你再说一遍！"

意识到自己音量略高，她缩起脖子，小声警告他："小心我亲手为你写副挽联。"

这个寒假里，话费持续增长，通信公司嗅出不同寻常的气息，给他们打来电话，建议陆嘉洛换一个适合海外长途的套餐。

许女士都没有他们敏锐，只在吃饭的时候，喊喊她女儿的魂："哎，吃饭，跟谁谈对象呢，成天抱着手机？"

陆嘉洛表情无异常地放下手机，摸起筷子："我跟朋友聊天呀。"

男朋友，也是一种朋友。

除夕夜。

往日沸腾喧哗的不夜城，陷入安稳富丽的寂静。

从前几年开始，全城对烟花爆竹管控严格，明早下楼都看不到一地红艳艳的碎片，指定烟花燃放的地点离城市很远，落地窗紧扣，听不见响声。

今晚艾德闻和他的爸妈一起吃饭，她没有发信息给他。

陆嘉洛想让他用她的照片做手机桌面，都因为担心会被艾米他们看见，于是作罢。

忍了一晚上，终于在春节晚会主持人倒数至零点的时候，她抖擞精神翻身趴在沙发上，编辑消息。

——新年快乐！

——新年快乐。

几乎同时。

心情就像远方无声上升的烟花。

陆嘉洛笑起来的眼睛，映着手机屏幕的光。

这个寒假里，陆嘉洛在微博刷到日本变态杀人事件的新闻，就疯狂发消息提醒他注意安全。

艾德闻说坐地铁的时候想到一件事情，然后坐过站，匆匆下车，还把这件事情给忘了。

这个寒假里，陆嘉洛在和他聊天的时候睡着了，早上起床还能听见，他打着哈欠慵懒地说耳机找不到了。

当天下午，艾德闻向她发视频对话，陆嘉洛接通，看见他没打理的头发从额头中间分开，背靠着一面墙，头顶似乎是窗沿，可能他坐在地板上。

大概他还没有找到耳机，用着手机的扩音器，他的声音听上去有点远："今天突然下雪了。"

说完，艾德闻把手机举高，镜头对准玻璃窗外的景色。

陆嘉洛情不自禁地赞叹出声。

纷纷扬扬的白色，势要覆盖所有目光所及的城市建筑，仿佛可以听见雪块叮叮撞玻璃的声。

看着他的手机被靠在窗玻璃上，又被固定上支架，放在与窗户有一些距离的地方。

视频画面里走入他的棕色长裤，裤腿垂到地板，他赤着脚。

艾德闻要拉开窗户，没有防备地，自由的风卷着雪片飞进来，落在他象牙色的圆领毛衣和他的头发上。

他发出"哇"的一声，慌忙把窗户拉上，干净爽朗地笑着，拍起脑袋上和身上的雪。

陆嘉洛抱着膝盖，坐在暖和的房间里，走神地说："你比雪好看。"

他好像没听见。

情人节在开学前。

她拆开艾德闻邮寄给她的包裹，发现他很忠于节日的本质，里头是各种各样的巧克力，不带重复的。

数了两遍，确定一共十盒。

陆嘉洛拨通他的电话："为什么不是十一盒？"

艾德闻反问："为什么要十一盒？"

"一心一意啊。"

"这应该你对我说吧，我可没有在手机里存着什么'未来女朋友'。"他的语气稀奇古怪。

其实她是笑着说："我也没有在你身上安摄像头，怎么知道你旁边……"

正说着，许女士从主卧里出来，陆嘉洛顾不上说完这一句，抱起桌上的巧克力，躲进她自己的房间。

艾德闻聪明得像个侦探，从她声音的蛛丝马迹就准确地推测出："你又躲伯母？"

下半学期开学之初，冬季余韵未散去，有几个夜晚，陆嘉洛仍能听着呼啸的风声入眠。

快到宿舍楼门禁的时间，年轻男女们还在楼下搂搂抱抱，难分难舍。

假装单身的陆嘉洛和真实单身贵族蒋芙，曾经酸不溜秋地给这些小情侣起了个外号叫，树袋熊。

显然树袋熊们已经结束冬眠期，出来活动了。

陆嘉洛在学校里本就是个小有名气的人，所以她有男朋友的消息，基本传遍每个对她有意思的男生耳朵里，即使只闻其名头，不见其人，还是不约而同地惊讶，她的对象居然不是莫燃。

少了陆嘉洛这一张标签，莫燃又开始风靡一时，他在图书馆坐一个下午收到的小纸条可以装订成一本书。

以前莫燃是接收不到信号，如今是他单方面设置屏蔽信号。

皇帝不急，急死柴狗。

柴狗苦口婆心地说："你咋还不找个对象，独自熬过这个冬天的你，空虚寂寞冷不？"

莫燃回答他："不冷，一个人挺好，省钱。"

柴狗无言反驳，竟然还觉得有几分道理。

当又一个可爱的学妹被莫燃的无动于衷打击到自信心时，陆嘉洛就想鼓励她不要放弃。

可是再想一想，她有什么资格去鼓励别人。

许曼白天兼职网店客服，晚上在酒吧兼职，抽空在学校上课。

这一次，许曼父亲的病情应该很严重，她甚至把家租给别人，自己没有地方住，偷偷在陆嘉洛的宿舍挤了两天。

然后，陆嘉洛想到了校区外的招待所，她带着许曼过去，一个月五百长租一间房。

从招待所回到寝室，洗澡前，陆嘉洛把手机搁在桌上，镜头冲着她的下巴。

她觉得自己的五官很鲜明且美，什么角度拍都无所谓，事实也是如此。

一边翻找被自己到处乱塞的眼霜，发尾在手机屏幕上扫来扫去，她一边说着："头发长出来一大截，去补色还是染黑呢？"

艾德闻看到的画面忽明忽暗，说起："你有刘海的时候好看。"

他想到的是她的高中时期，一样的长发，多一层薄薄的刘海。

陆嘉洛举起手机："你的意思是我现在没有刘海不好看？"

艾德闻已经逐渐学会珍爱生命："有没有都好看。"

陆嘉洛以为他在描述日本女生常见的刘海发型，她眼皮不悦地塌下一半："不是谁都适合日系美少女的造型。"

结束与他的视频通话，陆嘉洛转头望向蒋芙的桌面，犹豫片刻，她起身。

蒋芙万年齐肩短发，常备理发的剪刀。

借了剪刀，站在镜子前，陆嘉洛直勾勾盯着自己的脸。

距离他们暑假见面还有几个月，头发现在剪，没等到他瞧见，她自己就腻了。

她又放下了剪刀。

三月，早春。

陆嘉洛远程遥控他玩抓娃娃机，抓到公仔玩偶寄到她学校，堆满她的床头，让艾德闻给她拍繁华的东京街道、上坡的小路，和能看到星光的夜晚。

艾德闻谈起自己的课程，总是越说越入迷，她被热情推销得想养一只水母。

四月，最美人间四月天。

艾德闻给她拍了很多很多的樱花。

这一天傍晚的时候，她接到艾德闻打来的电话，问她："五一放假吗？"

陆嘉洛姨妈造访，才咽下止痛药，没有和他说这件事，回答着："学校放三天假，我们周四没课，就算放四天。"

他顿了顿，说："从寒假到现在，就没打算来日本玩吗？"

只是通过电话，陆嘉洛没有感应到对方心境的变化，所以说着："我问过去日本的个人签证，很难办下来，找旅游团吧，我又不是银行金卡客户，办签证要出示财产证明才可以，不然你把存折借我？"

有那么一会儿，艾德闻没了声音，忽然说："你要瞒他们到什么时候？"

"啊？"

艾德闻无奈地出声："陆嘉洛，你真的……很自私，你有考虑过我的感受吗？"

陆嘉洛没反应过来地怔着。

艾德闻呼吸一沉，又问她："对你来说我算什么？"

陆嘉洛无声地握紧掌心："你真觉得我这么差劲的话，你何必要喜欢我呢？"

她知道自己骄傲得不可一世，谁喜欢她都是自讨苦吃。

"我也想知道。"他说。

陆嘉洛想着含着讽刺意味地轻笑却做不到，大概是小腹的阵痛还没有被药物麻痹，她勉强提着语调说："连你自己都不知道为什么喜欢我，跟我在一起可能是很痛苦的事吧。"

"我没有……"

陆嘉洛打断他："既然这样我们就不要继续下去了，分手好了。"

他不说话的这十秒钟，是今晚最漫长的十秒。

大家通常默认，当一方提出一个尖锐的问题，对方以沉默回答，就是默认的意思。

陆嘉洛很想给自己一个台阶下，刚刚她说的都是气话，然而，高傲的心气让她说不出口。

没等到第十一秒，她就把电话挂了。

蒋芙提着饭馆打包回来的炒河粉，走进宿舍楼，阿宁点着手机跟在后面，险些撞在一起。

宿舍楼一层，陆嘉洛穿着黑色的T恤和长裤，像一只黑猫在拉长身子一样，挂在自助洗衣机筒里，没一会儿，她钻出半个身子，投币，启动洗衣机。

她拎起地上三个塑料盆，转身看见她们两人，稍有一顿，说："哦，盆借我一下，我的不够装了。"

陆嘉洛把自己穿过一次就扔在那儿的衣服都洗了。

她周身释放着阴云密布的气压，走上楼梯。

楼梯底下的两人行完注目礼，对望一眼，猜想她这臭脾气可能是她生理期的原因。

一整个晚上，陆嘉洛都是安静的，倒满一杯凉开水，吃一碗炒河粉，时不时留意手机屏幕，等待着谁的消息。

直到凌晨的时候，只收到一则麦当劳的广告信息，她关上床头的灯，把艾德闻的微信删除了。

因为失眠一夜，春天的阳光在窗外斑驳，而她旷课在寝室补觉。

晚上，陆嘉洛按照她往常的风格化妆打扮，一字肩的真丝衬衣，是光亮的紫色；眼线延伸至眼尾，轻轻翘起。

来到校外不远的清吧，音乐曼妙，迷离光影下，阿宁忆往昔，曾几何时，自己也是生理期失恋，坐在这里肆无忌惮地喝酒。

历史总是惊人地相似。

酒一上桌，陆嘉洛就说："今晚我请客，你们随便喝，喝不完打包带走喝。"

她举起威士忌杯："来，庆祝我恢复单身。"

没有与她们碰杯，陆嘉洛自己一口气喝完，剩下冰块当啷一撞，她似乎想得很开地说："森林这么广阔，总有一只猫头鹰在等着我。"

后来，嫌威士忌苏打味道太淡，陆嘉洛又点了三杯长岛冰茶，都让她自己喝光了。

杯底柠檬片贴着冰块，仿佛依偎。

之前无所谓的潇洒通通消失无影，陆嘉洛正在有所谓地较劲："说我没考虑过他的感受，那我生病感冒发烧的时候，我需要人陪的时候，他人在哪儿呢！别人谈恋爱，第二杯半价，我呢，还是点单人套餐，我跟他抱怨了吗？"

阿宁插嘴说："你可以点两杯自己喝。"

陆嘉洛不理会，继续说道："谁能保证我们将来，不会因为家长的压力分手？他保证我们一定能交往到结婚？谨慎一点不好吗？如果我真的自私自利，我早就脚踏两条船了，反正他发现不了！"

蒋芙朝嘴里扔了颗毛豆："这些话你怎么不对他说？"

陆嘉洛低头，手伸进发间揉着："情况突然，脑子还没捋清楚。"

人类总是这样，每次吵完架再反复思量，明明自己更有理有据，只恨当时没有发挥好。

酒吧里灯光太暗，陆嘉洛躲在桌子外圈的阴影里，喝酒才会倾身来到灯下，酒杯映出她鲜艳的红唇，她白皙的脸上闪烁着潮湿的亮光。

陆嘉洛突然将手机递出去："帮我把手机藏起来，千万别给我，我怕自己忍不住找他，我不能输！"

只是过来端走空盘的服务生，面对着捅到自己眼下的手机，一脸不知所措。

阿宁起身一把夺过她的手机："喝晕了吧你？"

证明自己没晕，陆嘉洛站到椅子上，举杯高唱："原谅我这一生放纵不羁爱自由——"

这一声吓到了隔壁桌的情侣。

蒋芙淡定对他们解释："喝多了喝多了，不好意思。"

阿宁扶住椅子上的人，她鞋跟又高，搞不好就要栽下去："赶紧坐下吧你！"

陆嘉洛坐下就到处摸索着，念念有词："我手机呢……"她慌张地说，"找不到我的手机了啊，我要问问他究竟什么意思！"

阿宁握住手机，拿不定主意地转向蒋芙："给是不给啊？"

陆嘉洛立刻出声阻拦："别给！"她神情严重地说，"打给他就前功尽弃了。"

蒋芙嫌弃地说："得，戏都让你一个人演完了。"

灯光照不到的地方，就像是陆嘉洛躲避现实的帐篷，可以不受任何干扰地待在里面。

她用小到给自己听的音量，说着："可是我真的很喜欢他。"

极少酒喝到回忆不起后半程的状态，陆嘉洛在第二天中午清醒，才知道什么叫头疼欲裂，下腹坠痛，生不如死。

只能先吞一片止痛药，再做第二件事情，给手机充电，然后等开机。

没有未接来电。

一通都没有！

陆嘉洛把手机扔在书桌上，寝室外传来几个女孩嬉笑打闹的声音。

再摸起手机的时候，她直接把艾德闻的电话号码删除了。

上课时，陆嘉洛趴在桌上发呆，在心里发誓不碰手机，但手机是魔鬼，无时无刻不在引诱着她。

她在心里向自己承诺只看一眼，就看见微信通讯录的图标上多出个数字一，她不敢点开，就这么放着不管了。

连着三天，每接起一个没有存过的号码，陆嘉洛都很紧张，却都是外卖，还有快递。

下课了，探监般给许曼送去一份快餐饭，陆嘉洛顺便取回一件快递，打开发现是自己网购的日本某个牌子的洗发水。

可是很奇怪，她昨天刚刚下单，今天就到了？

陆嘉洛记忆涌现，继而一愣，好像她跟艾德闻说过洗发水。

她低头，盯着这一瓶洗发水出神。

哪怕变成前男友，艾德闻还在兢兢业业帮她代购呢。

过了宿舍门禁的时间，陆嘉洛就平躺在床上，一动不动。

"你们会不会觉得，好好一个男朋友，被我给作没了？"

阿宁啃着鸭锁骨，吐字模糊地说："没啊，我觉得你挺好的，可能我的友情滤镜比较厚。"

蒋芙拍着脸上的爽肤水，受不了地说："你纠结这么久了，为什么不去找他啊？"

阿宁点头："对，没有什么是疯狂的那什么，解决不了的。"

蒋芙哈哈笑："老司机！"

陆嘉洛清楚地认识到比起害羞，更重要的是："没钱——"

她生气地尖叫着："都怪许曼！"

为了许曼，陆嘉洛还向许女士预支了下个月的生活费。

现在她身无分文，只能苦恼且烦躁地在床上打滚。

蒋芙问起："办签证要多少存款？"

"十万。"

没有人再出声。

一分钟过去，阿宁缓缓摇头说："贫穷使我沉默。"

蒋芙表示认同："一两万还好说，十万就爱莫能助了。"

然而在她们沉默的时候，陆嘉洛想起家里还有一位财主，这会儿她已经在拨他的号码了。

电话接通，她声音无比乖巧地说："爸爸，现在忙吗？我能跟你商量件事儿吗？"

陆嘉洛忽悠她爸说周三、周四都没课，周五开始放五一假，等于放一个小长假，室友们想出国玩，就她一个人办不下签证，以此激起她爸不甘人后的攀比心。

末了，她还不忘说："别告诉妈妈，不然她要骂我了！"

没两天，陆嘉洛就收到她爸爸的转账短信，设想好周末回家准备资料，联系旅行社办签证。

当晚寝室熄灯，黑暗中，手机屏幕的光照亮她的脸。

许久没有点进艾德闻的社交账号，点进去发现只多一张在教室的合照，他坐在最左边，最让人眼前一亮，他穿着一件浅蓝色的衬衫，显得肩膀又宽又单薄。

这一张合照里，还出现了和他一起去缅甸的女助教。

斜分的波浪卷发，笑的样子很开朗，她比照片中的其他女生要成熟，却比她们要漂亮。

艾德闻没有形容过女助教的相貌，但陆嘉洛就是能认出来，甚至确定是她，可怕的第六感。

她盯着这位女助教有一会儿，下床，趿着拖鞋，走到蒋芙的桌前。

陆嘉洛抽出一把剪刀，打开卫生间的灯。

撕了两节纸巾，擦干净卫生间里的镜子。

陆嘉洛慢慢将几缕头发梳到额前，提起银亮的剪刀，细细的碎发一点一点落在瓷白的洗脸池里。

周三上午的最后一节课，陆嘉洛将行李箱藏在一间无人的教室里。

时间差不多的时候，她举起手说："老师，我身体不太舒服……"

导游在候机厅焦急地等人，视野里闯进一个穿着白色的长袖卫衣、黑色的短裤的女孩，她摆着细直的双腿，左顾右盼。

她冲上前就问："你是……陆嘉洛吗？"

陆嘉洛点头。

她马上给公司的人发着语音微信"接到了！"，然后拉起陆嘉洛就说："跟我走，要登机了。"

以前给艾德闻寄过礼物，她的备忘录里还留着他在东京的地址。

走上登机桥，陆嘉洛迫不及待地把手机递到导游的眼前："你能告诉我这个地方，落地之后我要怎么过去？"

导游停下脚步，看着地址说："哦，西池袋5丁目啊，等会儿飞机上我跟你说……"

飞机进入巡航阶段。

陆嘉洛咬着飞机餐配的勺子，听导游说，如何在京急空港线购买车票到品川，再换乘JR山手线去池袋，以及要怎么在品川站找工作人员帮她买票。

她拔下勺子，表情恐慌地说："也太……复杂了。"

"不复杂就要多花点钱，坐机场的利木津巴士到池袋车站西，我给你写日文的地址，你问问路就行，迷路了就打出租车，最好是不要打。"

陆嘉洛艰难地点头。

导游一边写着地址，一边八卦起来："是你的朋友住这里吗？"

陆嘉洛还是点头。

她又猜："男朋友？"

陆嘉洛没否认。

"怎么不叫他来接你啊？"

"吵架了，我找他道歉来的。"

导游听后笑着说："这么漂亮的女孩子大老远跑来道歉，他肯定会原谅你啦。"

陆嘉洛没有这么乐观，皱了皱鼻子："不好说。"

航程两个小时三十分钟，羽田国际机场落地，海关盖章。

找到利木津巴士的乘车点，她坐上车，导游发来信息，提醒她不要忘了返程的时间。

巴士准时发车，陆嘉洛戴上耳机。

等到迷路的她从出租车里下来，天色将沉。

陆嘉洛仰头望一眼公寓大楼，晚风翻涌，她牙齿紧扣地吸气，跑过去。

上长下短的造型，还是有一点冷的。

刚好有人从公寓楼里出来，自动门打开，连按门铃都省了，她拖起行李箱进去。

电梯上至22层。

走廊洁净而窄，地板材质有些特别的感觉。

2206的房门号前，她从挎包里掏出粉饼盒，整理一下头发，尤其是刘海。

陆嘉洛深呼吸，敲响了门。

五分钟后，仍然没人开门。

陆嘉洛失去紧张的小心情，原形毕露地一把将额前的刘海抓到脑后，倚着门框，点开放置已久的好友请求。

——你到底想怎么样？

他发这条消息的时间是在两周前。

陆嘉洛通过该好友的请求，并给他发送消息。

——今天有课吗？在家吗？

陆嘉洛守着屏幕，不到一分钟，对方正在输入。

——有，在回去的路上。

陆嘉洛闭上眼睛，把手机捂在胸口。

谢天谢地，不记仇的孩子真好！

十五分钟后，陆嘉洛开始因为无聊，想着如果他回来的时候，身边还跟着一个女生，该怎么办。

一般剧情都是这么展开的。

陆嘉洛将行李箱放倒在地上，自己坐在行李箱上，再次整理起头发。

"啪"地合上镜子，她用肘撑着膝盖，托着下巴，鞋底点几下地板。

不管有没有别的女生，他怎么还不回来，她手机都要没电了。

三十分钟后，手机彻底没电。

陆嘉洛有些焦虑和害怕地咬起嘴唇的时候，听见电梯的动静，她盯住电梯门。

她有预感，电梯上的数字要停在这一层，果然，电梯门打开。

只有艾德闻一个人，好巧，他穿着照片中那一件浅蓝色的衬衫，袖子叠起一截，拎着一只便利店的塑料袋。

他专心看着手机屏幕，才走出电梯一步，抬头。

突如其来的惊吓使他往后退了一大步，又回到电梯里了。

居然有点可爱。

陆嘉洛噗地笑出一声，站起来说着："你干吗这么晚才回来！"

"我是女鬼吗？"

陆嘉洛穿着一件白色的卫衣，圆领无帽，檀棕色的浓郁长发占据胸前，遮住大概是一只猫咪的花纹，剪得不太整齐的刘海底下一双圆而长的眼睛盯着他，这样说。

她将肩膀抵向门，抱着胳膊，注视着他从电梯间走到面前，眼皮压得更低："还是你藏了什么人在家里？"

艾德闻将身后运动风格的黑色挎包拉到身前，从里面摸索着什么，一脸"你脑袋没问题吧的"表情看着她。

"不然你躲什么？"她扬起下巴。

掏出一张门卡，他平静地说："你没说你在这里，我吓一跳啊。"

艾德闻没有开门进去，而在按着密码，同时问着："你怎么进来的？"

他想知道她是如何通过公寓楼第一道大门的。

陆嘉洛轻巧地说着："刚好有人出来，我就进来啦。"

艾德闻掰下她交叉胸前的手臂，将她的手拉到门把上，她还没反应过来，自己拇指就按住采集指纹的凹槽，然后发出"嘀"的一声。

手被松开，陆嘉洛缓缓垂下手臂，又问一遍："你干吗这么晚才回来？"

"买晚饭。"

艾德闻举起一直拎着的塑料袋，把门开进去，因为她一直靠着门，失去支撑点，她身子往里一栽，趔趄一下，才站稳。

陆嘉洛报复性质地抢走他手里的晚饭，目光在昏暗环境下探究，没有理会自己的行李箱。

艾德闻胳膊伸进来，开了灯，指了指鞋柜，说："随便找双拖鞋。"

拉开鞋柜，里头全是男生的鞋。

陆嘉洛抽出一双麻布拖鞋，扔在地上，左脚帮右脚地蹬掉鞋子，踏进拖鞋里。

艾德闻正一边按住门，以防它自动关上，一边竖起她的行李箱，拖进来。

陆嘉洛还是头一次走进这样的房型，没有隔断的格局，一条直线下去，左边是鞋柜，右边是卫生间的门，直行两步不到是厨房的料理台，灶具与餐桌合二为一，后面墙里嵌着滚筒洗衣机，旁边还有冰箱。

然后是茶几和沙发，对着电视机柜，再前面是单人床，再往前是窗户，边上有一扇拉门，外面是阳台。

将手机连上充电器，陆嘉洛坐在料理台前仅有的一张高脚凳上，轻轻拨开装有快餐盒的袋子。

塑料盖下蒙着一层水汽，依然可见下面是一份咖喱和应该是猪排的橙色炸物。

料理台后，艾德闻背对着她，打开电饭锅，看着中午剩下的米饭，不够两个人吃的。

他回头说着："你晚上吃过了吗？"

陆嘉洛已经用筷子夹起一块炸猪排，抬眼瞧着他。

安静一秒钟，艾德闻说："……出去吃吧。"

她咬下炸猪排，点了点头，接着她发现炸猪排很好吃，眼睛一亮。

听见他疑似轻轻一笑，陆嘉洛夹着炸猪排的筷子移到他的嘴边。

艾德闻稍微一顿，张嘴咬断。

她才说："我请你吃饭。"

他们从悬挂着招牌充当路灯的小巷出来，不到十分钟的路，正对面就是JR池袋站。

陆嘉洛忽然定住不走，问："四千六百一十二日元是多少人民币？"

艾德闻想了想说："两百多。"

"好像我就是在这儿附近打车到你家，花了三百块！"她激动地说，顺便竖起三根手指。

她似乎懂得了导游说"最好不要"的含义。

艾德闻压下了她的手，握住没有松开，往前走，说着："谁让你打车了。"

大街似乎没有小巷里灯光亮，街上有麦当劳，有全英文招牌的冰激凌店、服装店、花店，长桶里整整齐齐塞满鲜花，用颜色区分，每一朵都包着塑料纸，在暖灯下朦胧着，另一头还有向日葵。

拎着公文包打电话的白领、穿着校服的学生结伴而行，与他们擦肩而过。

拉面馆仿佛在城市拐角侧切的一个平面上，这个时间仍有不少食客。

仰头环视满墙的日文菜单，她凭直觉点一碗叉烧拉面。

上桌的拉面碗边贴着一片海苔，而他除了拉面，还多点一盘煎饺。

陆嘉洛先尝一口汤，然后带着疑问地说一声："好……特别。"

坐在对面的艾德闻动几下筷子，抽空解答："秋刀鱼汤。"

她才看清他的衬衫，原来是蓝色的竖条纹、透明的纽扣。

可能是很饿了，艾德闻的注意力全部集中在拉面上，快速而大口地吃下。一般男生这么吃东西叫狼吞虎咽，长得好看的男生这样吃叫动作敏捷。

陆嘉洛用发绳扎起头发，掰开筷子，夹起拉面，酝酿着怎么开口向他道歉。

她偷瞄他一眼，好像艾德闻也没有要跟她计较的意思。

不然还是……跳过这个话题吧。

不过借由"分手"这件事情，陆嘉洛想起一件事。

她摸起还连着移动电源的手机，放到他的手边，说着："存一下你的电话。"

之前把他的号码给删了。

艾德闻面颊滚动的速度渐渐慢下来，他看着她，而她低垂眼睫，鬓角没有绑牢的发丝圈着耳朵，额头前贴着柔顺的刘海，在认真吃面。

夜色漆黑，无数大百货商店的灯照着路面，人海茫茫。

陆嘉洛坐在他的床上，被子上还有一层深蓝的绒毯，将拖鞋抖在一旁，她光脚踩着床下的地毯，用的是她不知名的布料，薄而柔软。

艾德闻挪开床边一盏落地灯，说着："你去洗吧，我帮你铺床。"

她愣住地睁大眼睛："我睡地上？"

四目相对几秒钟，艾德闻装不了太久的"不睡地上你想睡哪儿"的表情，就忍不住笑了，眼睛深邃清亮，对她摇头。

他脸上的笑容直白地反映了心情，陆嘉洛说着："你很开心吧？"

艾德闻神情一顿，有些像是不明白她什么意思。

她往前倾着身子："我过来找你呀。"

他微微抿唇，指尖挠了挠耳朵，转身去打开衣柜，准备铺床。

陆嘉洛飞快下床，从背后抱住他，半边脸贴在他的背上。

艾德闻身体一怔，回过头来抬起胳膊就掐住她的脸蛋。

陆嘉洛拍掉他的手，扭头说着："我去洗澡了。"

等到她洗完澡出来，床和沙发中间的地上已经铺好了柔软崭新的床垫。

艾德闻坐在沙发里，笔记本架在大腿上，眼睛凝视屏幕，手指敲着键盘。

茶几上散乱地摆着零食、书本、几盒烟和烟灰缸，陆嘉洛感兴趣的是一个牛皮纸信封，不像他会有礼貌地问一句"我可以看看吗"，她在沙发坐下，直接从信封中倒出一沓照片。

大多是海洋生物，几张是金色的塔、寺庙、一字排开的露天市场，明显的缅甸风光，然而在下一张照片里，再次出现那个女人。

陆嘉洛指着她问："这个是你的助教吗？"

艾德闻瞥一眼照片，点头。

"真人更漂亮？"

他无意识地点头，才回想她问的是什么，转头。

陆嘉洛的长发还扎在头顶，脖子后面的发丝湿透，白净的脸颊上隐隐约约有着红色血丝，她翻着照片，没留意到他刚刚的点头。

没多久，陆嘉洛将照片装回信封，人躺回床上。

艾德闻关掉单人床上方的灯，房间的一半变暗，他从沙发里起来去洗漱。

灯光全部被关上。

掀开被子，艾德闻犹豫地说着："你……介不介意……"顿了顿，他又说，"算了。"

陆嘉洛不介意地说："你脱吧。"

暑假住在度假别墅的时候，在早上起床的时间，她不止一次撞见他出现时上身衣服失踪，所以猜他不喜欢上身穿着衣服睡觉。

艾德闻脱掉T恤，顺手扔到沙发上。

他平躺着，把手机举到脸上，屏幕的光照着他五官。

陆嘉洛侧躺着身体，看着床下的人："对你来说，和我分手是没什么大不了的……还是你知道我说的气话所以无所谓？"

艾德闻将手机放在旁边，没有了光，她分辨不清他的表情，只能听见他的声音。

"我不是每天都要上课，但是课程任务很烦琐，不能因为你就打乱我自己的节奏。但是……总是出错，我越想专注，越容易分心，然后被点名批评。

"今晚在便利店不只买了吃的，还买了瓶水，因为等着你回消息，结果忘了带走。"

摩托车在楼下驶过，引擎声在空寂中响着，远去。

艾德闻语气很平静，叙述般说着。

"我想，不能这样下去，还是去找你说清楚吧。"

说到这里，艾德闻恍然记起什么，再去摸到手机，从旅行软件上退了机票。

陆嘉洛伸长脖子，瞧着他的手机屏幕："你都订机票啦！"

她又躺回床上："早知道我就……"

不说了，因为到现在她也没有后悔。

在黑暗中，艾德闻看见陆嘉洛从床上撑起半身，定住一会儿。

他以为她要上厕所，料不到她下了床，直接掀起他的被子，钻进来了。

陆嘉洛拉起他的胳膊，从他臂弯里冒出头，抱着他。

她只是抱着他，感受他温暖的肌肤，闻着刚用过的他的沐浴液柔和的味道，有些许清爽的柑橘味。

她让呼吸徘徊在他的颈间。

"我剪了刘海，你还没说，好看吗？"

莫名地，艾德闻脑海里浮现十六七岁的那个暑假。

那是一个突然间停电的傍晚，不是他继父准备的惊喜，是附近一片的电路都出问题，路灯熄灭，邻居在打电话通知工人过来抢修。

三楼的洗衣房有个小阳台，很窄很窄，塞下一张藤编的躺椅，就没剩多少地方了。

艾德闻靠在躺椅里，夹在他指间的烟在幽蓝寂静的天色中闪着火光。

夏季无论白天夜晚都燥热，停电了，人很容易就被吸引来这里乘凉，尤其是和他同样住在三楼的人。

陆嘉洛穿着T恤和短裤，走出阳台，舔着指腹残留的Godiva的72%巧克力，她在地上坐下，两条腿伸出铁艺栏杆外，腿上的皮肤白得如同茉莉花瓣。

天色让视野里看不见邻居家的屋顶静静安放的尘土颗粒。

她想把头探出去似的握住两边的栏杆，晚风吹乱她的头发，飞扬拂面。

那天晚上看着她，他克制着自己想做点什么的冲动，抽完两支烟。

家里就来电了。

此时此刻，陆嘉洛贴在他身边，抱着他，从他的颈窝里抬起头来，就在这类似的幽静之中，望着他。

有一刹那，他仿佛回到那一年的夏天，停电的一晚，三楼狭窄的阳台上，他忠于自己地从藤椅里起来，在她身旁坐下，抚开她脸上的头发，凑近她的脸。

她不但没有推开他，反而轻轻迎接他的吻，帮助他修改了回忆。

不被任何人看见，不受管束地亲吻对方。

床上的被子掀开一角。为什么要躺在床下接吻呢？他们都不知道。

只知道嘴唇轻含的接触，就让她心脏微微发颤，她紧贴他的拥抱，手臂绕出他的背脊，勾住他的肩膀。

直至他的舌尖碰到她的齿间，她害羞得像灵活的猫，埋进被子底下。

艾德闻瞧着被窝鼓起的地方，捏了捏她的胳膊："……睡觉吧。"

陆嘉洛不能算睡姿好的一类，她熟睡之后俨然把他当成人形抱枕，整条腿架在他的腹部。

艾德闻轻轻一推，没用，也不敢动，怕把她吵醒了。

还真是甜蜜的折磨。

第六章　新邻居

第二天早上醒来，身边的床架挡住阳光，窗帘被拉开一半，陆嘉洛坐起来伸了个懒腰，想了两秒钟自己在哪儿。

笔记本里传出聊天消息的提示音、汽车按喇叭的声音，满室咖啡香气。

艾德闻坐在餐台前，目光放在笔记本的屏幕中，身上只穿着一条灰色的长裤，赤脚落在地板上，一边搅动咖啡杯，叮当响。

陆嘉洛重新倒下，抱起被子，却努力睁开眼睛："你早上没课吗？"

他还没回答，玄关处与公寓大门连接的对讲机清脆地响了。

艾德闻穿着那一条灰色休闲长裤，调节松紧的白色绳结勒在腰下，上面是通过运动得到的紧实肌肉。

他走到门前，取下对讲机的听筒，这一切吸引着她所有的视线，而她的视线再从他皮肤略白的手背，一直巡视到曲线起伏的肩臂。

"哦，稍等一下。"他说的是日语，大概是这个意思。

挂上听筒，艾德闻就对她说着："我下楼一趟。"

他一把捞起沙发上的黑色T恤，正准备套上。

陆嘉洛从床垫上坐起来："谁？"

然后看见他湿润的发梢，周身净爽的气息，她下意识地抛出另一个疑问："你早上洗澡了？"

"啊，洗了。"这是回答她后面一个问题，前一个问题他不太想说，因为猜得到她的反应，却还是据实以答："助教。"

果不其然，陆嘉洛直起腰，没有化妆的脸都变得生动："她来找你干吗！"

艾德闻套上T恤，老实地摇头："不知道。"

被子彻底脱离身体，陆嘉洛踩着床垫，站起来说着："她怎么知道你家在这里，你告诉她的？这么熟门熟路她不是第一次来了吧？"

他没有隐瞒地说："第二次。"

心态崩了。

陆嘉洛心态崩了。

她才来过一次，这位女助教居然来过两次。

陆嘉洛一步跨下床垫到他面前，同时语速快上几倍地说着："上次她为什么来的在这儿待了多久你怎么能不告诉我，没有交代清楚你不准走。"

艾德闻愣了一下："你说得太快了我没听清楚，你再说一遍。"顺便，抓了抓她额头上凌乱的刘海，不慌不忙地说着，"等你问完我再走。"

他的语气没有要跟她赌气的感觉，所以她的理智回到大脑。

陆嘉洛通情达理地说："不好吧，毕竟是你老师，别让她等太久。"

勾住艾德闻的胳膊，将他拽往房门，她说："我陪你下去。"

忽然记起自己连衣服都没换，化妆最起码要半个钟头，她瞬间反悔："我没化妆不陪你下去了，你不要让她上来，理由你自己找！"

说完，陆嘉洛两只胳膊就挂上他的肩膀，对着他的脖子咬下去，舔了几下。

湿热而软的舌尖触及皮肤，猝不及防，艾德闻后退半步，但即刻搂住她的腰压向自己。

充满小心机地在他容易被人发现的位置，留下亲热的印记。

艾德闻说："你把昨晚的猪排加热吃吧。"

"……我又不是饿的。"

22层的窗户外面，天空广阔，颜色就像是人苍白的脸，建筑很拥挤。

艾德闻出门之后，她瞧一眼时间，上午十点。

陆嘉洛端起他没喝完的咖啡，打开冰箱，里面是几瓶碳酸饮料、一盒昨晚买的快餐，显得格外整洁，就是一目了然地贫瘠。

拿出一袋锡纸包装的东西，她闻了闻，是咖啡豆，放回去。

拉出保鲜盒，里面装着两个苹果、五个草莓。

听见开门声，陆嘉洛蹲在冰箱前，回头："她找你什么事啊？"

艾德闻走进她的视野里说道："今天她身体不舒服要请假，教授周末要用的参考文献托我下午带去学校。"

陆嘉洛在记忆中搜索片刻，疑惑地说："她不是你教授的女儿吗？不住一起？"

"不知道。"艾德闻事不关己且不感兴趣的语气，完全可以成为使人讨厌他的原因，她还想着，可能是自己太喜欢他，所以察觉不到了。

再次听见，陆嘉洛恍然醒悟，是他再也没有将这冷漠的语气用来评述她。

对于别人的事情，他提及的时候仍然是这样的态度。

陆嘉洛揣着一个苹果，关上冰箱门，转身问着："你怎么跟她说的？"

艾德闻顺手打开洗碗池里的水龙头："女朋友在家，她说没化妆不方便见人。"

这回答让她的夸奖止于喉咙，但骂也骂不出来。

洗干净的苹果，脆响地啃下一口，陆嘉洛好奇地问："她说了什么？"

艾德闻快速回想十分钟前的情形，助教的脸上有些惊讶，目光随即落在他的脖子上，马上低头眨了眨眼睛，然后笑得不如以往自然地说："你真有交往的人？还以为那是你不想随便接受女生告白的借口呢。"

省略了累赘的前半部分，艾德闻转述了助教的最后一句："……她说有空请你吃饭。"

陆嘉洛从愣住到生气只有几秒钟，将苹果敲在料理台上："有病！"

艾德闻表情微怔，不明白状况。

"她请我吃什么饭，非亲非故的，我又不认识她，她以为自己是谁，凭什么请我吃饭，她用什么立场请我吃饭！"

艾德闻劝说："冷静。"

"不冷静！"

陆嘉洛把他按进沙发里，整个人跨坐在他的胯上。

"你还没说她上次是为什么来的！"

艾德闻目前还算好说话："她只是旅游回来，给我送了件手信，你先起来……"

陆嘉洛抵住他的肩膀，既不让他挣脱，又因为质问而往前摆动自己："这有必要送到家哦！"

艾德闻开始急躁地说着："我怎么知道，你快点起来！"

"不起来！"

他深吸着空气，烦躁且无奈地闭上眼睛，头仰靠在沙发背上。

陆嘉洛终于感觉到了不对劲的地方，脸颊微热，乖乖从他身上起来，坐在旁边。

艾德闻睁开眼睛，又用骨节分明修长的双手搓了搓脸。

陆嘉洛抱膝在一旁，戳了下他的肩膀，说："今晚我睡床上，不吵你了。"

艾德闻能给她一种安全感，肯定他不会突然对她做什么的安全感。

她细声说着："我知道你有正常生理需求，但是昨晚我太困了……"

"承认你尿有这么难？"他说。

陆嘉洛挺直腰板："谁尿了！我现在就把衣服脱了你信不信？"

艾德闻转过脸，看着她，笃定而平静地说："你脱。"

明明是落荒而逃，她偏要说着："我才不上当呢。"

陆嘉洛躲进卫生间里洗脸化妆。

她喜欢自己的瓶瓶罐罐摆在他的镜柜中，填补剃须刮刀和孤零零几样男士护肤品之间的空隙的感觉。

直到洗脸台周围散乱地铺满化妆品，外面传来他的声音："你有想过要去哪里玩吗？下午陪你去。"

陆嘉洛捏着一只睫毛膏出来，之前她扔在料理台上的苹果至少逃过氧化的命运，要被他啃完了。

"你不用上课？"

艾德闻率性地说："不想上了。"

自从他们远离孩童的年纪，就再没听见过他说的哪句话里带着男孩子不顾后果的执拗。

陆嘉洛稍稍发愣，又瞥着茶几上的一沓资料："这个怎么办？"

"我叫了同学顺路过来，让他带走。"

拧紧睫毛膏，陆嘉洛往茶几上一坐，在他的面前，低垂眼帘说着："其实，我不想做什么，就是过来找你的。"

她抬起目光，打量着艾德闻，从眉眼到鼻梁，从薄唇到下巴。

许曼曾经说，可以盯着他的脸看一整天。

这话不假。

趁着自己还没有抹口红，陆嘉洛吻上他的脸颊上一颗比芝麻还小点的痣，然后得意扬扬地抿唇笑着，就被他凑近亲了下嘴唇，一股苹果味。

门旁的对讲机又一次响起。

艾德闻再亲她一下，过去接起。

他扔了苹果核儿，捡起茶几上的文献资料："我把这个拿下去给同学，你想想要去哪里。"

陆嘉洛才惊觉遗漏一个至关重要的问题："男同学女同学？"

"男同学！"他的声音随着房门一起关上。

回到家里，艾德闻见她已经换上一身剪裁别致的白衬衫、高腰的皮质短裙，看到他的时候，她颇有些兴奋地举起手。

他笑着问："这位同学有什么想法？"

陆嘉洛眼睛亮着说："水族馆。"

高跟鞋否决了太远的路程，他们在东京的葛西临海水族园逛。水族园后面能眺望到迪士尼，连着东京湾，仿佛建在海上的错觉。

水族馆里几乎是家长带孩子来游玩，真是个亲子乐园。

艾德闻能说出每一种鱼类的名称和它特别的地方，而且他在讲述这些东西时的神态比一般时候都要专注和愉悦，差点超过在亲吻她的时候。

颜色艳丽的鱼群游过眼前。陆嘉洛的指尖触摸着玻璃，蓝色和绿色混合的冷光染上她的脸。

"如果换你去找我，只能带你参观殡仪馆了。"陆嘉洛煞风景地说。

接近下午五点钟的阳光没有那么刺眼，刮着清凉而汹涌的风，街头喧闹，到处挤满了人。

游客走走停停，东京居住的人脚步很快，她觉得沪城的生活节奏都算快的，东京更快，像个机械齿轮一样不停转动。即便是这样，图书馆里无时无刻不装着很多愿意停下的人。

他排队买饮品，她在另一边玩手机。

路旁有好几个穿着校服的高中男生，其中一个男生被他们怂恿地上前。

陆嘉洛还想给他让让路，却发现他的目标是自己。

冷艳的眼睛毫无情感波动地注视着这个寸头小男生，他说的日语她听不懂，她也不给反应，听着他一遍遍重复。

艾德闻回头，下巴朝她轻轻一扬，说了句什么。

高中男生听见身子一怔，讲了几声抱歉就走了。

陆嘉洛瞧一眼那个男生讪讪离开的背影，凑到他身边："是不是问我要联络方式？"

艾德闻脸上写着你是怎么猜到的表情。

陆嘉洛将落在肩前的头发往后一拨，高傲地叹气："见多了。"

晚上他们吃生鱼片和寿司配冰镇啤酒，挤在一群下班聚餐人士中间。

从日本人的普遍审美聊到她的容貌，陆嘉洛问他她的哪个五官最漂亮，艾德闻说是她的嘴巴。

陆嘉洛不服："我眼睛长得多好看。"

艾德闻凝视着她的瞳仁，如同一片黑色的死海。

他忍不住笑了一下。

陆嘉洛强调："是眼形！"

啤酒喝得困意上头，陆嘉洛抱着他的胳膊，恨不能全身都贴着他。

开始无比迫切地想要见到闷热的夏日、使人汗涔涔的太阳，因为这个假期不会再让她感觉漫长而无聊。

她想和他待在一起，就算不用做什么有趣的事情。

也可以做很多事情，包括当着他的面脱衣服。

想着想着，陆嘉洛摸起手机，正要设置一个暑假倒计时。

凑巧，一通电话打进来，来电人是令她闻风丧胆的许女士。

还没接通之前，陆嘉洛想起一个关键问题。

艾德闻可能以为这次她能跑来日本，已经是向家里坦白的结果，实际上，她没有。

从他的胳膊离开，陆嘉洛绷住了肩背，划过接通键，小心地将手机贴到耳边："妈妈？"

在周围碗筷、酒杯和食客的陌生语言中，听见许晓慧女士说："不要叫我妈。"

陆嘉洛机智而甜地喊着："妈咪。"

许女士不吃这套地冷笑一声："我问你，你现在人在哪儿？"

她摸起筷子，拨开冰盘里半透明的生姜，说："一个樱花盛开的地方。"

许女士仿佛憋足气就等这一刻爆发："要不是我查了你爸的账单，还不知道你这么能耐啊，闲着没事儿干就一个人跑出国，还是去个人生地不熟的……"

母亲在那一头喋喋不休，但是她没记起艾德闻在日本的这件事情，陆嘉洛感到庆幸。

陆嘉洛瞥一眼身旁的人，肩膀侧过些避开他，小声说着："你放心，我没一个人，跟室友一起呢。"

熬过许晓慧女士的魔音摧残，陆嘉洛做贼心虚，随便在网络上搜出一张图片，手机举到他眼前："这个摩天轮在哪里？"

举得太近，艾德闻需要向后仰去些，才看清屏幕上的照片，然后说："江东。"

对上陆嘉洛期盼的目光，他心领神会地问："上面有写营业时间吗？"

她低眼点着手机屏幕："嗯……到晚上十点。"

现在是八点四十五分。

艾德闻想着说："应该来得及吧。"

陆嘉洛即刻拎起自己的挎包，从椅子上下来，下意识地喊出："埋单！"

桌子围住开放式的厨房里头站着疑似老板的人物，还回应她："OK！"

她有些吃惊地定住："你会中文吗？"

他眯着眼缝笑，用不标准的中文回答："一点一点。"

东京江东区的大观缆车是著名景点，百余米高，据说不管是东京塔还是天空树，在上面都可以看得见。

然而已经停止排队，他们没能赶上最后一班。

他们走在街上，没一会儿就坐在路边的栏杆上休息。身后是一条河，水面上起伏着城市的霓虹，艾德闻说，它会一直流向东京湾。

陆嘉洛补完口红，视线从粉底盒的镜子移动到不远处的摩天轮，惊艳地出声："哇，它的灯会变。"

望着氛气灯变化的绚丽光影，她又若有所思地说："突然停在半空就赚了。"

艾德闻转头问着她："明天再来？"

陆嘉洛正想回答"不了"，手机开始振动，不是她的。

还未走向凌晨的深夜，风绵软而舒服，但总是把她的头发吹起来粘在嘴边。

艾德闻在讲电话的时候，她将头发扎起来，皮筋有点松了。

等他结束通话，陆嘉洛脱口而出："谁找你？"

"同学。"艾德闻还在按着手机，不忘补充说明，"男同学。"

陆嘉洛忽然想到："你逃课不要紧吧？"

他摇了摇头，又说："就是教授问了三次为什么我不在。"

"这个教授很看重你？"

"还好。"

"他教的课程你感兴趣吗？"

"还行。"

陆嘉洛困惑地问着："那你为什么不想去上课？"

艾德闻的表情是没想到她会这样问，好像她应该知道答案一样。

他就注视着她的眼睛，诚实地说："我想和你在一起，所以不想去上课。"

陆嘉洛愣一会儿，假装从容淡定转开目光："哦。"

直到她把自己的高跟凉鞋盯腻了，才仰头，今晚只有几颗屈指可数的星星，它们亮着颓败的微光，彼此隔着孤寂的距离。

"你说，银河上一共有几颗星？"

"我怎么会知道。"艾德闻感觉好笑地说着。

陆嘉洛把头正下来，认真地说："以前室友问我，喜欢什么类型的男生，我说，喜欢不管我问他什么刁钻的问题，他都不会回答我不知道的男生。"

艾德闻微微皱眉，脸上又有笑意："真不知道怎么办，银河有几颗星，谁会知道？霍金吗？"

陆嘉洛差点笑出声，及时收住。

他继续说："你喜欢霍金哦。"

在城市夜晚的喧嚣中，陆嘉洛弯腰笑了起来。

笑完了，她直起腰说："我挺喜欢霍金的。"

艾德闻不解："因为他懂得多？"

她肯定地摇头，却不再接着说出原因。

深夜的时候，坐末班电车回他的公寓。

车厢里的灯光如同曝光过度地白，玻璃变成幽绿色的，映出她与灯光同样色调的脸，黑色的睫毛，浓艳的红唇。

陆嘉洛把头靠在男生的肩上："我没有跟爸妈交代我们的事情，不想这么快告诉他们……"她抬头，继续说，"万一以后我们吵架分手了呢？两个人偷偷尴尬好过一家子人一起尴尬吧？"

艾德闻没听见她声音似的，眼帘沉着，下巴线条微动着，很不开心。

陆嘉洛不可能再像以前因为惹怒他而得意，这简直是恋爱的报应，她尽量让语气显得难过地说着："我知道，你不认同我的做法……"

她保证："但是我不会为了这个跟你分手。"

艾德闻好不容易出声："你前面说我们可能会分手，后面又说不会跟我分手。"

陆嘉洛理直气壮地反问："法律规定我不可以这样说吗？"

他扭头，懒得搭理她。

她态度专横地说："所以我不跟家里说，你也不许说，要不然……"

"我就哭。"

艾德闻叹着气，头转向更旁边："不想和你说话了。"

陆嘉洛又瞬间软下来："虽然我是你的堂姐，可也是你的女朋友呀，你就不能让着我一点？"

艾德闻转回来瞅着她，声音隐隐有一种恼怒的成分："还要我怎么让着你？"

"就算你跟艾米他们说了又怎样，他们能给你颁奖是吗？肥水不流外人田奖？"

艾德闻在气恼中被逗笑，很无奈地说着："我只是感觉，你不太愿意承认我们的关系。"

陆嘉洛睁圆眼睛："哪有不承认，除了家人，我和所有人都说你是我男朋友啊。"

"……我想想吧。"

电车到站。

陆嘉洛洗完澡从卫生间出来，走到阳台的玻璃门前，关上外面的灯。

等到阳台上抽烟的男生转过身来，她就用口型对他说，去洗澡。

他挺直着自己宽阔单薄的肩膀走进来，她退后一步，小腿已经抵到床架，烟草的气息从面前掠过，扰乱着心绪。

一时间分不清，他到底是风华正茂的男生，还是男人。

早上九点起床，她保持着惺忪睡眼趴在餐台上就像每个暑假里一样，听到哗哗流水声停止，与他擦肩挤进卫生间洗漱。

用他的杯子喝水，借他的T恤当睡衣，省得多洗一件衣服，用银色叉子切下一块昨夜从甜品店买回来的巧克力蛋糕，送进她自己嘴里。

艾德闻找到自己的杯子，走过她身边的时候，亲掉她嘴唇上的蛋糕糖霜。

陆嘉洛严肃地说："你不能再亲我了。"

他停下动作，轻轻扬眉。

"因为接下来，你不亲我的两个月，我会很想你的。"

艾德闻从来就不顺她的意，抬起她的下巴，吻着她，有巧克力的气味的吻。

一个真正的吻，她想往后躲，他跟上来，躲不掉了。

甜吗？

倒不是，温润而热，屏息再呼吸，是什么让他们不断地接壤和交换，沉迷其中。

分开后艾德闻的气息还是离她很近很近，他的掌心贴着她的脸，指腹揉着她的皮肤，明明他自己充满感情与欲望的眼睛让人着迷，却说着："你眼睛很漂亮。"

她笑了："还用你说。"

走在前往巴士站的路上，陆嘉洛才想起拍几张到此一游的街景，艾德闻拖着她的行李箱。

遇到马拉松长跑赛，陆嘉洛把相机调成录像模式。

十字路口，一身运动服装的女生将从他们面前跑过，脚踝一软险些跌倒，艾德闻反应迅速地扶住她，还问了句"没事吧"。

陆嘉洛从手机的录像画面里抬眼。

艾德闻扶起的女生耳朵通红，害羞地向他连声道谢，还没跑远又不禁回头向他张望。

太有绅士风度了，换位思考一下，如果周围出现这样的男生，陆嘉洛也想要接近他，希望他能在球赛中场休息的时候接走她递来的矿泉水。

她更担心，年轻人血气方刚把持不住。

艾德闻看着她："你这表情是什么意思？"

"忧愁。"她据实以答。

他们坐上开往机场的利木津巴士。

陆嘉洛抢走他的胳膊，好声好气和他商量着："你们学校女生遇到困难的时候，你能旁观吗？给其他单身男同学一点表现的机会。"

艾德闻摇头："我没有那么乐于助人。"

"这就好，要是以后你一不留神帮了谁的忙，时间太晚送谁回家之类的，都要跟我报备……"

陆嘉洛自己顿住，又摆起手："不不不，还是不要告诉我，千万不要告诉我。"

"我会气疯的。"她说。

艾德闻居然说："管好你自己吧。"

陆嘉洛一愣，将他的胳膊扔回他自己身上。

艾德闻接着说："我有点信不过你。"

"信不过我什么？"

"就是一种不好的预感。"

陆嘉洛往椅背里一靠，头扭向窗外，说着："人都还没犯罪，你判刑太早了。"

艾德闻伸手过来，夹住她的鼻子："你做个好人吧。"

六月末，真正进入暑假倒计时，期末考试周。

炎夏俨然登场，树木静止，一丝风都没有。

上午的书法课期末考，教室窗户紧闭，空调仿佛老态龙钟，行将就木地输送着冷气。

陆嘉洛一直记着自己装笔墨砚台的包就搁在教室后面的柜子里。

打开柜门，她的记忆如泉涌，上个周末回家前，她把文房用具全扔了。

想换新的，却忘记要买新的。

书法老师从眼镜片上抬起目光："这都期末考了还不带笔墨，你故意跟我作对是不是？自己想法子解决！"

陆嘉洛喊着："阿宁！阿宁！"

她让阿宁叫柴晏到宿舍楼对面的文具店买一套笔墨纸砚送过来，叮嘱着："差不多就行，不要太贵的！"

书法老师又一次瞧着她："小点儿声，不要影响其他同学！"

陆嘉洛手机没玩一会儿，旁边窗户就传来笃笃的声音，她赶忙起身，看见阳光曝晒下沾着浮尘的玻璃窗外的人，微愣片刻。

敲窗户的是莫燃。

陆嘉洛上前拉开窗，打开烤炉般的热气涌进来。

"……谢谢。"

陆嘉洛沉稳而冷静地接过东西。

莫燃白净的笑脸好久没见，他说："没事儿，好好考吧。"

她连忙说："等我考完就把钱转给你。"

莫燃匆匆点头让她赶紧考试去，人就走了。

陆嘉洛捧着一叠文房用具，关上窗户。

感觉就像别人把糖果塞到你的手中，而你想起一个警告——不能吃他给的糖，你明知道他是好意，那糖果却放不进嘴里，也不能扔掉，只好就这么捏在手里。

夏天的夜晚是最难熬的，不是刚刚下过一场雨，潮湿的热，皮肤像粘着没撕干净的胶纸，如同棉花堵塞胸腔地闷……而是宿舍门禁后，停电。

靠电池维持生命力的小小电风扇，转速已到达自己的极限，仍然让人觉得它毫无用处。

陆嘉洛坐在寝室的桌上，一边举着电风扇，一边握着手机。

宿舍楼里外从稀稀落落的埋怨到此起彼伏的怒吼，只需要半个小时，手电筒的光束在隔间中晃动，狂躁的青年男女无处可逃。

蒋芙响应号召，推开窗，绝望地大声叫着："啊——杀人啦——"

阿宁正把冷水冲湿的毛巾贴在身上降温，也叫着："窗户关上啊！最后一点冷气了！"

只有陆嘉洛开辟出一个新话题："在定西区或者浦上附近，哪儿能找便宜的出租房？"

她们转向她，她就接着说："两个人住一间都可以。"

阿宁猜出："许曼问的？"

"她准备花多少钱租房？"

"……最多六百。"陆嘉洛说。

蒋芙诧异地问："一个月？"

电风扇自带蓝色的灯，黑暗中，蓝光旋转在陆嘉洛的脸上，而她点着头。

阿宁一句话道出现实："六百在市区租个厕所都勉强。"

空调机发出"嘀"一声，寝室的灯管亮了起来，宿舍楼所有房间都接二连三亮了起来，一时间迸发欢呼声。

整容课期末考分小组在殡仪馆进行现场实际操作考试。

陆嘉洛如往常一般，高腰牛仔裤，藕荷色吊带，细跟凉鞋，只是在外面多穿上了一件防护服。

殡仪馆外头，烈阳在高处，围墙上的爬山虎，水泥地上的黑色树影，它们都拥有旺盛的生命力。

拆开口罩的塑封，她盯着窗户出神，听见同班的女同学小声地喊着："嘉洛、嘉洛……"

女生戴起三层口罩，过来说道："我能跟你一组吗？"

虽然陆嘉洛在学习书面知识的过程中，玩手机、吃零食、睡大觉，但是她的期中实操测验成绩，不仅是整个防腐班最高的，而且是历年来最高的。

站在高空坠亡的、溺水身亡的、车祸身亡的遗体面前，和恐怖电影的画面不同，甚至还没有真正碰到冰冷的人体躯干，光是感受与死亡共存的腐烂气味，就让许多人打起退堂鼓。

因为生疏而紧张是正常的，同学们都在尝试和适应，攻克自己的心理防线，只有陆嘉洛与众不同地淡定，实操时被从旁提醒的次数越来越少，技术趋向娴熟，指导师开玩笑说还以为她从业两年了。

陆嘉洛从口袋摸出抽签的纸条："可我是第三组。"

"我换到啦！"女生意识到自己叫得有点大声，捂住嘴巴，然后小声说，"张隽说他和蒋芙一组，自愿跟我换的。"

陆嘉洛跟她交换着意味深长的眼神。

小组先进行一具肢体损伤的男性遗体整形修复，再清洗消毒一具中年女性的遗体，每组考核时间三十分钟。

同组的女生递三角针的时候，钩破了指导师的手套，他翻过手背一瞧，准备换副手套，低声说着："没事。"

这位遗体整容师是他们的学长。

陆嘉洛那仿佛要触及口罩的睫毛稍稍扬起，瞥着他抽下手套，十指指甲干净，转回注意力——他的手骨节没有她男朋友的好看。

三十分钟后，陆嘉洛这一组的考试结束她整理好自己，从卫生间出来，没有回整容室，而是在走廊逗留，倚着墙，掏出手机。

昨晚艾德闻说他今天有课，所以她一天没给他发消息，点开他的Instagram照片墙，最近的更新是上周打赌输给她发的一张自拍。

他穿着红色T恤，眼底卧蚕像柔软的阴云，脸颊上有一颗褐色的小痣。

从为这张自拍点过"喜欢"的账号里，陆嘉洛发现一个有些眼熟的昵称，是曾经跟他单独合照过的女生。

这个女生的照片墙上，最新一张照片发布于二十分钟前。

发的不是她自己，而是一个男生的侧面。

陆嘉洛愣住。

软件自带的翻译功能不太准确，至少能懂得大意，照片中的E君帮助她做完实验得到表扬了。

E君。

用了三个颜文字表情，其中两个有爱心符号。

陆嘉洛顿时感觉自己胸闷气短不止，还像含着一口超浓缩柠檬汁。

不管他在不在上课，拨通他的电话，省略最基本的问候语，她说："Edwin同学，我跟你有仇吗？"

艾德闻似乎还认真想了想，说："暂时没有。"

"那你为什么要气死我？"

"啊？"

陆嘉洛把腿都站直了，说："你就这么闲，帮你们班的女同学做实验？"

艾德闻才恍然听懂："我们分到一组，她动作太慢，我受不了就帮她做完了。"

"为了感谢你，她给你拍了一张非常帅气的照片。"

"哦，我不知道她拍照了。"尽管他的语气能听出他的不在意。

陆嘉洛再次倚墙，低头按着额角："你是不是没打算告诉我，想等我自己发现，然后气死？"

艾德闻即刻辩驳着："你自己说的啊，让我不要告诉你。"

她确实说过，记忆犹新。

陆嘉洛理亏，寻思着怎么堵上自己挖的坑。

她不出声，他就问："在干吗呢？"带着一种轻飘飘的少年口气。

"在殡仪馆考试，心情就跟马上要被推去火葬一样。"

陆嘉洛在真真切切地形容，却听见他笑："我叫她删了行吧。"

她着急地说："别再跟她说话了答应我！"

有人开门，她下意识地回头，错过艾德闻的回答。

出来的男人是指导师，也是前辈学长，目光始终在她身上，他说着："跟谁聊得这么起劲？等会儿一起吃饭，你们老师请客。"

傍晚他们在小酒楼开一间包厢，只有两张圆桌，因为数次实操学习之后，全班只剩十三个人。

老师感慨，曾经他们也是这样，吃完一顿，班里就少一个人。本是伤感的情景，怎么听起来就像灵异故事。

下午考试前扎起的头发，陆嘉洛没有再散下，颈部到肩头的肌肤在光线中呈现着细腻的光泽。她低垂着眼睛，编辑微信消息。

身边传来一个男人的声音，问她："吃饭重要，还是社交重要？"

陆嘉洛眼都不抬地说："男朋友重要。"

"你……有男朋友啊？"

陆嘉洛总算抬眼瞧着他："嗯，搞不好我要和他结婚的。"

她的眼睛不会笑，也不会楚楚可怜，散发着无灵魂的高傲，让人自觉地退避。

回到寝室，阿宁就提起："今天那个学长好像对你有点意思？"

陆嘉洛摇晃着一瓶卸妆水，满不在乎地说："可能。"

阿宁开玩笑地说："你没什么想法？"

她倾倒卸妆水的动作顿住："我？"

陆嘉洛把浸湿的化妆棉覆在眼睛上说："过去我没有机会，现在我只想做个好人。"

因为酒吧兼职的需要，许曼接了长发，原因是最近查得严，经理说她短发太像中学生，而且她必须每晚携带身份证件上班。

陆嘉洛请她吃麦当劳，独自坐在这里等待她。一群大学生可能在开童年主题的生日派对，餐厅循环播放着生日快乐歌。

女孩骨架纤细，穿着一件纯棉炭黑的T恤，从陆嘉洛的身旁晃到眼前，就见她掌心罩住可乐，提起来猛吸一口。

鸡翅、薯条这些小食被吃完。

陆嘉洛把柠檬茶吸光，晃了晃冰块。

许曼捏起一撮刚接的头发："这段时间愁得我头发都要掉没了，接多点也好，就是太麻烦了，还要打理它。"

今天陆嘉洛约她过来，是因为阿宁将租房的事情顺便跟柴狗一说，柴狗又在寝室里顺带一提，居然在莫燃那里出现转机。

想到莫燃，陆嘉洛曾经准备过一套台词，想要对他说："祝愿你能遇见一个非常非常喜欢你，你也觉得她非常非常可爱，并且值得你去爱的女孩。"

可是怕他从这句话里，错误地品出她表面上发自内心、实则居高临下的怜悯。

不管是不是她想得太多，什么都不说，减少联络，让时间消磨纷扰就是最好的。

所以，陆嘉洛犹豫过，受恩的许曼是她朋友，也仅仅是她的朋友而已，却好像自己欠他一笔似的。

然而比起不影响温饱的情感纠葛，解决许曼无家可归的问题要紧。

陆嘉洛当起房屋中介："他家有一套房产，这套房有配一个地下室，以前也是租给别人住的，简单装修过，有浴室、彩电什么的，就是窗户很小，基本打不开的那种。"

"不过离市医院特别近，走路只要十分钟。"

许曼问自己最在意的："不收房租？"

"不收。"

"莫燃是吧？"

陆嘉洛点头。

许曼万分真挚地说："替我谢谢他八辈祖宗。"

陆嘉洛顿觉惊悚地摇头："不了吧！"

每年的盛夏来临，不同院的学生陆陆续续放暑假，校区没有限制车辆出入，停车混乱。

陆嘉洛的刘海终于又变长，被拨到两侧露出额头，她穿白色收腰背心裙、黑色细带的凉鞋，在走出宿舍楼前，撑起一把长柄雨伞。

天空下着细细的雨丝，台阶上都是鞋底踩脏的污迹。

最后一门课程的期末考试在昨天下午结束，陆嘉洛不用订火车票机票赶着回老家，她决定今早离校。

早上收拾行李的时候，陆嘉洛接到艾米的电话，她说自己还有工作安排，让司机过来接她。

艾米不是每年都亲自来接她，但是陆嘉洛心虚地在脑中开始上演，艾米抽着大卫杜夫的雪茄，眼皮一颤，眼神锐利地腹诽着，好吃好喝养着她，没想到她居然骗走自己儿子——这样的戏码。

电话那头传来艾米一贯温柔的声音，说，藿香正气水在车座的柜子里，她傍晚之前会到家，艾德闻应该在家了。

车驶上高速公路，就没雨了。

通过昏暗隧道大约一分钟，她的脸转向窗外，是清澈苍郁的亮，她很想开窗吹吹风。

车子开上陡坡的街道，抵达的地方是一座翡翠城，随处是依据山形而建的房屋，老人胡须般大把大把的绿藤遮蔽围墙。

开门下车，蝉声阵阵。

司机将她的行李箱推至院落大门屋檐下，前院已经摆上熟悉的躺椅，却没有见到人影。

走进别墅的门里，阿姨帮她拎行李箱，情不自禁地夸赞她："真漂亮，这小腰细的。"

陆嘉洛抿唇笑，唇上红得像是即将枯败之前的玫瑰色。

为了新鲜感，她移情别恋过不同颜色的口红，得而厌弃，到头来她只喜欢这样的红色，也最适合她。

将行李箱推到楼梯前，陆嘉洛没打算往上搬，前倾着身，向上张望，旋转楼梯显得幽静。

阿姨在厨房里说着："今天我研究了下苹果塔，一会儿就烤好了，给你们当下午茶……"

苹果塔……

一听就是个高难度的东西。

陆嘉洛留意听着阿姨说话，但一阵除草机嗡嗡作响的动静强势介入，她转回头，确定这个声响的方位，离开楼梯。

朝向花园的落地窗前，阳光灼热、明亮，就像花园里的人。

艾德闻反戴着棒球帽，被晒得眯起眼睛，黑色的运动背心，脚上套着踩扁了后跟的休闲鞋，一边手推着除草机，一边手捏着啃了一半的苹果。

陆嘉洛装作给自己倒水喝，看着他割断那些肆意生长的杂草，再用扫把似的工具，将它们铲进套着垃圾袋的桶里。

她不可能承认自己的傲慢如同一个空壳子，她更愿意说傲慢配合外貌，是她给自己设定的风格。

艾德闻有瞧不起人的资本，心安理得地自傲。

她在备战高考的时候想烧书，他却在申请常春藤，俨然就是极有存在感的"别人家孩子"的标准示范。

好不容易找到不屑于他的理由——按照让大家都满意的模板成长，人生有什么乐趣可言。结果，艾德闻放弃美国东部大学给他递出的橄榄枝，选择前往日本，只因为个人爱好。

陆嘉洛从小就嫉妒他，以致记恨他、讨厌他，好像如果没有他这个完美的范例，她的人生就会更美好一样。

她正回想着这些事情，艾德闻已经提着塞满杂草的垃圾袋，咬着苹果，开门走进来。

陆嘉洛脱了高跟鞋，想要对上他的目光，必须抬头。

即将从她面前走过的时候，艾德闻抬起胳膊，手指一弓，在她的额头弹开。

"啊……"陆嘉洛捂上额头，视线跟随着他，刚刚那瞬间她的脑门里还发出"哒"一声。

如果以前恩怨的起源都是她的误解，这一次，肯定是他故意的吧？

垃圾袋靠在角落，艾德闻还咬着苹果，在水龙头下搓着手。

周围没有别人，陆嘉洛刻意冷冰冰地低声说："把我行李拎上去。"

预感到他要回头，她马上转身走开。

小楼梯离他们房间最近，每层楼梯旁都有一面褪色的玻璃花窗，光线照进来的色调犹如低因拿铁。

俯向楼梯下方，陆嘉洛看见他收下行李的拉杆，提起来，走上楼。

陆嘉洛打开卧室的门，等他上来，然后让路。

艾德闻停顿一下，瞧她一眼，就把行李箱提了进去，放在书桌前的地上，顺手抹了把沐浴朦胧阳光的桌面，还算干净。

从前，陆嘉洛讨厌谁，就让谁不痛快，有仇必报地折腾他，跟他对着干。

现在，艾德闻教会了她另一种更巧妙也更有效的、制裁敌人的方法——把他变成自己的人。

陆嘉洛凝视着他走到身前，她的背和拖鞋后跟抵着门框，他宽松的黑色背心离她不到几公分，一臂撑在她头顶，她直视着他的颈项，肩头被虫子咬红的一块皮肤。

胳膊环在胸前，手腕戴着表、系着白色蕾丝带，陆嘉洛抬眼盯着他，表情质问般："你想不想我？"

帽子将他额前的头发藏起，可以仔细打量他的眉宇，他从不吝啬自己的笑容，就像说着"你猜"。

楼下传来二婶婶的声音："上楼看看你嘉洛姐姐他们在不在……"

陆嘉洛翻出一个白眼。

这个小胖子，晚点出现会死吗？

然而就在这时，艾德闻歪下脖子，亲住她。

上楼梯的脚步声逼近，陆嘉洛惊得一把推开他。

艾德闻撞到门上的挂牌，"唔"一声按住脑后，帽子掉下来。

陆嘉洛假装上厕所，闪躲进卫生间。

目睹这一幕的小胖子愣住，他知道陆嘉洛很讨厌艾德闻，平常都是用语言攻击，最多弄坏他东西之类的，想不到今天……

直接动手了！

今年他们俩会打起来吗？

小胖子陆正匀操心地思考着。

要是陆嘉洛听到他此刻的想法，一定会说，你不如操心一下自己。

因为她已经不需要小胖子这个盟友了。

二婶婶的洁癖让她在这一栋几天前才敞开大门的别墅里闲不下来，见架在柜上的镜子很脏，她擦着擦着，开始替客厅做起卫生了。

深色的小餐桌上摆着一份完整的苹果塔，切片的苹果螺旋状铺满，从窗外倾斜照进的阳光，让它散发罪恶的甜腻气息。

小胖子陆正匀坐在她的对面，问着："以后你每天都给死人化妆吗？"

"可能吧。"陆嘉洛应着，再纠正他，"那叫逝者，不叫死人。"

小胖子从齿缝间发出嫌弃的音调："咦，好可怕。"

陆嘉洛慢条斯理地切下苹果塔的一角，放进自己的盘中，声音清晰地说着："希望你变可怕的时候，我已经下岗了。"

艾德闻若无其事地往嘴里塞进一片黄油曲奇，感觉有些干，再配一大口锡兰红茶，似乎已经习惯做这对姐弟斗争的旁观者。

小胖子终于有点长进："你诅咒我，我听出来了！"

陆嘉洛狡黠地微笑说："又怎样？"

小胖子将自己的半杯果汁，倒在她切出的苹果塔上。

陆嘉洛微微张口深吸气，放下刀叉，抄起餐盘扔到小胖子眼前，果汁洒了一路，她扬着下巴命令说："你给我把它吃下去，没人教你浪费粮食可耻吗？！"

艾德闻默默向剩下的苹果塔伸出援手，将它拉到自己面前。

阿姨听见外面争吵的声音，便从厨房出来，惊讶地看着混战之后的桌面："怎么弄成这样啦……"又问一句，"谁弄的？"

小胖子使用从小到大被他堂姐教唆的，百用不烂的栽赃嫁祸技能："艾德闻！"

陆嘉洛瞪着眼吼回去："艾你个头！"

二婶婶闻声赶至事发现场，但她雷达般的双眼，让她扫描到餐桌后的置物架上，插满弗兰博安特和蓝边八仙的铁皮花瓶瓶身上的一层灰。

194

艾德闻已经从苹果塔里抬起头，喝一口红茶咽下，想要自觉承担起："是我……"话没说完，他瞥见陆嘉洛的表情，却读不懂她的意思，话一拐，"不是我做的？"

"啊？"阿姨听着满头问号。

陆嘉洛感到无奈地扶额。

碍于二婶婶在旁边，陆嘉洛不好责怪小胖子，也不忍心嫁祸艾德闻。

她只能望向阿姨，说："一会儿吃完了我收拾，您忙去吧。"

"没事，你们吃完就放着吧。"阿姨说着，转头回了厨房，嘴里念念有词，"一个个都是小大人，不要整天吵来吵去的呀。"

谁也没规定下午茶需要在几点前结束，而他们通常在两点半结束，也总是小胖子把最后一口甜点塞进嘴巴里，第一个跑走。

艾德闻端起自己的盘子，从桌旁起来，一副准备离开的姿态。

陆嘉洛叫他："上哪儿去！"

他还端着盘子整个人定住，然后说："我把垃圾扔了。"

塞满杂草的垃圾袋还在墙角里待着。

陆嘉洛起身跨出椅子，小声交代着："先帮我收拾。"她扭头进厨房，去找擦桌子的抹布。

艾德闻抄起桌上的盘子，垒在一起。

陆嘉洛捏着水里洗过的抹布出来，抛向桌面。

"哎，别用湿布……"艾德闻出声太晚。

一片水迹带着塔皮碎末和胡椒颗粒粘在木头桌上，有些卡在木纹的缝隙里。

小胖子正趴在沙发上观察这一头的情形，嘲笑她说："这都做不好，你嫁不出去了。"

陆嘉洛将抹布往桌上一摔："陆正匀你欠揍是不是！"

艾德闻感觉抹布的水溅自己一脸，猛往旁边呔着。

小胖子扒拉自己圆嘟嘟的肥脸，冲她做鬼脸："略略略——"

陆嘉洛彻底撒手不管，气势汹汹地绕过餐桌，小胖子见势不妙从沙发下来，抓起茶几上的杂志朝她扔过去。

她尖叫一声躲开，小胖子趁机溜走，她翻身一扑，没有捉到他，两个人你追我跑，乒乒乓乓地上楼。

艾德闻张望着他们消失的方向，无语地摇着头，开始收拾起桌子。

等到他拎起来垃圾袋，旋转几下，再打上结的时候，陆嘉洛擦着洗干净的手，过来说着："我陪你一起……"

话音一顿，她瞧向沙发里捧着IPAD玩游戏的小胖子，提高音量说："我来监督你，免得你偷懒。"

开门就是一片艳阳天，在玄关前陆嘉洛用防晒喷雾疯狂喷脸，又想用驱蚊水喷胳膊和腿，然后弯下腰，却因为瓶子倾斜着喷不出水，一时找不好喷的角度。

瓶身离开她的掌心，她直起腰。

艾德闻蹲下身，将驱蚊水对准她的腿，"哧哧"几声，散开薄荷味的雾气。

"转过去。"他说。

陆嘉洛乖乖转身，细细的鞋跟轻敲着地板，一阵清凉侵袭她的小腿肚和脚后跟。

炎热里，日用品杂货店挂上墨绿的窗纱和门帘。

尹旭双腿搭在箱子上，盯着悬在上方的电视机，吸着汽水，耳朵后面一声惊叫吓到他仰起身子，汽水弄湿前胸："我去——"

他转头想瞧瞧是哪个混球："哎哟，两位真是久违啊。"

艾德闻随意地坐在收银台前的啤酒箱上，宽松的裤腿往上跑，露出骨感的膝盖。

尹旭的目光偏爱穿着白色连身裙的陆嘉洛，和她垂落腰际的鬈曲长发，即使吓自己一跳的人是她，他也选择原谅，毕竟消毒水养活的玫瑰自有她辛味的甜美以及尖刺般傲慢的诱惑。

"久违你就稍微表示一下，我们就不付钱了。"说着，陆嘉洛打开冰箱门，挑选饮料。

尹旭说："光天化日下抢劫啊！"

他从陆嘉洛身上收回视线，就跟艾德闻聊起："你们家邻居把房子卖了知道不？前些天我碰见他们带一家人上门看房子，那家人里有个小姑娘长得不错，看着就挺乖的，自古以来，近水楼台……"

陆嘉洛抱着好几瓶饮料，踢上冰箱门，转身打断他："你想什么呢！"

"想我们弟弟单身这事儿怎么解决，大哥十分忧心哪。"

她扬起下巴："用不着你忧心，他有女朋友了。"

尹旭听见她这么一说，眼睛亮起八卦的光芒，转向他："日本妞儿！"

还没轮到艾德闻出声。

"唉，往这里瞧——"陆嘉洛一边说着，一边把饮料搁在收银桌台上。

尹旭仍然迷迷糊糊搞不明白："啥？"

艾德闻伸胳膊过来，打开收银机，压进去一张百元钞票，顺便自己找零钱。

看到尹旭是真不懂她的意思，陆嘉洛懒得计较，将饮料装进塑料袋，低语着："碰上个傻子。"

艾德闻听了笑着起身，接过一袋饮料。

陆嘉洛推着他的肩膀往外走："热死了，回家看电影。"

艾德闻没有回头地说了句："走了。"

他们走出店铺，尹旭回过神，伸长脖子喊着："骂谁呢你！"

关上画室的门，拉上窗帘，接上投影仪。

他们背靠窗下坐着，一罐碳酸饮料两个人喝。

陆嘉洛想把《情书》这部电影看完，因为之前看过的情节都忘了，于是从头开始。

她不介意艾德闻抽根烟，然后听到打火机"啪"一声，他推着腰后的枕头，往下躺一些。

每次看见他抽烟，就觉得像是三好少年被带坏的模样。

实际上，没有谁可以影响他对自己的控制力，他是一个自由且冷漠的孩子，幸好他还喜欢笑。

窗帘太薄，日光泛着淡淡的橘，外面的树影都能透进来，还不到黄昏，电影开场就是大雪覆盖，投影画面过于苍白。

他的手机屏幕亮起，收到尹旭发的微信消息。

——来一张咱弟媳的照片，哥帮看看她的面相。

——你刚才见过了。

尹旭回复一行问号。

几秒钟后，尹旭又仿佛大彻大悟地发出一页的感叹号。

艾德闻编辑着消息，好心提醒他。

——别说出去，她会杀了你。

身为一个"恐怖的女杀手"，陆嘉洛却用迷人的嗓音问他："这个导演在日本红吗？"

艾德闻抬眼，掸了下烟灰："还行。"

正准备扔下手机，他又收到一段语音消息，点开就是尹旭的咆哮——"艾德闻你小子我服了！我还真以为你们是姐弟情深呢！老子做梦想当你姐夫多少年了你说说，白对你这么好了，浪费老子的感情！明晚给我滚出来打球，你必须输给我！"

艾德闻听着语音在笑，托住手机的手背上起伏着蓝色静脉。

陆嘉洛闻声，凝视着他的侧脸，说："问你一件事情……"

他转过来。

他们对上目光。

"你记不记得，有一年暑假的时候，我在这里，也是在看这部电影，你进来说'我忍你很久了……陆嘉洛'。"她说出自己名字的时候有种奇异的感觉。

十七岁的一天晚上，艾德闻离她很近，而她吓得跑开了。

陆嘉洛轻声说："你是想亲我的，对不对？"

从很早以前他就有这个想法，此刻她才求证，说她太傻，不冤枉她。

可是她的声音像红酒里捞起的玫瑰糖，故意让他听见，这次只说给他一个人听。

"对。"

艾德闻侧过头去熄灭烟蒂，转回来的同时，用掌心揽住她的脸，吻上她的唇。

占据上风的烟草苦味，热切绵密的苦。

艾德闻欺身把她罩在自己的影子下，让她只能注视他的眼睛，其他的一切都成虚影。这双眼睛清澈到让她心脏变得柔软，也可以让心跳快到无以复加。

可惜一下就不见那双眼睛了，因为他把头颅埋在她的颈间，就像是臣服于她的肌肤。

骨节分明的手掌搂着她的腰，房间静谧得使她清晰听见自己急促的呼吸声。

然而，小楼梯是木板搭建的，被踩上就会发出一些声响，这些声响提醒他们选错了时间。

陆嘉洛紧张地推起他的肩膀，极轻且急迫地说："有人！"

笃笃的敲门声响起，紧接着是："Edwin？"

画室的门被打开，她探出来："艾米？"

艾米转头发现是她，笑意温柔："怎么一回来就躲那儿去，马上就准备吃饭了，快下来帮忙。"

陆嘉洛答应着走出画室，反手带上门。

她跟在艾米身后下楼，悄悄顺了下裙摆。

离温暖的灯光愈来愈近的时候，艾米忽然停下脚步："看见Edwin了吗？"

陆嘉洛眨眨眼睛，朝下楼指去，猜测着："……地下室？"

黄昏的风将窗幔高高吹起，阿姨把它们用布绳绑住，还打了个蝴蝶结，接着又关上了窗。

今晚的餐桌，不是平常用的木纹桌，桌面光滑得看起来很高级。

艾德闻从楼梯下来，走到桌旁。

陆嘉洛见到他的模样，连忙抽两张纸巾，塞进他手里，没赶得及解释，艾米就从厨房出现了。

艾米放下一篮餐具，转身进厨房前，又回头瞧着自己儿子："Edwin，你嘴巴怎么了？"

陆嘉洛屏息低头，假装忙碌地分餐具。

艾德闻的嘴唇很薄，上唇的边缘不自然地发红。

那是陆嘉洛的口红。

他眼帘一低，竖起光洁的餐盘照了照自己。

艾德闻镇定自若地说："过敏了。"

艾米知道他对某些海鲜过敏，只是奇怪："你吃了什么？"

他耸肩表示不知道，在艾米擦肩离开的时候，视线游移到陆嘉洛的脸上。

"看我干吗……"陆嘉洛撇开脸，想了想，决定调戏他说，"想借我的卸妆水？"

艾德闻表情平静地握起汤勺，轻轻敲在她的脑门上。

陆嘉洛"嗷"一声按住额头，与被挑衅的猫一样冲他龇牙，也摸起桌上的汤勺，妄图敲打在他的头上。

艾德闻只要抬起胳膊就轻松挡下，她假意放弃攻击，趁他分心用纸巾擦嘴巴，预备偷袭他。

他反应极快，几乎靠着本能的条件反射，抵开陆嘉洛的手腕。

艾德闻的笑容得意扬扬，再弯起手指，嚣张地敲在她头顶。

陆嘉洛被他惹毛的时候，余光瞥见什么，即刻停止和他过招，她低头用长柄点火器，点上玻璃杯中的圆片小蜡烛，照亮她垂落的两片轻盈、卷翘的睫毛。

见她这异样，艾德闻转过头。

身姿优雅的他的母亲，再次走了过来。

艾米还带来一杯饮用水、一盒抗过敏的药，打量他已经擦过的嘴巴，她惊奇地说："已经好很多了？"

艾德闻不露声色地将纸巾塞进裤兜，接过她手中的水杯："谢谢……"他没有接药，而是说着："应该没什么事了。"

"好吧。"艾米用药盒拍了拍掌心，大概是之前见到了他们在打闹，现在开玩笑似的对陆嘉洛说，"迁就一下病人。"

陆嘉洛抬头瞧她，有些愣愣地点头。

艾米差一步就要走进厨房，陆嘉洛见机握起汤勺，成功敲到了艾德闻的后脑勺。

暗蓝夜空下，周围幽绿树叶犹如打过蜡，荧荧闪亮。

餐桌一头对着夏天里从没用过的壁炉，头顶的灯光把每个人的脸照得柔和非常，烹调后的食物气味充盈在四周。

他们面前都有两只菱形格纹的玻璃杯，一杯是纯净水，一杯是果汁或者啤酒，映着点点烛光。

落地窗外的风景就像一张巨大的数码相片，可以看见地上驱赶蚊虫的精油灯，微风吹过树影的时候，依稀能闻见自然的草木气息，但更多的是烧烤的烟气。

陆嘉洛喜欢海鲜，大多数人都喜欢。新鲜的鱼虾在盘中呈现鲜嫩的色泽，望着使人心生愉悦，能配好几杯冰爽的啤酒。

艾德闻负责户外烧烤架上的食物，烤完再端进来，晚餐差不多接近甜品阶段，烤架上剩的东西都被少年喂进自己无底的胃里。

他悄然抬眼，她的酒杯又空了，脸颊仿佛比白天里柔润，头发也以缱绻的弧度掩住耳朵，下巴搁在两只手背中间，倾听着家里人聊天的内容，然后展露笑颜。

艾德闻低下眼眸，夹起山药咬一口，又正常地抬头，出声："哎，胡椒粉。"

陆嘉洛转头瞥他一眼，确定是在叫自己，伸出胳膊够到桌上的调味瓶。

旁边的大叔叔听见，抖着粘住手指的虾壳，说："别老是'哎'啊'哎'的，好歹嘉洛也是姐姐。"

陆嘉洛正要递出这一瓶胡椒，忽然把它贴近胸口，做作的表情被她演绎出娇俏委屈的感觉："对呀，我好难过。"

在继父和她的围剿下，艾德闻妥协："姐，胡椒粉。"

陆嘉洛将调料瓶递给他，顺便与大叔叔对视，互换着胜利的神情，然而大叔叔又说："你要是他妹妹，他态度可能好点。"

她皱了皱鼻子，转回头，继续听他们谈论最近身边的八卦。

二婶婶十分投入地说着："她老公跟她结婚啊，原来都是为了要转移财产，啧啧……"

餐后甜点是阿姨自制的无添加冰激凌，由于冻得太结实，陆嘉洛转身在厨房和餐厅衔接的地方喊艾德闻进来帮忙。

每碗两勺冰激凌，小胖子的多两勺。

陆嘉洛捧出来分给大家，又回去，就再没出来。

艾德闻用胳膊肘关上冰箱门，将最后一碗冰激凌递到走进厨房的她眼下。

陆嘉洛没接，摸起一只小汤匙，同时拉住他的肩袖，带他一起躲进二楼的小客厅。

他们窝在弹簧老旧的沙发里，没开灯，晚上的月光投进窗，楼下闲聊的欢笑声浪潮般偶尔掀起得高一些。

阿姨做的冰激凌是柠檬味的，难怪他不吃。

陆嘉洛用小汤匙刮着冰激凌，肩膀撞了他一下："生气啦？"

艾德闻掏出手机，解锁，不打算理她的样子。

她专门挑起杏仁片："谁让你比我晚出生，算你倒霉咯。"

没有人应她。

陆嘉洛歪着头盯着他，说："以后不逗你了，我愿意牺牲这项乐趣，为你创造一个良好无害的恋爱环境。"

艾德闻清瘦的脸，侧面少了点孩子气，藏不住笑意。

她说："哦，你笑了。"

他撑着眼皮，就像自己真是无辜的："没有啊。"

陆嘉洛舀一勺柠檬味的冰激凌，送到他嘴边："尝一口。"

艾德闻扭头："不要。"

倒不至于似避洪水猛兽，只是满脸写着拒绝。

这一勺冰激凌放进自己嘴里，她举着冰凉的玻璃碗，凑近他，想和他接吻。

艾德闻身子抗拒地往后仰着："你先吞下去！"

陆嘉洛皱起眉头，张嘴让他瞧，冰激凌早在温热的口中化没了。

他掌心托住她的脸庞，勉为其难地亲吻她，果然，全是柠檬的味道。

早该料到，即便陆嘉洛是他的那颗柠檬，他也无法抗拒。

次日早上，她有些许酒精摄入过多的后遗症，意识已经清醒但整颗脑袋闷闷的。

陆嘉洛将额头抵住卫生间的门，像僧人敲木鱼般敲门。

里面的人突然把门打开，她向前趔趄，直接扑到他的身上，被他扶住。

闻到了一种类似混合着苦涩的树皮和无绒感的果皮，还有凉丝丝的薄荷叶的气味。

这个味道在早晨，他们起床时相撞的卫生间里，相对明显。

陆嘉洛曾在他的日用品中，以眼睛寻找过，没有发现任何品牌香水的踪迹，一直想问他这是什么东西的味道，一直忘记。

亦如此刻，艾德闻从两个人堵着略显窄的门侧身出去，她就忘了问。

只是刷牙的时候，她吐出满是泡沫的水，看见它们流进下水道，恍然记起一件很重要的事情。

一路没有迟疑停顿地下楼，陆嘉洛来到了地下室的门外转动门把，地下室仍然上着锁。

她知道在哪里能够找到艾德闻。

陆嘉洛走出落地窗，在屋檐的阴影下，还需要两手搭在眼睛上，望着这个别墅里最敬业的"清洁工"。

她提声说："我想跟你商量件事……"关于地下室使用权的事。

艾德闻抬起头。

这时，响起一阵门铃声，终止了他们还没开始的谈判。

大叔叔身上穿着整套的家居服，手里还展着一份报纸，比他们先一步开门。

门外是隔壁邻居家男主人，他说，今天新邻居就要搬进来，所以他来跟他们正式道别，这一次不送柠檬，送他们一株柠檬树。

简单寒暄之后，这位邻居家男主人对陆嘉洛眨了下眼睛。

也许是他知道当年偷柠檬的孩子不是艾德闻，而是她。

陆嘉洛还愣着，身旁有人抬起一只手臂，用掌心阻隔她与邻居的对视。

她压下艾德闻的手，没办法压住自己的笑，只能用短促的"有病"来掩饰。

🐟 第七章　男朋友

午后一点钟的太阳，晒出植物的芬芳。

陆嘉洛穿着深灰色朋克印画T恤，黑色高腰长裤，防水橡胶靴。一旦她穿上雨靴，就是表示要应付比较糟糕的情况。

大叔叔跟邻居回家把柠檬树连根带土地挖起，而她和艾德闻的任务是在自家花园里刨出一个坑。

一不小心就灰头土脸的工作，当然艾米是不会参与的，她只可能是坐在遮阳伞下，端着精美的骨瓷茶杯，为他们加油。

在蝉鸣嘈杂的下午，他们完成了柠檬树的移栽，坐在屋檐底下。

陆嘉洛推开一些落地窗，让空调冷气吹出来，虽然后半程基本没做什么，可还是累得不想动。

艾德闻仰躺下去，有风吹过他宽松的衬衫。

邻居带着新搬进来的邻居夫妻，和他们的女儿，专程上门拜访。

艾米某种神奇的社交能力，亲切得让对方向她交底。

交谈的声音离他们不远，隐隐约约地拼凑出，新邻居家里的女孩，年纪比他们都要小，开学上大学二年级。

陆嘉洛瞧见女孩的头发清爽地挽扎在脑后，露出干净的额头，棉布质感的短袖衬衫，牛仔背带裤。

她的脸上找不到棱角，诚如尹旭所言，看着就挺乖的，像一只温驯的小动物，一点攻击性都没有。

可是许曼的例子教育她，不能只凭外表判断一个人真实的内在。

"相由心生"这个词，一般挂钩着"马后炮"，可信度不高。

女孩得到艾米的首肯，目标明确地朝着他们走来。

陆嘉洛提前布下防线的，对艾德闻急速说着："她要过来打招呼了你不准笑！"

女孩将腼腆与开朗完美的结合，没有怯生生的感觉，先对她说："姐姐你好，我叫秦郁萌，秦楚的秦，葱郁、萌发的郁萌。"

"陆嘉洛，你叫我嘉洛就好，不要叫我姐姐。"虽然陆嘉洛是笑着说，但与人不善的气质犹存。

秦郁萌稍有一顿："……好。"

随即她的目光，转向已经坐起来的男生，等待他的自我介绍。

他用自己特别擅长的，疏远而满不在意的语气，简短回应："艾德闻。"

陆嘉洛正准备说出，自己早已打好的腹稿：他就是这样不爱搭理人，你不要放在心上。

眼前这个聪明的女孩仿佛想到什么，抢先笑起来，且笑容让人如沐夏日凉风般舒畅："所以你的英文名是Edwin？"

陆嘉洛一怔，刻意态度傲慢地说："艾米没有跟你说吗？"

然而就在同时，艾德闻出声："哦。"

哦什么！

陆嘉洛不禁扭头瞪着他。

即使这个字眼基本是他的口头禅，亦然充斥着漫不经心的意味，可是他回应了，也就跟拆台一样。

艾德闻微怔，然后脸上挂出十分不解的神情。

他们进行眼神交流的时候，秦郁萌已经走到她的旁边坐下，但是身体往前倾一些越过陆嘉洛，让坐在另一边的男生转过视线，就能看见自己。她说："我在华大念金融，开学上大二，嘉洛你呢？"

沪城两大知名高校，东边的华大，西南的南大，莘莘学子梦想的殿堂。

陆嘉洛心里想着，凭什么告诉你，嘴上说着："南大附院，殡仪管理。"

秦郁萌哇一声说："好厉害，换我可学不来这个，我胆子太小了。"又表示赞扬地说，"不过，能够让死去的人走得体面，很有意义吧。"

陆嘉洛把目光投向日光落成夕阳前的花园，眯起干净分明的眼睫："……嗯。"她才没想这么高尚的事情，只是对这行业有点兴趣。

秦郁萌更往前探出些身子，问着："艾德闻也在南大吗？"

被点名提问的人还没开口，陆嘉洛马上替他回答："他在日本念大学，海洋研究学。"

秦郁萌露出一脸的羡慕："你们都好特别，当初我就是听爸妈的话，才报了经管专业，好无聊。"

陆嘉洛是想展示自己对他的了解，却不料，秦郁萌垂下眼帘，点着头喃喃般："海洋研究啊……"

秦郁萌再抬头的时候，表情可以解读成不好意思的害羞和期待，说着："搬家之前，我就想在家里养热带鱼和珊瑚，可是我没有经验，担心做不好……艾德闻，你可以教教我吗？"

陆嘉洛呼吸一顿，也转向她身旁的男生，脑海里闪现一个如同刮奖般的念头，刮出"大事"两个字，就知道后面跟着"不妙"。

昨晚艾德闻还想要个妹妹，今天就如愿以偿了。

也可能秦郁萌是真的想养鱼，也可能是真的怕自己没有这方面经验。

艾德闻刚刚弯腰随手捡起一块石头，正想把玩两下，听见她说的，明显一顿："啊……"

陆嘉洛就是开始不爽，且觉得自己气场不足，她没想到下午还有这一出，只想到种树这种工作，势必要弄一身的泥土气息，就往脸上抹了厚厚一层防晒霜，连眼线都没画。

她神情冷淡地脱下橡胶靴，拎起："我去洗澡了，你们慢聊。"

艾德闻视线追着她的身影走进落地窗，回头扔了石头，动作矫健的起来，光脚进屋，在石阶留下一双穿旧的帆布休闲鞋。

"欸？"秦郁萌蒙着瞧他们先后离开这里。

咚咚咚的上楼声，吵醒偏暗的楼道，窈窕的人影，从玻璃花窗前匆匆而过。

陆嘉洛撇着脸，只是捕捉到他的影子："你跟着我干吗！"

他理所当然地说着："我也要洗澡啊。"

陆嘉洛停下脚步，转身，台阶的高度，让她以一种傲然睥睨的角度，直视着他："那你就在门口慢慢等着吧。"

艾德闻严格按照"在门口"这个地点要求执行，当她在镜前把衣服一件件脱掉，旋起马尾盘在头上的时候，听到门外的游戏音效。

陆嘉洛耳朵贴向门，将他定位在门外右侧的地上。

艾德闻坐在那儿打游戏。

不知道是狡猾的，还是无意间的，他经常用一个举动就能让她心情莫名其妙地好起来。

花洒淋在头上，冲洗掉如浆的汗液，陆嘉洛心神都跟着舒爽。

半面镜子蒙着水雾，遮住脸，只有自己裹着浴巾的胸，她往手心倒着护肤水，忽然听见艾米的声音。

艾米好像是在楼梯的位置，没有走上来，又隔着门，她说的什么有些模糊，大概是提到秦郁萌想养水族箱的事情，让艾德闻帮她等等。

艾德闻的回答离得近："有空再说。"

分不清是敷衍，还是真等他有空，就有下文。

陆嘉洛抱着吹风机开门出来，回自己卧室吹头发，卫生间的使用权交给他。

新邻居家的风铃声，沿着风向轨迹飘来，房里光线变得橙黄，一墙之隔，她听着哗哗的水声消失，仿佛见到他踩上铺在淋浴室外的，舒棉绒的毯子。

她算准时间拉开卧室的门，看见艾德闻湿漉漉的头上盖着毛巾，牛仔布拼接的衬衫，黑色及膝裤子，光着脚，正要走进自己的房间，也看见了她，便与她对视着。

陆嘉洛从上到下将他打量完毕，冲他勾勾手指头。

走进她的房间，艾德闻用毛巾搓了搓耳朵里，吹风机开始吹头发，身前就是凌乱的书桌，他顺便把书籍归位。

关了吹风机，他就听见腿上摆着笔记本电脑，背靠床沿坐的陆嘉洛，念念叨叨："你什么时候没空，我看你是挺有空的，今晚不就有空吗？"

艾德闻语气闲散地应了句："没空。"

她抬头："你要干吗？"

"今晚跟尹旭打球。"艾德闻这么说着，毫不见外地躺上她的床。

陆嘉洛没有反应，电脑屏幕也是静止状态，他翻身趴在床尾，伸出手臂，掌心在她眼前晃了晃："在想什么？"

她说："感谢尹旭爸妈生了个好儿子。"

他眼皮撑起："我呢？"

陆嘉洛不以为意地咻一声。

"陆嘉洛你真偏心。"

她听见这句话就回头，艾德闻已经仰倒在床上，感叹着："好心没好报啊……"

不超过三秒钟，他又打算起身，说着："我还是去教她养热带鱼吧。"

MacBook滑落到地毯上，陆嘉洛爬到上床，按住他的肩膀，把他压下去："你给我躺下！"

可是这个姿势显然有些暧昧，只能尽量不往那方面想，相互望着有一会儿，他说："晚上跟我出去打球？"

她即刻拒绝："不去，你们打球，我在旁边喂蚊子。"

"哎，一起去吧。"

陆嘉洛觉得好笑地说："干吗一定要我去！"

艾德闻说："炫耀。"

陆嘉洛微愣一下，控制不了自己嘴唇逐渐弯起的趋势。

她顺势躺在他的肩臂上，她终于记起："你的脖子……"她仰起头亲吻似的，嗅他的脸庞，问："还有脸上是什么的味道？"

"什么的味道？"

"是我问你呢。"

艾德闻皱眉，认真思考后，豁然说："哦，剃须水。"

原来这么年轻就要剃胡须了。陆嘉洛摸了摸他的人中和下巴，眼神渴盼地问："我可以用来当香水吗？"

"不能吧。"

"为什么？"

他出了个简单的逻辑题："你用完了，我用什么。"

她更简单地进行解答："你的东西都是我的，请牢记在心。"

艾德闻诚恳地点着头。

陆嘉洛不放过他："你重复一遍。"

他一字不差地重复着："你的东西都是我的。"

她应该生气，却笑得更灿烂，双手攻击他的胳膊底下和腰，还有防着被他反击。

窗外是落日时分，余晖就像皮肤上的一层绒毛，又将头发变成金色的线，艾德闻凝视她的眼睛，手掌不轻不重地抚摸过她的脸。

陆嘉洛从床上坐起来，说着："我饿了，走，下楼问阿姨什么时候开饭。"

走出她的房间，艾德闻替她关上门，没有放弃地说："晚上一起去打球。"

陆嘉洛故意唱反调："不去！"

他们来到厨房外，在暂时无人光顾的餐桌前，发现今天晚上有生煎包。

艾德闻洗了手捏起一只生煎，咬下一大口，剩下塞进她嘴里，他吮一下指腹的汤汁，表情在说，好吃吧。

陆嘉洛受到惊吓地愣住，机械地咀嚼，眼神在说，被阿姨看见怎么办！

今晚的餐桌话题，自然要聊起新邻居，而从艾米这里得知，秦郁萌果真是个学霸。

艾米的夸赞是她的礼貌用语，不曾听过她数落哪个人的缺点，但是以一位母亲的身份，在"单身"的儿子面前，说着某个女孩有多好的时候，听起来就像有些其他想法。

大叔叔笑得暧昧，开玩笑说："没戏，Edwin以前跟我说过，他喜欢脑子不行的。"

陆嘉洛低着头喝汤的动作顿住。

艾德闻还在吃生煎，险些被呛到，接着笑场，没有忘记挽救自己地连声说着："爸你记错了吧？我什么说过这种话？"

包括小胖子在内，都惊讶于艾德闻突如其来的反应。

而桌下，陆嘉洛毫不犹豫地一脚踹上他的腿。

没有任何防备，艾德闻被踹得低呼一声，身体往前一撞，整张桌子震荡一下。

除了陆嘉洛以外的人都吓一跳，急忙问他："怎么了！"

"……腿抽筋。"

艾德闻忍痛说。

在所有茫然的人之中，艾米始终保持最高雅的仪态，毕竟她能把百叶包粉丝汤，喝出法式酥皮龙虾汤的风情。

艾米说："抽筋？你晚上还要出去打球，没关系吗？"

艾德闻摆正被自己撞歪的碗，说："没事。"紧接着又说，"嘉洛和我一起去。"

陆嘉洛还沉浸在他对自己"脑子不行"的评价中，神情藏着郁闷。

艾米听到他这么说，却是愣了一下。她从不强迫艾德闻做违背自己意愿的事情，所以没有纠正他通常连名带姓地叫陆嘉洛，或者是第三人称代替。

前往篮球场最近的路是穿过两栋民房中间，如同挖出来的深邃走道。

漆黑一片，几辆自行车相互搀扶般倚靠一旁，昏黄路灯悬挂走道尽头，家家户户的话语声，和电视机播放的新闻频道。

也许是天生的，陆嘉洛不怕黑不怕鬼，格外沉默。她只顾自己往前走，当他不存在，就像回到他们年少时候，比语言不通更甚的，是不愿与对方闲聊几句的氛围。

最终，还是陆嘉洛忍不住地说："你真觉得我很傻吗？"

艾德闻一怔，没想好该怎么回答。

她眼睛瞧着地下，但下巴微微抬着，坦诚地说："我不喜欢我在乎的人用这个词来形容我。"

没听见他的答复，陆嘉洛拧起眉，视线转向他脸上："我知道你不懂哄女孩子，但你能不能说点好听的？"

陆嘉洛穿低跟的凉鞋，艾德闻侧过头，目光有些偏下，眉尾无足轻重地一扬："说什么？"

陆嘉洛把头正回前方，学着他可以让人有火没处撒的语气："算了。"

然后她加快脚步，率先走出这条通道，灯光染上她的影子。

艾德闻追上她的步伐，明显不开心地说着："以前你都能当面指责我，我就不能说你半句？"

她不容置疑地点头说："对啊。"

艾德闻一不注意，踩到块石子，差点摔一跤，平衡感极好地跟跄几步，将自己救了回来。

陆嘉洛被他吓得停下步伐，见人没事又抬脚走，语速加快地说着："谁让你先喜欢我的，又不是我逼着你喜欢我，拿刀威胁你喜欢我，这奠定了我们的关系从开始就不公平。如果之前你不表现得那么糟糕，不要在背后说我的坏话，对我好一点，指不定我们早就在一起了，怎么说都是你不对。"

艾德闻深深吸气，最后仿照她的语态说："有病。"

三盏镇守篮球场的路灯，换了新灯泡，往年更亮一些。

尹旭坐在篮球上，眼见他们要走到面前，就摇头："太过分了……"

等到他们真正到了面前，他就快赶上声泪俱下："你俩太过分了，太可气了。"

陆嘉洛说："关我什么事，我做什么了？"

尹旭颤抖的手指向艾德闻，眼睛看着她，痛心疾首地说："你做了他的女朋友。"

"帕金森吧你，谁是他女朋友，你不要乱说。"一边说着，陆嘉洛一边朝钢条椅搭出的观众席走去。

尹旭跟随她的身影扭过头，再扭回来，一扫阴霾地挑眉说："这么说，哥还有希望？"

"滚。"艾德闻还是这样应他。

陆嘉洛坐下，摸了摸脚后跟，不敢碰凉鞋刮到的地方，怕碰到破掉的水泡，湿淋淋的。刚才就磨得有点疼，还只顾着和他冷战。

投出一个三分球，艾德闻的视线转向她。

陆嘉洛托腮坐在那儿，宽垮的T恤，牛仔长裤，头发洗完总是吹半干，披散着让它自然干透，从下午没有再扎起来，此刻眼睛牢牢盯着手机，不分给他一丝一毫的目光。

起码今年情况好一些，她是和他在生气，不是人坐在这里，心却飞远等待着谁的信息。

她说得挺对的，他们之间从一开始就不公平。

打完一场球是夜里十点多，按原路返回的途中，再次走进这一条走道，一片寂静。

"你有带零钱吗？"

这句话比较短，说完正好够艾德闻转身，望着她。

陆嘉洛的肤色与夜晚混合在一起，视野里只能勾勒出她一头卷曲的长发，散乱披在肩上的轮廓。

一滴空调机箱漏出的水，砸在遮雨棚上。

眼睛适应黑暗的环境，才看见她刻意让自己冷淡的表情："我买两个创可贴。"

艾德闻走向她："你怎么了？"

陆嘉洛眼帘一落："鞋子刮脚，走不动了。"

他低头瞥一眼她的脚，想也没想就往前一步，说着："我背你……"

陆嘉洛却退后一步："你给我钱，我买创可贴。"

"这条路下去没有食杂店，有也关门了。"艾德闻这么说着，捉住她的手腕往自己肩上一带，把她背起来了。

他的肩膀宽阔，很有安全感。

走在路灯下，考虑到与他耳朵的距离，陆嘉洛小声说："照你说的，要是出现一个比我脑子更不行的，那你不就更喜欢她了？"

"怎么可能。"

"怎么可能更喜欢别人，还是怎么可能出现比我更傻的？"

"你这逻辑真是……很厉害。"艾德闻着实佩服地说。

陆嘉洛马上说着："那你还说我傻？"

"我爸他问我喜欢什么样的女生，我不知道怎么回答，就随便一说。"

陆嘉洛警告着:"以后你不准这样说我了。"

"不说了。"

"在心里也不行!"

艾德闻饱含苦恼且遗憾:"啊……"

陆嘉洛打了下他的肩:"啊什么?你很遗憾吗?"

"没有,谁遗憾了,反正我不遗憾。"

她埋下半张脸,抱紧他的肩膀。

再没人说话,只能闻到他身上的沐浴露和微咸的汗液。

陆嘉洛出声:"我真的……"

艾德闻没听清,特意停顿了脚步,准备问她的时候,她说:"真的真的真的真的很喜欢你。"

他微怔的眼皮轻抬,又眨了几下。

"可我就是脾气很烂,性格又差,你多让着我一点好不好?"

陆嘉洛还没等到他的回应,自己的身子就被他往上一抬,继续往前走,也听见他的声音:"嗯。"

走了有一会儿,她说:"放我下来吧,地又不是很脏,我自己走,反正回家都要洗澡。"

"没事,背你到家门前的坡上……"

陆嘉洛才发现他常用的词里,还有无需别人担心的,或者藏匿少年温柔的"没事"。

艾德闻补上一句符合他们相处模式的,争夺的论调:"回去卫生间就让我先用。"

她说:"你想得美。"

艾德闻一直把她背到了别墅大门外。

陆嘉洛将凉鞋似趿着拖鞋般挪进家里。

她回房间收拾衣物打算洗澡,他进卫生间上厕所,出来就见抱着衣服等候的她。

他刚刚走出卫生间，又被她拽进去。

陆嘉洛把他扯进来，再逼近他，让他的背把门抵到关上，一手抱着睡衣和浴巾，一手搂上他的脖子，踮起脚和他接吻。

就像她学到新招数，一吻泯恩仇。

只是，他们都察觉到对方呼吸急促时，结束这个吻，陆嘉洛就将他推出去，再关上门。

当她洗完澡出来，见到门外守株待兔的艾德闻，她想躲回自己的卧室，却被他拽进他的房间。

艾德闻捞起床上的浴巾，对她说着："在这里等我。"

"不要，我要睡觉了。"

声音正落，他已经把门关上。

陆嘉洛嘴上那么说，也没走，坐在他的床上，无聊着环顾四周，然后躺下。

拆下盘在头上的长发，没躺多久，她居然睡着了。

第二天在他房间醒来的时候，陆嘉洛有一阵不知身在何处的迷茫，而身旁的被子是被人掀开的状态，他可能洗漱去了。

陆嘉洛下楼来，咖啡在壶里还没有倒出来，桌上摆着两份鸡蛋火腿三明治。

从冰箱里取出冻好的柠檬水，她转身，张望向落地窗外的花园。

与邻居家的花园以围墙相隔，但有一半是乌黑的锌钢栏杆，在那儿出现了秦郁萌。她凭栏伫立，瞧着艾德闻弯腰拾起垃圾，也在和他说些什么。

陆嘉洛皱眉望住他们，下意识地喝一口柠檬水，好酸。

大概是被同化了，她忽然理解艾德闻，为什么不喜欢柠檬的味道。

今天早晨的艾德闻把自己收拾得很清爽，穿着一件纯白的T恤，仿佛没有拘束的宽松，像极了一桩纯情的心事，比如，手机相册里偷偷拍下的小学长。

陆嘉洛换上进入花园的室外拖鞋，离开屋檐下不自觉眯起眼睛，虫子从绿到发光的草坪上快速飞过。

走近他们交谈的区域，听见他正说着："你可以买个LPS缸，适合养软体珊瑚和大水螅体硬骨珊瑚，而且……漂亮。"花花绿绿蓝蓝的，女生应该都喜欢吧。

艾德闻是扭着上半身对栏杆一侧的人说完，想转身，却顿住，看着从家里走到眼前的人。

陆嘉洛眼珠上下乱晃："干吗？"

艾德闻直直瞧着她："你干吗？"

她不喜欢把自己暴露在阳光下，如同一位保守派的吸血鬼，阳光与她有仇，从不主动踏入在夏天艳阳支配下的花园。

陆嘉洛只是要介入他们的对话，没想好出场的台词，这会儿说着："……晒太阳，补钙。"

艾德闻表情稍显讶然的时候，一旁的秦郁萌说："早上还好点，中午到下午紫外线挺强的，还是要注意防晒。"

"是哦。"防晒喷雾爱好者陆嘉洛，口吻随意地应着。

所幸艾德闻不怎么热心回答，秦郁萌接连抛出的问题，以及忽略提问时软糯的腔调。不然她要气死了。

陆嘉洛也曾有美好的设想，就是把艾德闻培养成最近流行的"小狼狗"，怎能料到她自己正行走在变成"男友狗"的路上。

不行，这样不行。

他们前后脚走进家里，扣上落地窗，把热浪拦在室外。

陆嘉洛仰头喝掉柠檬水，再给自己倒果汁，丝滑的橙色液体涌进玻璃杯，她抬眼正瞧见艾德闻咬着三明治，又拎起桌上的半袋吐司，转身走到料理台前。

三片吐司扔进烤面包机里，他再拉开抽屉，里头一半是刀叉餐具，叮叮当当。

艾德闻在桌上，她的面前，搁下一盒蔓越莓饼干，就是曾经撒满他床上的饼干品牌，和几片创可贴。

陆嘉洛微愣着摸起创可贴，撕开，示意着那盒饼干，问他："什么时候买的？"

"有段时间了，昨天晚上送到了。"

她抬起膝盖，把脚踩在椅子上，低头，给自己的脚后跟贴上创可贴："……昨晚我太困了。"

没记错的话，这个理由她是第二次用了。

艾德闻抿住唇，料到是如此地点头："嗯——"

不过回想他们漫长的昨天，光是种树就已经够累到她，直接蜷缩在他的被子上睡着了。

艾德闻只能轻轻推醒她的一点意识，再掀开被子一角让她躺进去。等到给她盖好被子，随即就后悔，应该把陆嘉洛抱回她自己的房间，也不至于后半夜被她使劲往怀里钻，把他给吵醒了。

他翻身躲开，她就从背后抱住他的腰，他无奈地转回来，胳膊挤进她几乎悬空的脖子底下，拥着她。

空气里弥散吐司被烘烤至微焦的香味，叮一声，吐司片弹出来，艾米出现在他们的视线里。她说，希望艾德闻能洗几张不同尺寸的，他在缅甸拍摄的照片，让她挂在家里作装饰。

因此，今日的任务是到摄影店洗照片。

艾德闻吃完自己的三明治，又吃掉她剩下的半块，再吃掉抹上黄油的几片烤吐司，配一杯咖啡、两大杯橙汁。

陆嘉洛习惯了当面领教他惊人的食量，直到他擦完嘴巴起身，让她等着他开车过来。

她很是疑惑："自行车？"

他做出一个开方向盘的动作。

陆嘉洛惊奇地说："你有驾照？"

艾德闻眉骨向上扬，似笑非笑的，当然且从容得意的表情。

目光跟着他走出视线的范围之外，大约过去十分钟，她在半信半疑的时候，屋外响起汽车的喇叭声。

陆嘉洛笑起来，上楼抓了件防晒衫，一边穿上，一边下楼，飞奔到玄关，匆匆换鞋，跑出来。

在周围如同连天的翠绿之中，它有着圣诞蓝的车壳，扁长的车头，圆形的两盏银色车前灯，前盖上贴着复古的贴画。

毫无疑问这是一辆有点年头的老款车型，而且是一把年纪还要坚持玩摇滚的老人。

艾德闻从驾驶座钻出来，胳膊肘搭在黑色的车顶上。

她笑着问："你从哪里弄来的？"

"八里巷下面有个维修厂，这车放了好几年没人要。"比她早来这里的那一天，在修车厂无意间发现这辆车，他觉得特别有意思。

陆嘉洛怀疑地打量它："你确定它不会半路抛锚吗？"

这时，楼上传来未到变声期男孩声音，喊着："你们要去哪儿！"

他们抬头，小胖子陆正匀的身影从窗户里消失。

是的，消失了。

陆嘉洛意识到什么，旋即拉开车门，同时催促着："我的天，快走快走！"

坐进米黄皮的车座里，扣上安全带，他们不停地尝试，可是越紧张动作就越慢。

有个沉甸甸的人坐进来，啪的一声关上车门，引擎发动了。

他们不约而同地扶额。

后座的小胖子说："死心吧，没有我的'动力'，你们哪儿都走不了！"

陆正匀还未发育完全的情商，不足以让他思考，为什么陆嘉洛要和她的"死敌"艾德闻单独出去。

于是，车里坐有一位驾驶员和两名乘客，向坡道下驶去。

秦郁萌在家门口摆弄花盆，望见驶来的汽车，眼里顿时充盈新奇的光，冲他们招舞着手臂。

艾德闻条件反射地踩下刹车。

陆嘉洛扭头瞪他："停车干吗？你出租车司机啊！"

秦郁萌来到车身旁边，等副驾座的陆嘉洛降下车窗，她好奇而期待地问："你们这是要去哪儿？"

彼时，这辆老摇滚的车里，又坐上一位乘客。

这片地区多是托斯卡纳风格的别墅建筑，也有低矮的居民楼，动辄满墙的绿色植被，陡坡与碎石车道。

开了许久，只遇到一个交通信号灯。

红灯前停下，陆嘉洛咬着皮筋，摇了摇她的卷发，熟练地扎起来。阳光照着她的半张脸，穿过轻薄的防晒衫，能够看见她抬起的胳膊，和从颈后垂直到背的线条。

艾德闻下意识地伸出手，非常自然地帮她把碎发别到耳后。

后座的秦郁萌，不小心撞见了这一幕。

碰到交通灯和十字路口的次数，逐渐频繁起来，终于有点现代城市的影子，马路有些陈旧，树木盛茂。

艾德闻正在与摄影店的老板沟通，陆嘉洛百无聊赖地瞧着墙上一张张照片，走到玻璃展示柜前，肩膀忽然被人按住。

从玻璃上看见身后的秦郁萌，她指着柜子里的闺密写真相册，一脸小女生地说："我们可以来这里拍写真欸。"

陆嘉洛敷衍地笑了笑。

当天冲印完照片，已经是下午两点半。

他们走进白天卖廉价的牛排和意面之类的料理，晚上就当酒吧的餐厅吃饭，坐下才留意到餐厅里还放着《今夜你会不会来》这首歌。

这一顿午餐，注定不会静悄悄的，而在闲谈中，陆嘉洛发现，秦郁萌对缅甸风土人情的了解，比她从艾德闻那里听说来的还要多，也可能是她没认真记住他说过的内容。

例如，海滨城市毛淡棉、历史气息浓厚的丹老、非常冷门的缅甸南部的帕安。

谈到这里，秦郁萌想让艾德闻把照片传给她，她就可以假装去缅甸旅游过地发朋友圈。这个说词，有一种直言不讳的可爱——陆嘉洛猜想，这是会让别人觉得她很可爱。

发送照片，就需要加对方的微信了。

陆嘉洛默默劝自己要做个大度的女朋友。

回到家的时间错过了晚餐，她不饿，但艾德闻自愿肩负起将剩菜剩汤倒进自己胃里的工作，所以晚上还是她先抢到卫生间。

陆嘉洛躺在床上，压着洗澡时淋湿的发尾，留心听着淋浴声停止，再是马桶冲水声。她坐了起来。

开门探出头，连着楼梯的走廊幽暗，她两片嘴唇轻轻碰着，对他的身影，发出老鼠一样的声音信号。

果然，艾德闻被召唤过来，她不客气地一把将他拉进房间。

陆嘉洛反手关门，真诚地说着："昨晚你把床借一半我，礼尚往来，今晚让你睡我这儿。"

艾德闻看着那一双妆卸得干干净净，失去装饰的眼睛，或许不该说它空洞，毕竟钻石也是没有灵魂的东西，但它们都有一种，什么都无法留下印迹的迷人，昂贵的象征。

他恍惚间想起，在陆嘉洛十五岁的夏天，有一段险些发展成早恋的情窦。

他躺在自己的床上玩着游戏机，从相隔一间卫生间的房间里，传来小音响播放出的流行歌曲。

陆嘉洛正在运用不太熟练的技术，按照杂志上的教程，给自己化妆，只因为一会儿要跟暑假前认识的外校男生，视频聊天。

这个男生学习成绩不好，抽烟打架一样不落下，无所谓，帅就行了。如今她对那个男生的印象已然模糊，却觉得他和艾德闻的模样，有几分相似。

她脸上化着浓妆，从房间出来想上卫生间，撞见艾德闻，他的表情像是被吓到而且嫌弃地说："好丑，你都不照镜子？"

陆嘉洛瞪他一眼，抢先一步走进卫生间，砰地甩上门。

等轮到艾德闻上完厕所，又把窗户打开，每个人的私人癖好，他喜欢听风吹过爬满山的墨绿，发出的沙沙响声，也像一阵小雨。

这时，却听见隔壁传出她激动的话语声："你怎么可以喜欢她！你瞎了吗她能比我好看？"

典型的，陆嘉洛式的孤芳自赏。

艾德闻摇了摇头，准备走出卫生间，就听到她歇斯底里的尖叫。

他来不及思考跑到她的房门外，紧张地砸了几下门："陆嘉洛？"

房间里的人，唰地把门打开。

陆嘉洛站在门里，带着怒意直视他，高高的马尾，额前贴着薄薄的平刘海，眼泪混着睫毛膏流下来。

艾德闻没有上前，也不知道该说些什么。

门框就像他们之间的界线，正好走廊光线暗淡，房间晒着阳光，一明一暗，泾渭分明。

陆嘉洛的少女心事，全家人都知道了。她还没感受到丢脸，而是沉浸在悲伤中无法自拔。

艾米想要转移她的注意力，于是叫他们一起来包馄饨。

陆嘉洛洗掉了脸上不符合她年纪的妆，默默无言地坐下，包起馄饨，她不垂头，但散发着阵阵丧气，然后像是会在日记本里写上前后毫无关联的伤感语句般，说出："我再也不相信爱情了。"

艾德闻没忍住扑哧一声笑出来。

陆嘉洛抓起一把剩下的面粉，劈头盖脸地朝他扔去，顿时扬起一片尘埃般细小的粉末雾，使他紧紧闭上眼睛。

在白色粉末的笼罩中，她飞快地跑上楼梯。

艾米听见动静从厨房出来："上哪儿？"紧接着神情变作诧异的，打量着自己儿子："你怎么……"

艾德闻抹了一把眼皮上的面粉，往楼上指了下，回答艾米前一个问题。

"阿姨做了一盘蛋挞，你给嘉洛拿上去。"

艾德闻随便洗了脸，上楼前艾米的话还在耳边回响，他端着一盘馅儿上结着糖焦的蛋挞，叩响了陆嘉洛的房门。

她站在那儿，明显是眼含憎恶地盯着他，目光落在他带来的蛋挞上，再用沾着面粉的手强硬地接过。一句谢谢都没有，砰一下摔上门。

艾德闻忽然意识到了什么，却仿佛是一个抓不住的情绪，他只能猜出自己有点莫名的，庆幸。

回到此时此刻。

陆嘉洛瞧着眼前的人说："昨晚你把床借一半我，礼尚往来，今晚让你睡我这儿。"

艾德闻回过神，莫名地说起："我给你留了蛋挞，上面有百香果的。"

今天阿姨刚做的蛋挞不多，在被小胖子一扫而空之前，他悄悄地帮她藏起了两块。

陆嘉洛愣一下，问的是："现在几点？"

艾德闻转头，视线搜寻两旁，找到墙上的时钟，说："九点五十五分。"

　　为了身材考虑，陆嘉洛毅然决定："明早再吃。"然后推着他，急切地说，"我们睡觉吧！"

　　他居然躲开了，就要出去的动作，同时说着："IPAD……"

　　艾德闻从她的房间离开，两分钟不到又回来，带着他的IPAD。

　　陆嘉洛靠着床头坐，看着他没有顾忌地脱掉上衣，挂在书桌前的椅子上，躺进比单人床稍宽一点的床上。

　　所幸艾德闻坐上床的时候，捏了捏她的脸，不然就是自始至终对着IPAD。

　　长达五分钟老夫老妻般平淡如水的温馨，很让人伤脑筋，她说："我关灯了啊。"

　　他眼皮一抬，视线仍安然放在IPAD上，说："关吧。"

　　关灯后，静息着，月色在窗帘外逐渐亮起，投放树影，沐浴露香味散落空气，平板电脑的光。

　　陆嘉洛盯着天花板，把在心里想的，说了出来："……也不应该我主动吧。"

　　艾德闻总算转过头瞧她："主动什么？"

　　她说："没有。"然而又说，"睡不着。"

　　他好笑地说："你眼睛都没闭上，当然睡不着。"

　　陆嘉洛从床上撑起自己："你能不能稍微解读一下我的意思，睡不着然后呢？做点什么？"

　　艾德闻未经思考地说："数羊？"

　　陆嘉洛脸上绽出笑容说："晚安。"这个笑容蕴涵着"你肯定不知道自己错过了多么重要的事"的深意。

　　她躺下还翻过身去，背对他。

　　然而只需要几秒钟，就让陆嘉洛再转回来，抱住他的腰，顺便埋着自己的脸。

艾德闻微愣片刻，放下平板电脑，坐起身，也把她拉起来，捧起的脸，吻住了她。

……

……

艾德闻不仅仅是一杯疯狂倒入糖和奶精的高卡路里的咖啡，是烫手的烟火棒。如果鲜榨橙汁都有甜度区分，那他是最甜的一杯，是十六岁呼吸间的距离，还是让她屏息徜徉的深蓝色的水，是所有。

这个夏天的夜晚的味道，完全盖过沐浴露的香气。

……

他们躺在床上，艾德闻抚摸她的脸，指腹玩着她的睫毛："为什么你能喜欢这么多人？"

陆嘉洛反驳："我哪有喜欢很多人？"

"未来男朋友算一个吧，以前我觉得你好像很喜欢他，变心真快啊。"

陆嘉洛眨了眨眼睛："我不是不喜欢他了……"在他微怔的时候，她说，"是非常喜欢你，超过喜欢他，只要你出现，哪怕只是想到你的时候，就可以忽略他。"

艾德闻嗓音是成年男人的暗哑和低沉，尤其是现在："你一定要在这个时候，说这么残忍的话？"

"明明是你先提起的。"

艾德闻没搭腔，直接掐她的脸，被她打了下手背，才松开。

他又好奇地问："你要是不喜欢我了，还会回头去找他吗？"

"要我说实话？"

"你这不就等于说了实话。"

"你怎么知道我的实话是什么？"

艾德闻探究地挑眉。

"实话是，我不会回去找他。"陆嘉洛自信满满地说，"因为我还能再喜欢你五六七八十年吧，就算不喜欢你了，到时候我身边肯定会出现更好的人。"

艾德闻点头，脸上挤出一个很是佩服的表情。

五六七八十年之后……真有劲儿啊。

陆嘉洛继续说："也搞不好是你哪天突然醒悟'老子不受你的气了'，就把我给踹了呢？"

艾德闻煞有介事地"嗯"一声："等我喜欢上别人……"

陆嘉洛打断："那你要小心了哦！"她睁着一双眼睛，进一步恐吓他说。

他很是敷衍地说："哦，好吓人。"

陆嘉洛缩进他的怀里，没一会儿，她抬起下巴，露出轻轻皱着眉的脸，说："如果我从一开始喜欢的人就是你，那就好了……所以我才说，都是你的错。"

艾德闻认错自首地亲吻她的鼻子，再亲吻她的嘴唇。

这样很难不演化成激烈的吻，沸腾的感觉，从腰部涌上胸腔，就像开了瓶的汽水，明明二氧化碳已经消亡，这一瞬间，所有的气泡，死而复生。

这个早上，可能要列入历年夏天中，最糟糕的一个早上。

陆嘉洛感觉自己仿佛在半夜里跑了几公里，手指头都懒得动弹的疲惫，强大到战胜了起床洗澡的念头，就这么躺在床上，眼前是在被窗帘闷住的低暗中，企图破帘而出的几缕光线，只有空调在运作。

艾米见到花园里散落的树叶和零星的纸屑垃圾，才因为艾德闻这个时间还没起床而感到奇怪，她上楼的脚步声，让陆嘉洛听着大脑完全清醒，她又紧接着敲门："Edwin？"

陆嘉洛转向身旁的男生，他仍闭着眼睛，只是皱起眉头，有了闻声醒转的迹象。

担心他下意识地答应一声，陆嘉洛伸出手去，紧紧捂上他的嘴巴，艾德闻惊得睁开蒙胧的眼睛。

在没有人回应的情况下，许晓惠女士铁定直接开门进去，而艾米不是这样的母亲，她只会保留着疑惑离开。

艾德闻拉下她的手，从床上坐起来，他垂下被睡梦纠缠的头，弓着背脊，骨骼顺畅的走势，肌肤细腻且偏白。

他抓了抓耳朵。

陆嘉洛刚刚捡起床下的T恤套上，就见他低着头向自己扑来，将她扑倒在床，不动了。

一颗毛发繁盛的脑袋，埋在她的颈窝里，以及灼热的呼吸。

陆嘉洛顺了顺他的头发，又摸到他肩上的皮肤，没有了她的牙印，也没有了昨晚用行动力逼迫她折服的、狂热的，成年男人的影子。

平时少见他温驯乖懒的状态，陆嘉洛不自觉地轻声说一句："我喜欢你这样。"

"嗯？"艾德闻不解其意地抬起脸，下巴搁在她肩头。

等到他可以起床洗澡的时候，陆嘉洛已经梳洗完毕，换上一件珊瑚色的吊带衫，牛仔短裙。

她还捏着润唇膏，没有顾忌地闯进冲水声哗杂的卫生间，但是关上门，她就跟面壁似的，脸对门板，背朝着他。

正在冲澡的艾德闻转过头去，入眼就是她用来绑头发的，葡萄紫的头绳。

艾米打理着新鲜的花束，剪下多余的花枝，听见有人下楼的动静，余光一瞥，便说着："怎么你们今天都起得很晚啊……"女孩从她身后而过，匆匆一扫感觉是穿戴完备的模样，使她奇怪着问，"要出门吗？"

陆嘉洛没停下往玄关去的脚步，一边说："去超市买点零食。"

艾米张望着她的身影说："快吃午饭了。"

陆嘉洛已经穿上凉鞋，应着："马上就回来！"

下楼前，艾德闻才洗完澡在换衣服，他说自己翻墙出来。

于是，陆嘉洛在太阳晒烫的道路上徘徊，仰头望着围墙。

突然之间，一抹红色的人影，从天而降地出现在眼前，吓得她往后退了半步。

艾德闻穿着一件深红色的宽松T恤，没来得及吹干的头发，被他随便抓到额头后面，露出让人无可否认的俊朗眉眼，得意地挑起眉。

陆嘉洛抬起脚就踹他："快点走热死人了！"

天气热得想把人蒸干，蝉声还分远与近的，能够听出声音的长短，最后听觉终究麻木到忽略它的嘶鸣。

陆嘉洛在隔壁的食杂店买了根盐水棒冰，绕过送货的小面包车，再到药店门外，正好他从里面走出来。

她拉起艾德闻，钻进药店旁边稍显阴凉的楼道，冰棒递给他，朝他摊着掌心，说："地下室的钥匙给我。"

艾德闻顺势握上她的手，牵住往前走："地下室的钥匙给我。"

陆嘉洛想甩开他："不要学我说话！"

很显然力气的较量她不占优势，不仅没能让她成功，他还接着笑说："不要学我说话。"

陆嘉洛觉得很烦且好笑，挥起另一边胳膊，没打到他，又尝试着挣脱他："你烦不烦，是不是有病！"

艾德闻把她拽回来，从她身后将人抱住，吃过冰棒的气息，扑着她的耳朵："你烦不烦，是不是有病。"

可惜，这股凉丝丝的感觉，敌不过出汗边缘的皮肤，黏腻地贴着，陆嘉洛即将恼羞成怒："很热啊，你走开！"

他们买了许多乱七八糟的零食。

到家后，陆嘉洛在厨房倒了杯水，握着水杯走到餐厅时，才发现餐桌上多一副碗筷。

不知道秦郁萌是怎么让艾米知道，他们的邻居夫妇，就是她的父母今日都不在家中，所以叫她过来一起吃饭。

所以，中午的餐桌上，多出了另一道绵软的女生声音。

秦郁萌似乎深谙沟通的技巧，时常抛出能让别人侃侃而谈的话题。

连艾米都没有忍住和她多聊两句，再面带微笑地离开餐桌之后，她就开始问起艾德闻，日本的大学都有哪些学科。

艾德闻忙碌于桌上的餐盘，进行最后的清扫，语气还算一般："……日本的大学，大致是从学部、学科到专攻划分的，每个学校都不太一样，想要整理出来就太多了，很难。"

小胖子对这种讨论半点兴趣没有，陆嘉洛羡慕他可以抠抠牙缝，端着碗盘就走进厨房，她还要坐在这里假装喝水，实则盯着某人。

秦郁萌兴致盎然地接着问："和国内的授课方式有什么差别吗？"

艾德闻低头扒着饭粒，抽空说："其他学部我不知道，我们就是特别强调项目式学习和小组作业，基本上没有单人结论的作业，共通思想变得很重要。"

秦郁萌托起腮，说："好难把握共通的度，怎么样能不影响自己的判断呢，我一直觉得一个人的思想应该保持独立，避免羊群效应，要是习惯依赖别人的结论，人就会懒得思考了。"

"如果你有足够说服他人的理论，不用从大流中跳脱，可以在最前端引导，羊群效应未必不好，看你如何利用。"

虽然艾德闻很想解决盘中剩下的鲫鱼尾巴，但他毫不犹豫地选择端起碗盘，准备离开这里。

因为他留意到坐在自己对面的，始终沉默的女孩，此刻神情颇为寒冷，再闲扯下去，他就很危险了。

可能是口袋比较浅，艾德闻起身的瞬间，一盒东西从他的裤兜里，掉落到地板上。

在场三个人的视线都集中在这上面。

陆嘉洛眼睛都忘了眨，嘴唇还贴着玻璃杯沿。

此时，只能寄希望于秦郁萌内心也如表面单纯无害，短时间里认不出这是个什么东西，但是这几乎不可能。

秦郁萌目光呆滞，看着他冷静地弯腰捡起，塞回口袋里，然后，她认真地建议："这牌子还是银盒装的好用。"

陆嘉洛呛到了。

艾德闻微愣一下，采纳意见般点着头，顺手抽了张纸巾递给被水呛到的女孩，径自绕出椅子，走进厨房。

这下，餐桌旁只留下陆嘉洛和秦郁萌。

令人窒息的氛围。

风吹过层叠的绿叶，河上飘落一张淡蓝色的宣传单。

与秦郁萌对视不到三秒钟，陆嘉洛迅速从桌旁起来，迅速收起碗盘，迅速跑进厨房。

小胖子从冰箱里找出一罐可乐，走前在这里留下一个饱嗝。

陆嘉洛不露声色地等到小胖子离开，即刻凑到站在水槽前的人身旁，急切地问："她什么意思！"

艾德闻接过她的碗盘："我怎么知道？"他刮掉盘中食物残渣，摆放进洗碗机。

三番两次故意地接近和打探，秦郁萌的动机已经很明显。因此，陆嘉洛总认为她们之间，免不了要有一次正面交锋。

坐在长沙发里的秦郁萌，看见电视机上挂的相框，并不是被照片的缅甸风光吸引，而是光洁的玻璃照出走来的人影。

在她转头的时候，陆嘉洛正好将垂落额前的碎发向后一抓，环起胳膊往沙发里一坐，再跷起一条腿。

今天她没有抹眼影，却好像只有睫毛微卷，半掩着神采空虚的眼睛，和吃过饭之后，仅剩的、自然的红唇。

即将发生的对峙，偏离现象。

大概可以用苜蓿般清新气息形容的女孩，迟疑半晌，突然这么问：

"……做那种事情的时候，具体是个什么感觉？"

面对她好奇的表情，陆嘉洛着实一愣，然后说："你都知道银盒装的比较好用了，这种问题还需要问我？"

秦郁萌说："我不知道，我只是研究过。"

研究。

这个字眼，很难不让人联想到她拆开一盒盒包装，从神情中渗透出严谨的态度，再进行记录的画面。

陆嘉洛刻意感觉荒唐地笑着："为什么要问我这个，我怎么会知道。"

"所以，嘉洛你……没有和艾德闻在交往？"秦郁萌眼睛亮亮地说，"所以我还有机会？"

陆嘉洛顿时现原形："你有个屁！"

"你这么激动，就是你对艾德闻也有意思？"秦郁萌歪着头瞧她，又不紧不慢地说，"我们可以公平竞争。"

陆嘉洛像被踩到尾巴的猫，跷着的腿都跺在地板上，高高扬起下巴，叫嚣着："他是我男朋友我凭什么和你公平竞争啊！"

"你男朋友？"她们身后响起温柔而有韵味的女人声音，同时转过头。

艾米出现在沙发后面，端着一盘水果。

秦郁萌余光掠过茶几下，那儿塞着钢铁侠的手办盒，她临危不乱地接过果盘："我们在说Robert Downey（钢铁侠系列扮演者）。"

艾米一脸"理解了"的表情，转身前说着："吃点橙子，很甜的。"

陆嘉洛抿唇，整个人靠回沙发椅背中，忽然间，放弃了对秦郁萌的抵触。

结束这一段小插曲，秦郁萌接着说："我喜欢艾德闻，和你喜欢艾德闻，是不一样的喜欢，我是通过类比得出的结果，不提他的外貌优势了，你没发现他很有领导人的头脑？就是不知道他有没有这个想法……

"而且他自己说的，如果他不能继续深造，就只能回家族企业工作，我粗略地查了下艾米家公司的市值，不出意外，若干年以后，他将是我认识的人中，身价最高的那一个。

"男人都会变心的，嗯……应该这么说，是人都会变心的，因为随着年龄的变化，对伴侣的需求也会改变，我只是提早放弃选择伴侣的浪漫思维，改成选择未来的生活环境。"

陆嘉洛觉得自己已经很直白，眼前的女孩比她更直接，害她光顾着眨自己睁圆的眼睛，捏着橙子都忘了吃。

"不过，我现阶段的目标转移了，想要插足你们之间，似乎不太可能。"

秦郁萌从果盘中捏起一瓣橙子，举到胸口的位置顿住，先说，"我要跟你做朋友，我觉得你会是一个很好的朋友。"

陆嘉洛被她说蒙了："啊？"

"在我中学的时候，班里有一个女生，没有你漂亮，但是性格和你很像，我们喝汽水，她喝啤酒，我们穿帆布鞋，她穿高跟鞋，没有女生愿意和她玩，她就跟男生玩，我们在埋头读书，她总在没日没夜地寻欢作乐……"

父母和老师在私下里告诫大家，不要学她，而她根本不在乎别人在背后的指指点点。

秦郁萌忘不了那天在放学回家的路上，被校外小混混拦住勒索，她搭救的一句："哎，干吗呢，她是我的同学啦。"

当时秦郁萌紧张到没有道谢，只顾拼命往前走。

时至今日，秦郁萌已经不记得那个女生的名字，只记得她拥有自己憧憬的姿态，不需要一个明确的人生目标，就这么肆意张扬地活着。

但说实话，还是要有点节制吧。

秦郁萌说："当时我想和她交个朋友，迫于各方面的压力没能这么做，所以我决定把这份遗憾，在你这里找补回来！"

232

陆嘉洛继续蒙着："啊？"

所以你的攻略目标变成我了？

艾德闻从厨房的方向过来。

秦郁萌瞧见了他，视线便在他们两个人身上游走："你们下午去玩什么，带上我啊。"

艾德闻茫然地坐在陆嘉洛坐的这张沙发的扶手上。

陆嘉洛随即抱住他的胳膊，惊恐地求助："闻闻救命，她疯了！"

艾德闻抢走她的一瓣橙子，一边塞进自己嘴里，一边不忘露出对这个昵称很是排斥的表情："给我换个称呼行吗？"

旁边的秦郁萌威胁着她："你不跟我做朋友的话，我就把你们的奸情捅出去。"

艾德闻听了说："哎，那不错。"

陆嘉洛翻脸无情地瞪着他："你闭嘴！"

当天下午，室外仍然炎炎烈日，四个人在开着空调的画室里，观看惊悚电影《理发师陶德》。

为什么是四个人。

因为十几分钟前，他们上楼的身影，被不甘寂寞的小胖子陆正匀撞见："你们干什么？我也要去！"

于是，陆嘉洛的私人领地，变成了公共放映厅。

小胖子在这里，艾德闻不能抽烟，也不能和她有亲密的举动。

秦郁萌还好商量，小怪兽是不可控的，颠覆他对她和艾德闻关系的理解，恐怕会一路叫嚷到他们家长面前。

她和秦郁萌背后压着很多沙发靠枕，靠墙而坐。艾德闻懒洋洋的，侧身躺在她的旁边不远。

女孩说悄悄话的声音，在陆嘉洛的耳边，指引她目光，落在他的脸上。

他的眼睛比一年前，更显出桃花眼的趋势，却又有着干净清澈的瞳孔，和仿佛从颧骨开始瘦削下去的面颊。

秦郁萌说，他是情场高手的长相，衡量的标准是他大众情人的笑容，擅长营造温情的错觉，隐藏实际残酷的下场。

陆嘉洛忽然想起，在许曼那里听到过相似的评价。

然而，她们都对艾德闻有所误解。

只是长得像而已。陆嘉洛在心里替他辩解，没必要让所有人都懂得他。

趁他们的注意力在电影上，她揪了揪他的头发。

艾德闻仰头瞧她一眼，捉住她白净纤薄的手，放在自己脸上蹭了蹭。

小胖子脑袋动弹的幅度让陆嘉洛收回了手。

她扭头对秦郁萌说："不如你玩个养成吧，你瞧我家小胖子，虽然情商有点低，但是可以培养，也确实离成年没几年了。"

秦郁萌笑得明显敷衍："这就不了，谢谢啊。"

一记起许曼这号人物，不出三日的时间，陆嘉洛就收到了她的消息。

这天上午，走进医院的人，大部分都是汗涔涔的，等待瞧病的老人自带扇子和毛巾。

莫燃垫付了医药费，收好单据，顺便走进病房探望她的爸爸。

许曼正在帮病床上的中年男人擦脸，她就习惯在父亲面前，给自己找点面子，这样介绍着走近他们的男生："爸，我男朋友。"

莫燃很配合地上前，恭敬地，和她爸握了握手："伯父您好。"

结果她爸瞅着自己女儿，说："得了吧，就你？还能找着条件这么好的人？"

"不，那什么……"莫燃戏瘾上头地说，"我就喜欢许曼这样的。"

却换来她爸爸惋惜的神情："看来是这位同学的品位很新颖啊。"

许曼把毛巾扔进盆里，冲着她爸说："咱俩说句真心话吧，我是你路边捡的是吗？"

还没到下午，他们还坐在手术室外的椅子上。

许曼低着头，眼睛盯着手机在打字。

她的鼻梁不高，但是鼻头很翘。她认真的时候容易皱眉，像一只小狗，莫燃忍不住想给她顺毛。

等他自己也微怔的，把拿开手，许曼愕然地抬头，以自己的方式化解尴尬地说："摸一次一百。"

莫燃稍顿一下，低头，把手伸进裤兜，要掏钱的动作。

许曼赶紧说："我开玩笑的！"

"巧了，我也是。"他这么说着，摸出一小包水果硬糖，递给她。

许曼愣了下，接过这一包糖放在腿上，将编辑给陆嘉洛的微信消息，发出去。

——我爸今天做手术，明晚我请不到假，你能来医院帮我照顾他吗？

"我看她八成会过来的，明天就不麻烦你了，而且我也不能给你们制造单独相处的机会，嘉洛跟她堂弟……"许曼意识到自己说漏嘴了，非常慌忙地收住，语气夸张地转移话题，"哇，今天会不会下雨啊？"

莫燃淡定地说："别紧张，我知道。"

"好吧。"

许曼无心的预言在陆嘉洛这里得以实现，天空开始下雨了。

突如其来的雨水，浇熄碎石路上的炙热。

三分钟前，大叔叔才收到天气变化的消息提醒，匆忙收起相机，一边喊着在河边钓鱼的他们快走。

雨打着树叶簌簌发响，听不见树林鸟群的声音，也没有了蝉声。

陆嘉洛的雨靴鞋尖已经在石块圆润的边沿，下方水流湍急，她有些胆怯，跨不过去。

大叔叔带着陆正匀走在前面，艾德闻向她伸来套着运动护臂的胳膊，却错开她的手，拦腰将她搂住。

陆嘉洛下意识地借着他的力量，跨过石头之间。她回头："我帮你……"

艾德闻拖来她的钓具，往肩上背起，一边说着："没事，你先走。"

陆嘉洛快步跨到岸上，时不时注意着后头的男生，没注意到自己脚下踢到一块嵌在地里的碎石，她失声尖叫，整个人摔在泥地上。

走在前面的人都回头，大叔叔一惊，松开哈哈大笑的小胖子，赶来想扶她一把。

有人比先他一步，在陆嘉洛身后，握住她的胳膊把人拉起来。

她从泥泞的地上起来，目光就瞥见扶起她的艾德闻脸上，也隐藏着笑意。

陆嘉洛抽出自己的胳膊，拍着手臂和衣服上泥土，埋头往前走。头发被淋湿成一缕一缕的，她迈进家中的玄关，就打了个喷嚏。

洗澡的时候，摔跤后擦破皮的掌心碰到水，疼得她咬着牙齿嘶声。

关上花洒，仍有清脆的声音击打着窗玻璃，屋外的雨一直没停下，卫生间里积攒着与往常不同的潮湿，好比空气中长满野草。

陆嘉洛跨出淋浴间，脚尖挪整齐铺地的毯子。

她还不知道，秉着诚信为本的原则，许曼又发来一条信息：莫燃也在。

一进自己的房间，看见还没轮到洗澡的顺序，肩上披着浴巾的艾德闻，环臂瞧着，她搁在桌上的手机屏幕。

他们之间已经省略"为什么你会在这里"的惊讶。

陆嘉洛顿住擦头发的动作，顺便把吹风机往床上一抛，疑惑地问着："你看什么呢？"

艾德闻回头瞧见了她，接着刻意地撇开视线，像被抓到犯错误的小孩，摸了下鼻子，才说："……你有新消息。"

可是转瞬间，他又抬眼看着她："没事吧你。"

现在记起关心她，早干吗去了，还跟小胖子一起笑话她。

陆嘉洛一脸委屈而生气的，亮出自己受伤的手掌心，虽然冲洗掉泥色，只剩几道细细的血痕。

这时，就听见一声："咦？"

他们一齐转头望向门外，发出这个声音的大叔叔。

大叔叔的惊讶，就是被陆嘉洛省略的，为什么艾德闻会出现在她的房间里？

艾德闻最快有所反应，冷静且自然地，走出房间，一边带上门，一边解释着："……我拿感冒药给她。"

陆嘉洛才留意到他的声音有些闷不透气，应该同她一样感冒着，但是听着他所说的，不由自主，她的视线就落在桌上。

有一杯感冒冲剂，没被褐色汤药漫过的地方，密布水蒸气。

趁他在洗澡的时机，陆嘉洛趴向楼梯，一切安定，然后闪身进他的房间，找出他藏在书桌抽屉里的，一把钥匙。

艾德闻从浴室回到卧室，发现房门是虚掩的，被拉出的抽屉是线索。

在属于他的地下室，干涸的游泳池底。

她穿着灰色莫代尔绵的短袖，白色短裤，躺在他的躺椅里，塞着耳机听歌，翻着也是从他房间偷走的一本书。

泳池空旷，走近都可以听见耳机里泄漏的音乐。

陆嘉洛摘掉一边耳机，上下瞟着他："没带点吃的？"

"带了……"艾德闻变出两张创可贴，捉住她的手腕。

这次陆嘉洛很轻易就挣脱，挡开他："不要，贴了我很难受，伤口透气好得快。"

正要继续看书，却又见艾德闻坐在她架腿的位置旁边，自己霸占了他的"地盘"，她想着说："要不……你躺我身上吧。"

他笑起来，很干脆地仰身躺倒下去，但只压住她半边身体，一条腿还跨在地上。

这一本书里说，除了黄昏恐惧症，许多人还有一种怀旧病，认为所有过去的，都是美好的，从孩童时期的汽水到玩具，就连日记本上掉落的灰尘，也美丽。

陆嘉洛缓慢地自说自话："我知道在你的回忆里，我肯定太出众了。既然这么轻松就让你得到了梦中情人，所以哪怕将来吵架的时候，你也不可以讨厌我。"

对于她的前半句话，艾德闻保持不置可否的态度。

出众吗？

也许吧。

就好像她曾经坐在阳光充足的窗下，单人沙发里，翻着地摊上售卖的，五元一本的言情小说。

那是最接近夏天的一张脸，额前的刘海遮住眉毛，光在她的鼻梁、眼皮和面颊模糊的三角，人都有形，却会误以为她是透明的。

只剩下翻书的声音。

艾德闻毫不掩饰为难的表情："可是我现在还有点讨厌你。"

耳机和书本一起掉在地上，陆嘉洛在努力地推开他，并用腿蹬。

艾德闻顺势翻身，撑在她身体的上方，如性感的游戏般，海军蓝的布料，快要碰到她。

陆嘉洛揪住他的领子，对他似笑非笑的眼睛说："杀了你哦……"

艾德闻轻轻吹开钩住她下巴的发丝，然后压低肩膀，吻她。

他的手掌比开着冷气的室内暖和，感受着她皮肤的温度。灼热的气息，眷恋她纤细的脖颈。

急促的呼吸和夏天滂沱的雨，散落在耳际。

陆嘉洛望着离得高高的天花板："……锁门了吗？"

"锁了。"尚存的理智让陆嘉洛又问到一个关键的："那个……带了吗？"

这次问的，可不是零食。

"……没带，忘了。"

艾德闻的薄唇几乎抿成一条线，埋首在她颈间。

陆嘉洛将自己的衣摆扯下来，摸着他的脑袋："忍着吧，乖。"

艾德闻拽起她的胳膊，言语中微带着反悔地恼怒："你起来！"

她笑得幸灾乐祸，顺从地起身，等到他在自己的领地躺下，就直接躺他身上。

没多久，就换艾德闻抚摸她的头发："明天你要去医院吗？"

陆嘉洛"嗯"一声："明天早上。"

头顶没了声音。

"你……"她抬起脸，瞧着他的脸庞，"要跟我一起吗？"

艾德闻点着头说："可以。"

陆嘉洛有些窘迫，并不是要求他一起去的意思，因为，莫燃也在。

次日的天是蒙着一层灰色，怕是又要下雨，大叔叔的车开到前院大门外，按两声喇叭催促。

按照艾米的思维习惯，当陆嘉洛说是一起去音乐节的朋友，艾德闻也认识的时候，不出所料的，她就让自己儿子跟着去帮忙。

他们早起坐车，带着些许睡意。窗外景色连绵不断，开出山林间，天空又逐渐透亮起来。

汽车一路没停的，送他们到了医院的正门。

走进白色的病房，许曼从椅子上起来，冲他们做个噤声的手势，目光示意着床上熟睡的病人。

陆嘉洛捂了下嘴巴，只觉得饥肠辘辘，转向正在伸懒腰的艾德闻，准备要说什么，拉门的动静吸引他们齐刷刷地望去。

莫燃从门外进来，瞧见到病房里的几个人，也有片刻微愣，但是他的视线，多半打量着唯一容貌陌生的少年，身形高瘦，白色棒球帽和白色

T恤。

这就是传说中的修罗场吧？

陆嘉洛紧张地扭头，用表情对许曼说：怎么办！

许曼回应她：你问我，我问谁？

陆嘉洛把脸转回来，故作从容的轻声介绍："莫燃……"再指着身旁的男生，"艾德闻。"

莫燃表示了解情况："堂弟啊。"

艾德闻刚才伸懒腰，而一直就安置在脑后的手臂，忽然从旁降下，揽住她的肩头，让人挑不出错处地微笑着说："男朋友，现任。"

莫燃目光瞥向旁边，想了想又抬眼问他："玩推塔吗？"

艾德闻迟疑一下，据实以答："有。"

"什么段位？"

"白金。"

莫燃似窃窃得意地笑了声，然后说："我王者。"

有病吗？陆嘉洛一脸的莫名其妙。

料不到，艾德闻难得较真："我不经常打这个。"

"我没说我废寝忘食啊。"

在这个说不上好也说不上坏的氛围下，莫燃把自己带来的打包盒放在床头柜上，对陆嘉洛说："不知道你弟也来了，里头有份海鲜炒饭，给你带的。"

许曼见势不妙，用气音喊道："我要走了！"

莫燃看着她接收讯息，猜测着说："我……送你吧？"

许曼拎起包绕出病床，即将走过陆嘉洛身边的时候，小声嘱托："晚上饭点我再回来，中午麻烦你们啦，有事儿就按床头铃。"

莫燃是被推到了住院部的走廊，还没来得及跟他们说上一声。

许曼松开他，睁着清秀的眼睛，终于能用正常的音量说："挑衅吗你，还海鲜炒饭……"

莫燃深感自己的无辜："我真不知道她堂弟也在，不是到午饭时间了嘛，我这是善良。"

"再说了，我要挑衅用得着这样，跆拳道不就白练了？"

许曼瞥他一眼，敷衍地说："失敬失敬。"

面对着被拉上的病房门，陆嘉洛转过头，瞧着身旁的男生，等到他发现自己的视线，转过来的时候，就掐了一下他的脸。

病床上的中年男人没多久就醒了，陆嘉洛有意凑到床头旁边，男人睁眼后见了她，明显迟钝一刻的工夫，然后声音虚弱地说："哎，陆嘉洛？"

陆嘉洛笑着说："好久没见了，许老师。"

许曼的父亲是她们高中的老师，对陆嘉洛的印象也是颇深。

他感叹："见着你就跟做梦似的……"

"您别这么说，怪不好意思的。"虽然陆嘉洛这么说着，但是表情就像欣然接受他的赞美。

许老师眼睛一闭，接着说："噩梦啊。"

艾德闻反应迅速地上前，手臂从她胳膊底下捞过，将人架住。陆嘉洛扭头冲他喊着："放开！我不乘人之危！"

午饭拖到将近下午两点，许老师背靠床头，与艾德闻在闲聊的时候，陆嘉洛解开快餐塑料袋，里面是一碗白粥和开胃小菜，以及海鲜炒饭。

"你是……"许老师脸朝她的方向一摆，问着，"她对象？"

艾德闻点了点头，顺便撕开一枚海绵蛋糕的包装袋。

许老师说："你也辛苦了。"

体谅他是病人，陆嘉洛只是翻了个大白眼。

艾德闻在两口啃完一枚蛋糕前，说着："不辛苦，我们一起长大的，早就习惯了。"

陆嘉洛真心想问，能不能揍他？

餐桌架上病床，艾德闻已经不在病房里，大概过去二十分钟，他又回来了，从医院食堂打包了一份清汤馄饨、炒面和红烧狮子头，还抱来一个西瓜。

陆嘉洛感到奇怪，问："红烧狮子头配炒面？"

艾德闻快速揭开打包盒，抽空说着："没有米饭了。"

陆嘉洛是怕他被咸齁了。

她把饭盒搁在窗台上，从沙发起身出了病房，不一会儿，他身边的沙发座里就出现两瓶矿泉水。

艾德闻放下饭盒，拧开水瓶的盖，然后递给她。

陆嘉洛一愣，将矿泉水推回去："给你喝的。"

他一顿："哦。"仰头灌自己一大口水，面颊吹气般鼓起。

陆嘉洛的海鲜炒饭没吃完，交给他"消灭"，自己倒是尝完了他的馄饨汤。

汤里可能放了些胡椒粉之类，味道带点适宜入口的辛辣。

喝了几口矿泉水，陆嘉洛瞧着柜上一个绿油油、圆滚滚的瓜，问他："西瓜怎么切，没刀。"

艾德闻从饭盒里抬起脸，嘴里还塞着炒饭，用含糊的话语和肢体动作解释：西瓜装进塑料袋，扎紧，再往地上摔。

他们扔了一包快餐盒，正准备料理西瓜之际，许老师出言："哎哎哎，你们拿个盆，西瓜放里头，去卫生间打点冷水泡一会儿，冰的不是更好吃？"

夏天的午后会降低呼吸速度，使人打起瞌睡，垃圾桶兜着西瓜皮，柜上还有吃不下的西瓜，空气中飘着清新的水果香，通过病房门上的窗子，可观来往的众生相。

傍晚许曼发来微信，说自己下班了。预计她真能在晚上饭点准时回来。

艾德闻听到这个消息，摘下棒球帽，甩了甩额前的头发，重新戴上，有种抖擞精神再战一轮的感觉。

然而，见到许曼一个人走进病房，身后再无其他人，艾德闻又恢复松散的状态，还颇有些遗憾的意思。

许曼陪她爸爸吃一顿晚饭，马上又要赶去晚班开工。

女儿前脚一走，许老师就跟着说："要不你俩赶紧回家去吧，别被小曼危言耸听，我一人能行。"

从许曼留下的一大袋零食里，找出一包饼干，陆嘉洛语气傲慢地说着："我们不是特意来照顾你的，就是闲着没事，回不回都一样。"

许老师叹气："唉，我是不想看见你。"

上午有人提到游戏这一茬，所以此刻脑海里仿佛响起Double kill的音效。

陆嘉洛转头瞪一眼不小心笑出声的男生。

晚上十点多，夜色已经很深，陆嘉洛洗漱后就开始犯困了，打个哈欠满眼汪汪的泪水，眨眨眼才看清手机屏幕。

她靠着艾德闻的肩膀，没有再说话，将手机锁屏发出的细小声音，就像通知睡意前来袭击的信号。

睡得不太舒服，陆嘉洛梦见自己在殡仪馆走廊的窗前，还是满墙的爬山虎，在苍劲的老树下停着一辆车，一个穿着黑色衬衫的男人，卓然身形，站在车旁，厚重的树阴底下。

正在与人通电话，手机挡住他的侧脸，只见他用鞋尖抵着车胎。

忽然间，他察觉到什么，抬头，望见了她。

明明离得有些距离，但觉得他的五官应该没有什么改变，唯独气质变得成熟，不再是当年的少年。

他没有蹙眉，凝视着她的时候，却激起她想躲避的念头。

不知道他是听着电话那头的人说话，还是看见了她，才流露出这样的神情。

陆嘉洛醒来眼前还是一片幽暗，思绪一片困雾，深夜中依然弥散着医院特有的气味，走道的灯光从小窗照进来，些许零碎的脚步声。

床上许老师呼吸粗重的沉睡着，她身旁空无一人，顿觉难以言说的慌张。

这时，艾德闻轻轻拉开门进来，身影仍然高而颀长，只是没有她梦中那么成熟的气息，带着不知道他从哪儿找来的一条毯子。

发现她醒了，直接把毯子递给她，动作示意她自己披上。

陆嘉洛抱住他的胳膊，低垂着脑袋，小声告诉他："……我刚刚做了个梦。"

艾德闻抽出自己的手臂，圈住她的身子，低声说着："梦见了什么。"

陆嘉洛粗略地回想一下，但是画面模糊："忘记了……"

她又说："梦见我们好像是分手了。"

"然后呢？"

"还有'然后'啊？"

艾德闻理所当然地说："这是肯定的啊，肯定有然后。"

陆嘉洛皱起鼻子："我忘记了。"

刚才还有点记忆，现在确实彻底囫囵囵席卷消散了。

贴着他的T恤，嗅着如同肌肤温度透出的味道，她的眼皮再度沉下来，一头栽倒下去，他的腿当枕头，然后睡过去。

陆嘉洛再一次醒来是天亮，别扭的睡姿，导致腰酸背痛，小心翼翼地爬起来。

因为艾德闻还闭着眼睛，嘴唇轻抿，后脑勺枕着沙发背，气息绵长。

她将长发扎起，悄悄出去，在医院对面的麦当劳，买了两份早餐，回来的时候，正好见艾德闻从卫生间出来。

似要等陆嘉洛走到面前，他在那儿没离开，顺便举起双臂伸懒腰。

陆嘉洛快步来到他的眼下，抬手揪起他面颊的皮肤。

不知道怎么就喜欢上捏他的脸，换来艾德闻茫然的表情。

许曼凌晨四点下班，在家躺到上午九点，过来医院，让他们可以早点回去。

他们将要走出病房的时候，许老师说着最真心的一句话："有空来家里吃饭。"

陆嘉洛总算有机会报仇雪恨，回头喊着："没空！"

坐在医院一楼的大厅，她刷微博，他打游戏，终于等到大叔叔的车到达医院门外。

度过漫长车程，又回到这个如同刻有盛夏之名的地方，已不见潮湿的阴霾踪影，太阳高灼。

晒得人昏昏欲睡。

光亮从眼皮上映过，视野蒙眬里见葱绿树木，聒噪的蝉鸣。

回到家中，陆嘉洛困得连楼梯都上不去，干脆坐在其中一阶上，抬头看着他："你就不困吗？"

艾德闻浑身散发着年少旺盛的精气神，眼睛一如既往的清亮，当然说："还好啊。"

他一把拉起赖在楼梯上的人，抱了抱她，又亲了下她的脸："你赶紧上楼睡觉吧。"

陆嘉洛点头，抬脚往上走。

艾德闻转身想下楼，稍有一怔，目不斜视地盯着一个方向："陆嘉洛……"

"嗯？"她转头，也随即看见一脸发蒙状态的小胖子陆正匀。

艾德闻冷静的接着说："过来灭口。"

陆正匀今年虚岁十四岁，是个凡事总要插一脚、耐不住寂寞的小胖子。

在他的暑假期间出场的主要人物，分别有——举止傲慢、脾气不好的堂姐陆嘉洛，和表面谦逊有礼貌，实际上谁都瞧不起，最懒得搭理他们的艾德闻。

陆正匀对这两位人物的最初印象，的确是影影绰绰，模模糊糊，犹记自己很小的时候，在陆嘉洛的怂恿下，捅了隔壁邻居的柠檬树。并且，在"颗粒无收"的情况下，被邻居撞破，陆嘉洛推起他躲进家里。

他俩都知道事情即将败露，陆嘉洛睁着一双大眼睛，定定地瞧着小胖子，总能让他联想到万花筒底下的玻璃片。

这会儿，陆嘉洛正与他串通口供："你就说是艾德闻做的。"

不晓得艾德闻和她仇怨是怎样开始的，陆正匀有记忆以来，他们就不对付，什么姐姐让着弟弟，弟弟懂事儿温和，一家人其乐融融的景象，根本不存在。

由此，陆嘉洛带领他翻开合伙挤对人的新篇章，不管出了什么事都赖艾德闻头上。

当时因为年纪小，陆嘉洛的整人方法有些幼稚，比如，往艾德闻的牛奶里放盐巴，燕麦里混鱼饲料，饼干里挤芥末等等。

近几年他们成熟许多，平常都说不上几句话。

顶多就是往艾德闻的咖啡里加酱油，毛巾里抹番茄酱，一盒香烟全部剪断再仿照原样塞回去……

这么一想，跟小时候好像没差太多，还是没什么长进。

今年暑假到来之前，陆正匀深信不疑地认为，这辈子，他的堂哥堂姐都不会有同仇敌忾的一天。

不过，人生不止有惊喜，还有惊吓。

陆正匀清清楚楚地看见他还以为打死不可能愉快相处的两个人，前一刻的举动……

如今他的爸爸妈妈都少见这么亲密了。

情商低不代表，傻。

小胖子惊呆的同时，本能地掉头逃跑，艾德闻两步一跨就给逮住了。

陆正匀坐在沙发上，不敢扭头瞧一左一右的人，惊魂未定的，被挤在中间。

真是，如坐针毡。

小胖子感觉自己语文都进步了。

当前面的电视机屏幕里，出现熟悉的中年男人的身影，陆正匀小眼睛一睁，大声喊：“叔——”

才发出一声，他就被陆嘉洛牢牢捂住嘴巴，压进沙发里。艾德闻往沙发背上架起胳膊，帮她摁住了小胖子的肩膀。

大叔叔还是闻声过来，但不知道前情提要，一脸乐呵呵地说：“玩什么呢？”

陆嘉洛面不红心不跳，摆出一副忍着不生气的样子：“陆正匀又把我的东西弄坏了，正教育他呢。”

小胖子的声音闷在她掌心底下，呜呜呜……

艾德闻又表现出确实是这么一回事儿的，微微点着头。

大叔叔信以为真地说：“不要调皮，多大了还欺负你姐。”

多亏陆正匀小恶霸形象深入人心。

大叔叔继续说着：“下午我要见个客户，晚上不回来吃饭了。”

他的工作地点不在这里，虽然艾米也是，但她相对自由。大叔叔在这个家中，经常类似于“神龙见首不见尾”的状态。

陆嘉洛忙不迭点头，就见大叔叔走出小客厅的范围。

可是，他的脚步在楼梯前一顿，又冒出一句：“你们最近关系不错啊……”

陆嘉洛冷不丁挺直脖子，转过头去，屏息地望着大叔叔。

这句话肯定不是说她和小胖子。

大叔叔满脸洋溢着欣慰且鼓励的笑容：“保持住。”

陆嘉洛干笑两声，目送他走下楼梯，再到足音消失，她扭头回来，表情瞬间变得凶神恶煞。

小胖子已经被她用力捂得脸都憋红了。

陆嘉洛说："你不准叫出来，我就松开手。"

小胖子识时务地点头，然而她一松开——

"啊！叔——"他只发出极短促的一声，因为陆嘉洛早有预料地，重新捂上小胖子的嘴巴，等同于掐着他的肉脸蛋。

小胖子敢怒不能言，愤然地呜呜呜。

陆嘉洛轻轻一笑："无所谓，我就这样跟你说吧。"

她压低声音说："如果你敢把你刚刚看到的，告诉艾米他们，我就把你藏起来的考试卷子给你妈妈看，叫朋友黑掉你的游戏账号，再把你QQ空间日志的内容全都打印出来，打印一百份，贴满整个县城的大街小巷。"

艾德闻虽然帮她按住奋力挣扎的小胖子，但是情不自禁地说着："太狠了吧？"

陆嘉洛抬眼一瞥他，又扬眉瞧着小胖子："要是你同意保密，以后艾德闻就带你打游戏。"

艾德闻一愣，怎么突然把他给卖了？

小胖子忽而不动，眯缝小眼里都不仅仅是动摇了。

这场谈判基本宣告成功，陆嘉洛最终甩出一句收尾："不要忘记我说的，敢透露出去半句，你就等着吧！"

午睡时间过长会更晕，陆嘉洛将闹钟设置在一个小时后响起，盖上格纹图案的被子，忘却刚刚发生的细枝末节，很快就睡过去了。

她确定在睡着之前，床上只有自己一个人。

恍惚间听到小胖子瞎叫唤的声音，陆嘉洛还以为是今天一上午过得太丰富、印象太深刻，导致自己幻听了。

从窗帘投射进来的天光，带着树的枝叶影子，在房间里散开一种冷蓝色，使人产生迷失时间的感觉。

艾德闻穿一件圆领棉T恤，窝在她的床上打游戏，而小胖子的声音，应该是他手机里传出来的。

因为他低垂着睫毛，手机放到离嘴唇很近地方，发出去一句语音："小点声，你姐睡觉呢。"

陆嘉洛翻身朝着他，拽了拽，他身上可以被称作老头衫的白T恤："你耳机呢。"

艾德闻应说："找不着了。"

"……掉进时空缝隙里了。"

陆嘉洛这么迷迷糊糊地说着，整个人缩进被窝底下，只把胳膊伸出来，伸着懒腰，再揉搓着眼睛。

知道她是随便一说，他也好好地接话："可能是。"

陆嘉洛忽然记起，一年前，他们一起去的音乐节。

在摇滚乐队轰炸舞台般的开场，在周围尖叫声之中，艾德闻却十分安静，问她在怕什么？

大概是那个时候，陆嘉洛已经喜欢上他。

她怕自己愿意不顾一切，怕这是他设下的局，目的是让她输，一切就不可能有结果，丢脸丢到叔叔家。

对陆嘉洛而言，想要坦白自己是很难的。

或者说，现在她才把这件事情想明白。

手机闹钟响了。

陆嘉洛将它停止，百无聊赖地刷起网购的页面，不走心地嘀嘀咕咕，只有最后几个字眼稍微清晰："……玩我吧。"

正好结束一轮游戏，艾德闻都没空扫一眼排行，转头怔愣地问："什么？"

陆嘉洛上半身扑过来，抱住他的腰："我说别玩游戏了，搭理我一会儿。"

艾德闻锁了手机屏幕，说着："吓我一跳。"

小胖子不知道他们是因为什么，才如此水火不相容，但是陆嘉洛没有忘记。

"为什么不借我地下室的钥匙,以前不借就算了,现在我跟你是什么关系,还不主动一点交出来……"陆嘉洛从他的腰腹上抬起头来,"你说说,我们交个心,宝贝。"

艾德闻仰起视线瞧着天花板,其实要他坦白,也有点难:"一开始是不想,后来也是不想,但前后两个'不想',出发点不一样。"

陆嘉洛眨了下眼睛:"哦……"她又摇晃脑袋,"听不懂。"

艾德闻眼里有笑意:"多读书吧。"

陆嘉洛即刻撑起自己的身子,还来不及掐他的脸。

好像是尹旭的声音,从屋外传上来:"开门哎!快递来了!"

从前院走到大门的檐下,太阳光已然呈现橘皮的颜色,果真是尹旭。他的电动摩托车就停在一旁,正跟阿姨说着:"都是自家种的,绿色无污染……"

阿姨夸他几句还要他留下吃饭,才抱起一箩筐的蔬菜进屋。

艾德闻朝他扔去一罐,刚从冰箱里取出来的可乐。

尹旭拉开易拉环,连忙吸着蹿上来的泡沫,然后说:"我家的大棚里收了很多卷心菜和豇豆什么的,给你们送点来……"

他说着,探头探脑地往屋里瞧:"你姐不在家啊?"

艾德闻很是随意的,坐在门旁的石头花坛上,说着:"在楼上。"

尹旭又记起:"知道这儿开了一家哈根达斯冰激凌店吗!"

没等艾德闻回应,一道软糯的女生声音加入他们:"这里开哈根达斯卖得出去?"

女生一身黑色的保罗衫,衣摆快长到膝盖上,当作裙子穿,手腕上挂着一袋奶香味的葵花子,手里攥着一把正嗑着。他马上认出是艾德闻家旁边新搬来的邻居。

尹旭自来熟地掏了她的一把瓜子,一边嗑起来,一边说着:"怎么卖不出去,昨天刚开业,人还挺多的。"

玄关里，下楼的陆嘉洛懒得换鞋，且离开室内的空调很热，冲大门檐下的几个人喊着："你们就一定要在门口聊天吗？"这么热的天气。

他们的视线一齐望见敞开的门里，站在那儿的，是拥有一张白净俏丽的脸的陆嘉洛。

十几分钟前，艾德闻刚刚离开卧室，她在楼上张望到秦郁萌正从坡道上走过来，换上件纯白的衬衫和修身的牛仔裤，就下来了。

锁好自己的电动摩托车，尹旭随即追上前头两个人的脚步，走进他们的家里。

尹旭说他要做蔬菜煎饼，秦郁萌要保持自己乖巧的形象，一起挤在厨房帮阿姨的忙。

作为这家里半个主人的陆嘉洛，悠然坐在沙发里，举起一颗棕里带紫的水果，也不知道是问着谁："山竹怎么剥啊？"

一旁同样游手好闲的小胖子，语气充满鄙视地说："你连山竹都不会剥。"

"你会你来。"陆嘉洛胳膊一伸，快把山竹戳到他面前。

小胖子说着："直接往桌上拍！"就要夺走她手里的山竹。

陆嘉洛机警地抬起胳膊，没让他成功。

艾德闻从沙发后面走过，顺便就从她高举的手里接过去。

陆嘉洛的掌心一空，仰头看去，山竹已经被他捏开两半。

原以为接着会递还给她，却没想他自己先尝一口，最后回到她手里整颗山竹没了一半。这人的嘴真是闲不下来……

艾德闻手上残留山竹特有的紫红色皮汁，习惯性地吮了下指腹，从他的表情显而易见，汁液味道是有些苦涩。

秦郁萌小心翼翼地端着一锅热汤出来："艾德闻快帮我……"

艾德闻两步跨上前，往餐桌上铺了张隔热垫。

太阳又落山了。

在无风经过的黄昏里，漫天靛青色的云霞，没有华灯初上的繁华，以及川流不息的车辆，只有偶尔经过的小货车喇叭声。

热菜的香直扑满桌，阿姨还在厨房里张罗收尾。

小胖子坐桌尾中间，她和尹旭坐一边，艾德闻坐对面，一般情况下都是按这样的固定座位。

多出一个秦郁萌，当然是坐在艾德闻的旁边。

陆嘉洛都不用坐下，径自走到秦郁萌的背后："你起来！你过去！"一边说着，就把她的碗筷和自己的交换。

大叔叔和艾米今晚都不回来吃饭，在座的都无需顾忌。

秦郁萌没想调侃他们，只是纯粹嫌麻烦地起身，说着："哎呀，坐哪儿不都一样嘛。"

尹旭瞧着强行换座位的陆嘉洛，之前被她和艾德闻吵架搞得糊涂了，没理清楚他俩到底什么关系。

陆嘉洛挑了只虾开始剥壳。

尹旭带着疑惑出言："你俩……啊？"

趁陆嘉洛抬头的时候，艾德闻从她的碗里夹走剥好的虾仁，神不知鬼不觉。

尹旭只凭直觉就能确定，他俩就是在一起了。迟到的气愤，使他把筷子一拍。

陆嘉洛认为他在发神经，懒得理会，一低眼，皱起眉，她的虾去哪儿了？

艾德闻正要用筷子撕开煎饼，尹旭又迅速摸起筷子，劫下他的煎饼。这小白眼狼，人都给他抢走了，还妄想吃他做的饼！

夜幕降临前出门，他们四个成年人带着小胖子一起，还是搭那一辆老摇滚的汽车，到城市里一家KTV，天已经漆黑。

KTV超市卖的东西又贵又不好吃，就用小胖子被迫贡献的书包，塞满零食带进包厢。

意外地发现，虽然艾德闻说话的声音很低沉很好听，但他确实是程度轻微的五音不全，被他故意瞎唱似的，糊弄过去了。

后半场，另一只麦克风闲置了。

陆嘉洛和秦郁萌沉迷自拍软件，艾德闻和小胖子开启游戏中模式，麦霸体质让尹旭找到自己的天地。

尹旭握着麦克风高声："所有受过的伤，所有流过的泪，我的爱——"唱到这里，麦克风向着沙发座里的几个人。

他们停下各自的动作，一起喊："请全部带走——"

陆正匀一张胖脸写满嫌弃的，堵着耳朵。

八月下旬依然骄阳似火，郁郁苍苍的植物被熨烫出光泽，只有蓝天的颜色瞧着十分清凉。

她和艾德闻折腾到凌晨三点多，促使陆嘉洛昏昏一觉到午间开饭。

似醒非醒之间，艾德闻在床头旁蹲下，也不说话，好像就是瞧瞧她能睡到什么时候。

陆嘉洛只想掐疼他神清气爽的笑脸。

吃过午饭，回到房间，她就抱着自己的MacBook，苦思冥想地，敲打着键盘。

等到陆嘉洛放下MacBook，人就跑进书房里，U盘接上打印机，印出两张合同书。

从书房出来，她在家里兜了一圈，最后到了阳台，才看见楼下晾晒衣服的阿姨。

陆嘉洛俯瞰花园，冲她说着："阿姨，家里有印泥吗？"

阿姨抬头，顶着太阳望她："书房里没有吗？"

只这一瞬间，她承认自己是有点傻，又跑回书房。

陆嘉洛找到印泥，有十足把握他会在地下室。可当她开门进去，却愣住。

原本在游泳底的躺椅和物件，包括碳酸饮料的易拉罐，都搬上泳池。

艾德闻身上这一件白T恤，老头衫，快成为他居家必备，卷起运动裤的裤腿，光脚踩住水管。

让陆嘉洛愣住的，就是游泳池里已经放至一半的水，清澈可见池底的砖纹。

艾德闻瞧一眼她发呆的脸，目光落在她手里的纸笔："什么东西？"

陆嘉洛回神，原地没动，相隔泳池的一个折角，望着他说："你想和我结婚吗？"

声音还有回声。

艾德闻明显怔住："你是……看了什么，受什么刺激了？"

陆嘉洛不由自主想环起胳膊，碍于手里还揣着东西，只能不开心地扬起下巴："你这么说就是没有想过，所以觉得我一时头脑发热？"

听到她的过度解读，艾德闻赶忙解释："我是想说，你冷静点，我还没到法定婚龄。"

他这么一本正经的，弄得她突然有点不好意思："没说现在！"

艾德闻顿一下，然后点头："哦。"

陆嘉洛着急："问你想不想！"

他也回得很快："我说'哦'，想啊。"

陆嘉洛盯着他不到两秒钟，忍不住低头笑一声。

她再抬起头，走过去，纸张递到他眼下，很严肃地说："你在这上面签个名，再摁个手印，如果将来我们不慎分手，你要是想跟我结婚，我不肯，你就可以拿这个去告我，虽然不知道具不具备法律效力，不过请个好点儿的律师，应该有胜算吧。"

艾德闻先转身关上水阀，再接过她的合同书，泳池边坐下。

他认真阅读完合同上的内容，好笑地说："离我们二十六岁没几年了，你就这么迫不及待地变心吗？"

陆嘉洛即刻抽出下面的一张，盖在上面："一式两份。"

也防止他变心。

艾德闻微愣一下，轻轻"嗯"一声，捡起旁边的笔。

陆嘉洛也在他身旁坐下，冰凉的水没过她的小腿，就见他很适合弹钢琴的手，签下自己的名字，还补一个英文名，再按上指印。

两份合同都签完，艾德闻单手撑着地板，起身，将它们远远放到一旁。

走回来的时候，他说着："不下去试试吗？"

"不要，我还没换……"

还没说完，艾德闻就推起她。

陆嘉洛坐在泳池边上，都没时间反抗就被他推下水了。

很快，她就"哗"地从水面出来，抹开脸上的水，恼羞成怒地泼他，但是能够掌握身体重力的感觉，吸引她闭气，一下沉入水里。

艾德闻至今仍记得，年少的时候，他把鱼缸放在高处的柜上，她踮起脚，仰着头，偷偷观察鱼缸里的鱼，鼻尖差一点就要碰到玻璃。

陆嘉洛无神的眼睛里，居然流露出一种类似羡慕的情绪。

她可以贴着水底游动，衣服飘荡起来，犹如透明的鱼尾。

艾德闻蹲下，目光跟随着她，猜想她前世可能就是一条鱼，能在水里生活。

过去他一直想不明白，自己为什么会对她百般忍让，后来总算找到了这个可怕的原因——

他讨厌陆嘉洛，更喜欢陆嘉洛。

非常喜欢。

陆嘉洛摸着池壁钻出来，拉着他，看似想要与他亲吻，实则是想欺骗他，趁机把他扯下水。

谁让他生来就对水中的生物，无法抗拒。

在她得逞的笑声里，艾德闻坠入泳池。

根本没有游泳的打算，所以连条毛巾都没有带上，从地下室一路滴着水跑上楼梯。

冲过澡，才换上干爽的衣服，艾米就叫他们下楼来，例行每年夏天必经的一个环节，包馄饨。

陆嘉洛扎着还是湿漉漉的头发，包出大小不一的馄饨，刚离开手心，放在盘中的这一颗，无比硕大。

艾德闻看见了说："你这是生煎，还是馄饨？"

陆嘉洛又捏起来展示："是根据你的胃口定制的。"

他就笑："我谢谢你。"

这时，艾米抬眼，忽然出声："你们……"

他们尚未察觉危机，只是茫然等待她的下半句。

艾米接着问："是不是在交往？"

时间没有静止，只是除了艾米，坐在这儿的其他人都愣住了。

陆正匀最先反应过来，大声喊冤："不是我说的！"

小胖子真是当之无愧的猪队友，就这样把最后辩解的"生路"堵死。

艾米两边眉骨一扬："嗯，不是他说的，是我猜的。"

毕竟，他们太经常因为一点小事情就抬杠。

如今他们依旧用这样的方式对话，但不尽然是争辩斗嘴，从语气到氛围天差地别，就让人感到奇怪了。

而且，听说艾德闻早上把地下室里的游泳池清洗了一遍，恢复它原来的用途。

谁都是从年轻走过来的，他们是不是在谈情说爱的状态，她还是能分辨出来的。

艾米似乎不打算继续追问他们，游刃有余地包着馄饨，说："阿姨说，昨天有几个小孩跑去水坝玩，差点就出事了，你们也留心点，别到那儿附近去。"

接下来的时间里，还不到面面相觑的境地。

小胖子因为从这件事情上撇清，从而没心没肺地高枕无忧；艾德闻淡定得就像什么也没发生过；只有陆嘉洛馄饨都包得规规矩矩，失去发挥创意的心，没着没落的。

包完馄饨，已经是下午五点钟。

陆嘉洛的头发始终扎着，这会儿散下来，发尾仍有湿意，她走进卫生间，想找一把宽齿的梳子。

听到一阵上楼的脚步声，她抬头。

每个人的脚步声都不尽相同，只要够熟悉，基本可以辨认出是谁，所以她在等待镜中出现艾米的容颜。

果然是艾米来到卫生间外头，门是敞开着，她依然习惯尊重地，敲敲门框。她笑着说："我给你梳头吧。"

她们回到陆嘉洛的房间，记得小时候，艾米就常常帮她梳头，因为她的头发又厚又多，洗完总是吹不干，一簇一簇地打结，梳不开，硬是扯到头皮疼。

可是，梳子在艾米的手里，拥有魔法一样，所有的结都迎刃而解，再从她的头顶梳到发尾，一下一下。

现在的陆嘉洛知道，艾米只是比自己，多了许多的耐心。

轻、柔、细致，艾米是这样似床蚕丝被般的一个女人，而陆嘉洛不应该在自己的脑中剧场里，将她刻画得过于冷厉。

陆嘉洛有些愧疚。

"艾米，我不是有意要瞒着你们的……"眼前是房间里贴着从杂志剪下的建筑物，和人物装饰的墙，陆嘉洛想了想便嫁祸出去，"是艾德闻说'我们偷偷交往吧'，免得万一分手了大家都很尴尬。"

反正艾德闻不会出卖她。

艾米笑笑说："他想得很周到呢。"

陆嘉洛扭转过上身，面对着她说："不过，我觉得不需要再瞒着你们，因为我和艾德闻就应该，可以，很远……"

她向来自信，说到她觉得自己可以跟艾德闻长长久久的时候，居然有些害羞，一个词一个词地往外蹦。

　　艾米眨眨眼，展露出理解的笑容，按住她的肩膀让人转回去，接着给她梳头："还记不记得，以前有一天晚上，你和正匀树林里迷路了？"

　　陆嘉洛有印象。

　　当时与艾德闻吵架的原因，她已经记不清了，大概就是些鸡毛蒜皮的，甚至没事找事的原因。

　　晚饭后他们出门散步，陆嘉洛绝不跟他走同一个方向。

　　陆嘉洛心不在焉地，用余光跟随着小胖子前行，直到MP3的电量耗尽，她抬起头来，才发现他们走到了很陌生的地方，彻底蒙了。

　　前面是向下的石阶路，周围一片森森树林，漆黑到树影发亮。

　　小胖子也发现自己迷路了，哇一声号哭出来，让陆嘉洛变得烦躁不安起来。

　　她转身想按原路返回，却因为来的时候太不注意，很难判别哪一条是"原路"，又指望不上只会哭的小胖子。

　　等他们将要产生仿佛在原地兜圈的绝望之前，一束手电筒的光照到她的眼睛上，她下意识抬手挡住，光束就落到地上。

　　走过来的男生身影，这个时候还没比她高出多少，也不是那么低沉的声音，只是语气，仍然能被她强行解读出轻蔑。

　　"你们方向走错了。"艾德闻说。

　　废话，要能走对，他们不早就回去了。陆嘉洛腹诽着。

　　这一段回家的路程，无疑令人焦灼，她不想承认，走在前面带路的艾德闻，他是唯一使人安心的存在。

　　然而，艾米说："我是他的妈妈，还是可以看得出来，其实他自己也很害怕，但他要是表现出来，你们就更害怕了，所以他装得很冷静。"

　　"艾德闻是不习惯去表达自己的感情，从小到大我都没听过他说喜欢哪个女孩，但是呢……"

艾米已经梳解开了她打结的发尾，开始从她的发顶往下梳，说着："这不影响，他是个善良温柔的孩子，就像我认为嘉洛你也是。"

"两个人在一起，未来的一切都是未知的，就算安排得再好都会有变故，所以你不要担心，因为担心了也没用不是吗？"

陆嘉洛忍不住点头，扯到了头发，轻轻嗷一声。

艾米的强迫症让自己有点小生气："哎呀，怎么还有一撮。"

陆嘉洛莫名发笑。

窗框边还有最后一丝暮色，窗外天已是清凉的夜色。

尹旭和秦郁萌肯定是约好了蹭饭的时间，隔三差五的，每逢饭点两个人就过来报到，自觉去厨房里帮起忙，让人无话可说。

大叔叔起初的"哎呀，今天很热闹嘛"的台词，今天都不说了。

晚上除了馄饨还有一盘炸年糕，蘸上白糖，或者撒点胡椒粉就可以吃。艾米不时就提醒着他们少吃点，怕糯米做的，吃多了黏着胃不消化。

晚饭结束他们围着茶几坐，尹旭就提出运动消化的方案："晚上出去打球不？"

陆嘉洛盘腿坐着，玩手机说："我洗过澡了不出去，太热了，又要出汗。"

尹旭撇撇嘴，然后一边喊着哎，一边暗示着坐在地毯上的男生。

艾德闻接收到信号，"走"字都到了嘴边，陆嘉洛比他先霸道地回答："艾德闻也不出去。"

他就硬生生变成："……嗯。"

尹旭和秦郁萌相继离开家里之后，大叔叔问他："怎么不出去打打球？"

艾德闻削着苹果，扭头示意他去瞧另一个人，说："你问她。"

陆嘉洛拔了手机的充电器，正走过来。

大叔叔原是无心一问，变作真心疑问："嘉洛怎么了？"

艾米在一旁将洗好的盘子，整齐归置进柜子，顺便说着："嘉洛觉得一个人待着很无聊，让Edwin在家陪她，不过我觉得你们最好还是出门走走。"

大叔叔更是一头雾水，就见艾德闻削完苹果，切下第一片，让靠过来的陆嘉洛吃。

当瞧见大叔叔有所领悟的眼睛，慢慢放大到震惊的神情。

陆嘉洛将苹果塞进嘴里，拉起艾德闻就往楼梯上跑。

还能听见大叔叔的声音："哇，这不就是……"他已经理清关系地开玩笑说，"白捡一个儿媳妇？"

这一句话，好像陆嘉洛之前就说过类似的。

艾德闻脆响地啃着苹果，不禁感叹："你亲叔。"

避开了楼下的灯光，月亮光从褪色的花窗照进来，他们停下脚步。

陆嘉洛一脸的犹豫没能维持多久，就憋不住地悄悄说："其实大叔叔，你爸爸，不是我亲叔叔。"

艾德闻没有太大反应，说："我知道。"

陆嘉洛表情一顿，然后不满意地说："你这样就很没意思了，我一点说出秘密的成就感都没有。"

他好笑地说："这还要什么成就感？"

她皱起眉说："你是不是觉得在艾米他们捅破了关系，我们之间就是板上钉钉，我就不那么重要了？"

艾德闻捏着苹果都无从下口："哎，你的脑回路就不能稍微收一收……"

闻言，陆嘉洛深深吸气，掉头就走上楼梯。

艾德闻拽住她的手腕："你再说一遍。"

陆嘉洛回头："说什么！"

"最前面那一句，你需要成就感的话。"

陆嘉洛不明其意地说着："大叔叔，你爸爸，不是我亲叔叔……"

话音正落，艾德闻就非常做作地惊讶说："我的天啊！"

陆嘉洛愣一下，笑得直不起腰。

"你说的是真的吗？这可太惊人了……"艾德闻很努力又很敷衍的演技，让她觉得更好笑了。

大叔叔正向艾米问询着，关于这两个人是怎么突然在一起的，就听见楼梯上的笑声，他们一怔地朝楼梯望去，回头又是相视一笑。

大约九十点光景，小胖子陆正匀捧着一大盆狗粮出门。

他没有离开家门五十米，找到自己与大叔叔共同搭建的"小别墅"，却没有在里面找到屋主，一只吃百家饭长大的中华田园犬。

小胖子茫然向周围眺望，又在狗屋外面的水泥路上，发现好几滴新鲜的血迹，他蹲下摸一摸，未干的血色染到了指腹上。

他呆呆盯着自己的手指头，一秒、两秒……

金黄色的柠檬树，花园里迎风摇晃，突然间，响起一声划破天空的尖叫。

陆嘉洛正迈下楼梯，被屋外的尖叫声吓得扶住楼梯护栏，手机从掌心滑下去，所幸及时接住，她的心跳漏一拍。

不是因为害怕手机摔坏，而是这一通许晓惠女士打来的电话，不小心挂断就麻烦了。

她刚把手机贴上耳朵，就听见许女士接近咆哮的声音："这是什么时候的事！"

起因是许晓惠女士来电说，准备提早两天接她回家，她爸要带她吃酒席，着重提到一位，也会出席的青年男士。

听着这意思就是要给她介绍对象。

陆嘉洛只好坦白，自己已经有男朋友了。

她回答："放暑假之前吧……"

许女士问她："你学校的同学？"

"……不是。"

陆嘉洛有一种千言万语，不知道从何说起的感觉。

只听许女士倒吸着气息，好像酝酿什么。

陆嘉洛抢先说着："有空带他回家，跟你们聊聊天。"

她不敢说出"艾德闻"三个字，生怕下午她妈妈的汽车轮胎，就能碾过别墅外头路上的石子。

"陆嘉洛……"许晓惠女士语气稳健的警告着她，"妈妈可是相信你的眼光啊，我跟你说，你要是敢给我找一个小瘪三，我就让你知道知道，什么叫悔不当初……"

陆嘉洛讲着电话走到了小客厅，沙发里懒散地坐着那个"小瘪三"，他低敛睫毛，看着IPAD中的电影，干爽的阳光，晒着他的头发和脸。

她往沙发里一坐，拉起艾德闻的一边胳膊，绕过她自己的头顶，放在肩上。

紧接着，小胖子惊叫着跑进家里。

陆嘉洛借机说着："妈，陆正匀在后面一惊一乍的，我先看看他出什么事了。"

电话那头的许女士吼了过来："他能出什么事！楼上摔下去都有肉垫着！"

陆嘉洛压了压自己的耳朵，好不容易结束与许女士的通话。艾德闻就说："伯母的嗓门真是……"

她抬起脸："你有意见？"

艾德闻音调不改地继续说："洪亮，一听就能长命百岁。"

小胖子俨然只是个幌子，他们谁都没搭理他，电影看得津津有味。艾德闻无意识地折起手臂，揉捏她的耳朵玩，她推开了两次，就放任不管了。

虽然陆正匀始终贯彻着自己小恶霸的人物属性，可是他对小动物都抱有极大的兴趣与善意。

餐桌上，大叔叔听到大黄不见的消息，好像是知道些什么，却故作惊恐地睁大眼睛说："见血啦，会不会已经被做成狗肉火锅了。"

今天中午的陆正匀，头一次吃完饭没扒拉几下碗，也不怕自己噎到就跑出门去。

他在烈阳下，站有半个钟头，都没等到大黄的踪影。

活要见狗，死要见骨头的信念坚持下，小胖子紧急成立一支队伍，寻找失踪的大黄。

在他百般折磨下，这支队伍的队员分别是：他的堂姐陆嘉洛，曾经是他的堂兄、如今还是堂姐男朋友的艾德闻，蹭饭一号的老面孔尹旭，最近入伙的蹭饭二号秦郁萌。

他们围着茶几而坐。

陆嘉洛给自己扎着马尾，同时说："大叔叔逗你的，它肯定是跑去哪里玩了。"再说了，大黄几乎是附近人家瞧着长大的，无家胜有家。

小胖子激动地说："那你怎么解释地上的血！血——"

陆嘉洛解释不了，闭上嘴，只把自己的马尾扯紧些。

小胖子毫无征兆地问起秦郁萌："今天你都做了什么？有没有见到大黄！"

秦郁萌一蒙："啊？我……早上不记得几点起来的，因为没几天就开学了，今天天气不错啊，我想整理整理衣服，就在家里整理衣服，中午就过来吃饭了，没看见大黄。"

听完她巴拉巴拉说一堆没用，小胖子马上将视线甩向尹旭。

尹旭即刻说："我今天就看店啊，这老大远的，怎么可能看见它？"

小胖子在调查着大黄失踪事件，一旁的陆嘉洛在偷偷跟艾德闻嘀咕着。

上午她跟许女士说有空男朋友带回家，随后补上一句提示："不用太拘谨，都是自家人。"

完全可以想象出，许晓惠女士见到艾德闻的时候，仰首捶胸地哀号：

"千防万防，没有防到自家人啊！"

陆嘉洛说："我妈妈就很有信心地认为，我应该找一个身家百亿的霸道总裁……"

她话语声顿住一刻，严肃地盯着他："你笑什么？"

艾德闻瞬间绷住表情，轻轻摇着头。

陆嘉洛冷静地说："你是觉得我没有这个可能？分手吧，让我证明给你看。"

"你有你有。"艾德闻连忙应着，"明摆着，你有这个可能。"

他们闲聊惹得小胖子急眼，拍着自己敦实的大腿："不准开小差！都这个时候了还打情骂俏，要不要找大黄了！"

寻找大黄的计划总算落实在行动上，尹旭骑着电动摩托车周边转转，他们沿着店面挨家挨户地询问。

艳阳高挂，空气清澈，远处是层层叠叠苍绿的山峦。

又热又累的，寻找到热闹的尽头，旁边就是长途车公路。陆嘉洛的手机在掌心振动起来，是艾米从家里打来的电话。

等到屏幕显示通话结束，她就通知大家："艾米说，今天早上隔壁的隔壁邻居从市场买回来一只刚刚宰杀的鸡，好像是塑料袋破了，地上的血，不是大黄的……"

尹旭接着话茬："是鸡的。"

一行人艰难地憋笑。

只有小胖子抓住重点："那大黄回来了吗？"

陆嘉洛微愣着摇头："还没有。"

小胖子拧起眉头，转了个方向走去，笃定地说着："大黄肯定跑水坝那里去玩了，肯定会出危险的！"

他们无言地互望一眼，只能跟着他走了。

上水坝的路有些难走，尹旭就近在修车厂里锁了摩托车，经过不算长途的跋涉之后，即将靠近水坝的地方，有一间人迹罕至的工厂。

陆嘉洛无意间一瞥，随即拍打起艾德闻的胳膊，一边指着对面的工厂，惊喜地喊着："那！那！在那里！"

不得不承认小胖子直觉的准确性，或者说是，他对大黄的了解。

大黄被工厂的钢丝网拦住，都不知道它是怎么进去的。

见到了他们的大黄拼命摇起尾巴，两只前爪扒在护栏网上，放开嗓子叫唤，不时混着呜呜两声，伸着舌头兴奋地喘气。

尹旭朝周围张望一番，然后指向一处，分析说："估计是它贪玩跑到石头堆上，不留神掉进去出不来了。"

按照他指的路线，艾德闻小跑过去，身形矫健地攀上石块，却让陆嘉洛紧张地提醒着他："小心点！"

艾德闻翻过钢丝网，稳稳跳下来，大黄开心地绕着他弹跳打转。

太阳已经换了好几个方向，再到垂垂落下。

小胖子和一只大黄狗欢脱地跑在最前面，他们走在最后一段回家的坡路上。

望着尹旭和秦郁萌在谈论什么的背影，陆嘉洛提起："你还记不记得……"

落日余晖中，艾德闻转向她的目光，也显得格外温柔。

"我跟你说过，我挺喜欢霍金的。"

他恍然记起点着头。

陆嘉洛瞧着他："其实也不是喜欢他……你知道吧，他有两次婚姻，最终最终，还是和他第一任妻子在一起了。"

艾德闻似懂非懂地说了声："哦。"

这时，从远方传来一声，顶着空气迅速上升，再哗嗒嗒炸开的声响。

夏日傍晚，半紫半蓝的夜空中，某一座屋顶燃放而起的烟花，如同一场庆祝夏天即将过去的典礼，让他们不约而同地驻足，回头仰望。

"所以呢？"艾德闻只望一眼烟火，然后问着她。

陆嘉洛的注意力又被他拉回来。

他问："你想说什么？"

人这一辈子，不可能只爱一个人。

莫燃的这一句警言，一直让她耿耿于怀。

陆嘉洛低下眼眸，微风吹动她奔走一天散落在脸上的发丝："所以我想说，中途会有什么变化，我都不管了。"

她又似抱定一种决心，抬起眼睛，对上艾德闻的眼睛。

"只要最后的那个人是你就好。"

怎样兜兜转转都无所谓，只要最后能够殊途与共。

艾德闻显露了然的神情，扬起清朗的笑容说："合同我藏好了。"

她表情稍顿一下，特别想要拥抱他，也这么做了。

尹旭煞风景地喊着："哎哎哎，回去吃饭啦——"

繁盛寂然的草木在风中发出声响，将要路过邻居家门前大盆大盆的花，看见等待他们的艾米和大叔叔。

眼看着这个夏天转眼就要结束，而眼前这个人很快就会与自己远隔重洋。

但是，就像你知道的，夏天会再回来，不论多远。

番外篇

● 明天见

经过一个寒假的旁敲侧击，许晓惠女士也没能从自己女儿嘴里"撬"出她交往对象更具体的信息，就下了最后通牒——

"你挑个周末，也别挑了就下周，叫上你的男朋友，回家吃一顿饭。"

当时，陆嘉洛是这么说的："我们还没交往多久呢，就叫他到家里见家长，不太好吧？"

许女士驳回："怎么就'不太好'了，上家里吃顿饭，这么容易的事情，难道你这对象是小白兔，我跟你爸是大老虎，还能吃了他不成？藏着掖着干什么，除非你心里有鬼！"

这一席话仿佛预示着，今年暑假，陆嘉洛是不可能在她大叔叔家的别墅度过了。

套上一件燕麦色吊带上衣，陆嘉洛拨弄几下头发，找了条棕色的皮带，勒紧直筒牛仔裤的裤腰，坐在学校寝室里的椅上，弯腰穿上黑色马丁靴。

陆嘉洛直起腰的时候，不小心撞了下行李箱，差点吵醒睡懒觉的室友。

等待许女士开车到学校接她，度过这个劳动节小长假的空当，陆嘉洛给即将要登机回国的人，拨去一通电话。

距离面见家长的时间越走越近，陆嘉洛有些紧张，突然又尿起来："要不，我上街雇个人假装是男友吧？"

时隔两日有余，再次听见艾德闻的声音，第一句就是：你没病吧？

陆嘉洛吃住在学校，父亲因为工作在影视基地，所以许女士的日常生活除了片场探班，就是与朋友聚餐打牌，在家做饭的时间极少。

可是今天，许晓惠女士精心准备着晚餐的同时，不忘整理自己的仪容，如今医疗美容技术能让她的面颊发光。

她爸爸在一旁跟人讲电话的声音，盖过电视频道的音效，客厅里新换一套象牙白的皮沙发组合，陆嘉洛怎么坐着都感觉不大适应。

当她收到艾德闻的微信消息，马上就从沙发里起身，风风火火地出门下楼。

出了楼道，听着手机那头的男生说："帮我找个停车的……"顿一下，即刻他又自言自语般，"哦，看到了。"

陆嘉洛朝周围环顾，初夏无风，住宅区做的绿化是覆没的茂盛，些许装修的噪音，已经是傍晚五点钟，还没有出现天要黑的迹象。

瞥见一辆像是大叔叔家的车，开进前面的停车位里，她随即过去，只见艾德闻从驾驶座钻出来。

日本最近的天气还有点凉意，他放下行李就从自己家过来，身上的衣服没换，还是一件浅灰色的连帽卫衣，浅色的牛仔裤和白球鞋。

他关上车门，抬眼发现她正要走到面前，就冲她笑起来。

她的心情就像晾晒在夏天阳光底下，豁然飞扬起的洁白床单，一下抱住他。

可能是衣服单薄，感觉他瘦了一些。

都已经是个二十岁的男青年了，难道还会继续"抽条"？

艾德闻的声音从她头顶传来："我拿个东西……"上门带的礼品，放在后座。

陆嘉洛一脸淡定地松开他,说着:"哦,你拿吧。"

艾德闻似乎是想了想,马上把她拉回自己怀里,又是紧紧地拥抱,连呼吸都埋在她的肩上。

她还是忍不住弯起嘴角问:"你想我吗?"

他深深吸气,然后肯定的:"嗯。"

陆嘉洛下楼没有带钥匙,按门铃进家门。

艾德闻跟在她的后面,谦逊有礼地问候开门的女人:"伯母。"

走进家中客厅,他接着问候沙发上的男人:"大伯。"

此时,陆嘉洛父母脸上都有几分茫然。

"……来吃饭啊?"许晓惠女士最先反应过来,顺便向他身后张望,"艾米他们没来?"

艾德闻自然地回答:"啊,没有,就我。"

他记起将自己拎上来的东西,搁在茶几上:"这是日本一个牌子的扫地机,还有我爸妈让我带来的……海参。"

陆爸爸恍然悟到了什么似的目光,定在艾德闻身上,吃橘子的动作越发缓慢。

许女士大概还没明白过来,客套地笑着说:"来就来吧,干吗还带这么多东西呀。"

然后,她又招呼着:"坐下坐下,吃点小零食,一会儿就开饭了,正好今天你堂姐叫她男朋……友……"

许女士笑容凝固,直挺挺地往后一坐,坐在沙发里了。

一时气氛僵化,艾德闻以什么身份出现,不言而喻。

陆嘉洛小心翼翼地说:"不如……试一下扫地机?"

比起她,艾德闻还算泰然自若地应一声:"哦。"就要去拆开扫地机器的包装盒。

许女士看着像是冷静地起身:"我看看汤好了没。"

豆腐炖鱼汤,没有半点腥味,还有许女士大早上去超市挑选的新鲜蔬菜，一碗牛腩咖喱，家常红烧排骨和软润晶莹的米饭。

陆嘉洛从冰箱里拿出几罐碳酸饮料，来到桌旁坐下。

她知道许女士一早打好的腹稿，现在统统用不上，与她交往的对象父母是做什么工作，家里有几套房有几辆车有几位数资产，恐怕他们比她还要清楚。

傍晚，整个城市被灯影点缀着。

在家中无言的进食氛围下，楼房外的俗世，显得那么热闹。

大抵，陆爸爸是想要化解饭桌上的尴尬，才出声："你们……计划什么时候结婚？"

许女士猝不及防地呛到了。

陆嘉洛也是一愣。

艾德闻嘴里正啃着排骨，瞬间抬头顿住，又低头吐出骨头，然后坦诚地说："应该不会太早，我想读研究生。"

许女士喝下几口水，赶忙问："在日本啊？"

艾德闻点了点头。

陆爸爸恍然记起，女儿曾经从他这里讨要过一笔，去日本旅游的经费，他瞥一眼埋头吃饭的陆嘉洛，摇摇头，也懒得说她了。

其实，许女士对艾德闻还是抱有很好的印象，觉得这个孩子待人接物十分练达，但是难得不油腻，很有主见又不张扬。

可是，如果作为女儿的男朋友，就要换一种角度审视了。

许女士追问说："读研又是好几年吧，你们一年能见上几次？这样跑来跑去不嫌累呀？你以后怎么打算的，是回国发展啊，还是留在日本工作？"

艾德闻缓缓咀嚼着，不知道该从哪个问题回答起。

陆爸爸喝着汤就说："他们都还年轻，以后的事情以后再说。"

许女士转头瞪他："不是你先问的！"

吃完晚饭，陆嘉洛爸爸在客厅里，艾德闻很克制自己没有继续吃起茶几上的零食，她爸爸同样没有点起一根饭后烟。他们没聊上几句，开始拆起扫地机器的包装盒，手机下载遥控软件，意趣盎然地玩起来。

许女士从厨房出来，瞧见了热闹的场景，嫌弃着说："哎哟，一台扫地机能玩得这么开心。"

夜晚逐渐沉寂，新闻频道主持人向观众道别，也到了艾德闻差不多该回家的时间。

陆嘉洛随便穿上一双平底鞋，一边朝家里喊："妈，我送他下去。"

艾德闻被催促着钻进电梯，电梯门还没合拢，他就蹲下系鞋带。

陆嘉洛揉揉他的发顶："明天做什么？"

艾德闻仰起头反问她："明天你可以出来？"

电梯间的灯光下，他眉宇间生出锋芒的脸，变得柔和无比，透亮的眼底只剩下少年的坚韧。

陆嘉洛爽快地说："可以啊。"

反正已经向她爸妈坦白从宽，就没什么好怕了。

艾德闻起身，视线又恢复居高临下的位置，回答她上一个问题："不知道，你说。"

陆嘉洛拽住他的袖子摇了摇，说："我们开车去江塘？那里不是有个古镇嘛，还能在客栈住一晚。"

艾德闻点点头，又说："找个司机吧，我不认识路。"

"也行。"这么应着，她下意识望一眼电梯显示的楼层。

他歪下头，忽然问："嘉洛，你想结婚吗？"

电梯到达一楼，没人进来，他们也不出去。

陆嘉洛愣一下就说："再说吧，我又不是嫁不出去，我爸是怕气氛比较尴尬，随口问问的。"

艾德闻思索着低下眼眸，眉头轻蹙："我是担心，你会认为和我在一起是浪费时间，如果我们不能经常见面。"

陆嘉洛保持自己一贯理所当然的语气："我没有特意数着日子在等

你，我也在努力过好自己的生活，再说了，想你的时候，我不是都直接去找你了嘛。"

他表示质疑："有吗？"

"我说有就有！"

艾德闻忙不迭点头："有有有。"

陆嘉洛睨他一眼，撇开脸没有两秒钟，转身抱住他，声音闷在他的肩膀里："路上小心，到家记得给我打电话，嗯……"她还想说什么。

艾德闻是带着疑问学她的："嗯……"

最后，陆嘉洛说明天见。

在无数个阳光灿烂的明天见。

● 新的工作

陆嘉洛就读的学校为了他们殡仪管理专业的招生操碎了心，居然想到了借互联网的东风，看看能不能起死回生，因此特别成立了一个社团，就叫殡葬宣传社。

整个社团就三位成员，但都是学生会调来的骨干精英。然而，他们在面对校方给出的难题，和头顶这个凉飕飕的社团名，也只有抓耳挠腮的份儿。

此时，其中一位女社员推了下鼻梁上的眼镜，说道："其实……我们想得太复杂了，你们看，只要长得足够好看就有人点赞！"

女社员展示出自己的手机屏幕，满屏抖动的音符，以及养眼的俊男美女。

在另外两位男社员凑近观看时，女社员马上补充道："当然我是没指望你们出镜吸粉的啊。"

"这话说的，太伤人了吧？"一位男社员说道。

另一位男社员接过手机刷了几下视频，忽然记起："那个……隔三差五被挂在校内表白墙上的那个女生，是不是殡仪管理专业的？"

女社员脸上露出了英雄所见略同的表情："是！她叫陆嘉洛！"

可惜，殡葬宣传社首次出师不利。

当女社员在教室外拦下陆嘉洛本人，真诚说明来意之后——

"我拒绝。"陆嘉洛一脸冷淡地说。

女社员急切地追问："为什么！"

陆嘉洛不做停顿地回答："因为不感兴趣。"

女社员满腹争取的话语都堵在嗓子眼，这还能说什么……

正巧，当天陆嘉洛是要回家的，因为她爸爸刚好结束一个阶段的工作放假回来了。许女士张罗了一桌子的菜，要给他们父女"接接风"。

饭桌上，陆嘉洛随口将学校社团想把她包装成网红，宣传他们专业这件事情说了出来，触动到了陆爸爸身为影视行业人员敏感的嗅觉，他筷子一顿，鼓励女儿去尝试。但是，陆嘉洛明显不为所动，他不得不祭出绝招——

"宝儿，爸爸觉得你都这么大了，是该到社会上好好磨炼磨炼，以免将来毕业了吃亏，从下个月起，爸爸就不给你零花钱了。"

陆嘉洛听完目瞪口呆，确定陆爸爸不是开玩笑之后，又带着最后的希望转向母亲许女士。

然而，许女士被陆爸爸使了个眼色，选择了沉默，纵使陆嘉洛唱一百遍《世上只有妈妈好》都不管用了。

陆嘉洛满腹的委屈，只能传达给她远在海外的亲爱的堂弟。

没有意外，艾德闻回复了一串省略号。

不过，他紧接着又发来一串数字。

——63XXXXXX……

——密码75XXXX

这两条信息挨在一起，一看就懂了，是他的银行卡号和密码。

陆嘉洛的心情因此好了不少，立刻将他的银行卡绑定到自己的手机上。只是她暂时不打算用这张卡，毕竟还没到弹尽粮绝，穷得揭不开锅，先试试自力更生再说吧。

陆嘉洛知道她爸是想让她接受学校社团的宣传工作，好在她对"网红"没有偏见，就是纯粹不感兴趣。

但是关系到以后能不能实现零花钱自由，她还是屈服了。

想要经营好一个媒体频道，没有那么简单，他们都是第一次，甚至特地向隔壁传媒专业的同学请教，反反复复录了好几个视频，改了好几个主题，做了好几次调整，这才上传了第一条视频。

视频的内容是陆嘉洛坐在宽敞明亮的教室里，教大家如何……扎白纸花。

正如那位女社员所说，只要长得足够好看，就会被人发现、喜爱、牢记。

陆嘉洛恰恰拥有令人眼前一亮的明媚的长相，尤其当她注视镜头的时候，镜头外的人会不自觉期待她的每一个表情。

殡葬宣传社的第一条视频发布后，就得到了非常不错的流量和关注度，有些意外和惊喜，也在情理之中吧。

● 搬家记事

陆嘉洛在靠近市中心的位置，租了一套公寓房，房子的使用面积是30平方米，一室一厅，标准的单身公寓。

但是艾德闻持家具、电器、零食饮料等资源入股，享有门锁的指纹录入资格。

搬进新家的第一天……严格来说，不算第一天，三天前他们就过来打扫卫生，搬入家具了。

几大箱子的行李刚刚搬进家门没多久，陆嘉洛订的一束鲜花就到了。

室内的空调冷气保持在二十度，艾德闻作为搬行李箱的主力军，此刻感觉有点儿热，直接躺在干净的地板上。

陆嘉洛捧着一束鲜花和一只玻璃工艺的花瓶，绕过他的眼前，坐在他的旁边。

她要按照花瓶的高度把鲜花裁剪一下。

此时是下午两点钟，炽热的温度被玻璃窗挡住，灼眼的光线似乎也变得柔和许多，陆嘉洛坐在那里摆弄手中的花束，原本应该是静谧而美丽的画面。

可是，陆嘉洛的手机隔个几秒就响一声，她得拿起来看一眼，以免错过重要的消息——都是殡葬宣传社群里的工作消息。

今年艾德闻仍然在留学，陆嘉洛也仍然在殡葬宣传社里打工，只不过，变成了离校实习状态。

因为殡葬宣传社已经不再是从前那个学校里的小社团，如今是小有名气的新媒体工作室。

当初，陆嘉洛只是想着既然接受了这份工作，就认认真真去做，等她察觉到这份工作已然占据生活的重心，并且回报颇丰的时候，才意识到原来这是在创业。

艾德闻两只胳膊垫在脑后，看着她一心一意在回复消息，她的头发已经染回自然的黑色，用米白色的发圈随意地绑着，看起来有了那么一点点成熟的味道。

他微微抿了嘴唇，忽然出声："艾米问我们什么时候回去。"

现在是夏天，是暑假，他们每年都要回一次山上的避暑别墅，并且不想改变这个"传统"。

不过，今年艾米倒是没有问他们回去的时间，艾德闻明白自己只是想找个借口抢回她的视线而已。

"等几天吧？"陆嘉洛一边专注地打字，一边说道，"太热了，路上好晒的。"

她才回复一条消息出去，就见群里冒出一条长达三十五秒的语音消息。

陆嘉洛下意识地点开，熟悉的男声噼里啪啦地响起，她翻了个白眼，然后回敬一条语音："李超，你是不是不会打字，一定要发语音浪费我的时间。"

被点名的男人倒是不生气，嘻嘻哈哈地回复："我在吃饭没手打字啊！"

陆嘉洛懒得搭理他，划了下手机屏幕，没什么要紧事儿的样子，又将手机放一边，继续剪花枝。

咔嚓、咔嚓的声音，在空气中徘徊了几秒钟。

"你好像又找到可以吵架的人了？"

艾德闻的声线平静地划过。

"嗯？"陆嘉洛目光没有离开手中的花，不假思索地说着，"我没有跟他吵架，就是很讨厌大段大段的语音……"

说着说着，陆嘉洛抬起了头，看着眼前这个身穿白T恤，额前的碎发稍微有些遮眼的男生。

她想到了什么，十分认真地解释道："我只喜欢跟你吵架，别人我都是懒得搭理的，就是我最近思想成熟了一点，觉得动不动就吵架不太好……你这是什么表情？"

艾德闻自认为没有做什么令人误解的表情，茫然地回答："啊，感动的表情？"

陆嘉洛那双漂亮的眼睛略带威胁地注视着他："你要是怀念跟我吵架的日子可以直说。"

艾德闻把手臂从脑袋后面拿出来，在她眼前敞开。她知道自己是没有犹豫地俯身而下，转眼间埋进了他的怀抱里。

他亲吻了她的头发："我珍惜当下。"

这样安静地抱了一会儿，陆嘉洛就感觉到他的手掌在她的背上和腰上游走了一下，似乎是在丈量什么，然后他说："你好像又瘦了？"

"是吗？我都没感觉……"

陆嘉洛往他颈窝里蹭了蹭，他的皮肤上还残留着沐浴露清爽的味道，让她感到无比的舒服和安心，进而产生了一些午后的困意。

"你的花还没有剪完吧？"

"嗯，衣服也没有收拾。"

艾德闻轻轻笑了一声，没有催促她起来继续的意思，而是问："今晚想吃什么？"

"想吃点冰的东西。"

……

● 合格成长

陆嘉洛最近实在是太忙了。

她已经没有寒暑假了，而且因为工作性质，甚至没有准确的下班时间。

空调暖气的作用下，室内温暖如春，米白色的纱帘遮盖住冰冷的夜色，城市里斑驳的灯光还不足以透进来。

现在是凌晨两点，陆嘉洛才结束工作，大脑正处于兴奋状态，无法入眠，干脆窝在沙发上看电影。

可能是开着暖气太干燥了，她嗓子痒得咳嗽了两声，正想着倒杯水喝，眼前就出现一杯温水。

陆嘉洛从他手里接过水杯，顺便说道："明天我要出差，有个活动要参加，大概后天下午就回来了。"

"我知道了。"艾德闻回应。

陆嘉洛看着他面前保持长亮的笔记本屏幕，笑着问道："你怎么也有这么多作业？还是故意在等我？"

艾德闻听到她这么说，就不再面对笔记本，转过来揉了揉她的头，然后亲了亲她的嘴角，没有正面回答："刚好我也睡不着。"

之后，陆嘉洛不记得自己是什么时候睡着的，直到艾德闻把她从沙发里抱起来，才稍微清醒了一下，被温柔地放进被窝里，立刻又睡着了。

陆嘉洛出差回来的当天航班没有延误。

艾德闻开车到机场，在到达厅里只坐了十几分钟，就见陆嘉洛拖着一只小巧的行李箱，穿着一件黑色的修身呢子大衣，里头应该也是一件黑色的长裙，裙摆下是笔直纤细的小腿，踩着一双经典款的黑色低跟鞋走了出来。因为她露出来的皮肤莹润白皙，这样一身黑色，看着却像一只白天鹅。

很快，艾德闻也看到了走在她身旁的那个男人，三十来岁的长相，个子不高，可能是大衣底下穿着一套正装，倒有几分儒雅。

陆嘉洛的目光一找到艾德闻的身影，就快步走到他的身边，搂住他的胳膊，对身后的人介绍："这是我男朋友，艾德闻。"

接着对艾德闻说："这位是正忠影业的CEO，郭越。"

艾德闻礼貌地朝男人伸出手，脸上是疏离的微笑："您好。"

原本听到陆嘉洛的介绍，郭越的脸色马上冷了许多，但是当他握住艾德闻的手，看清对方的面容，却又疑惑地问道："我们是不是在哪里见过？"

艾德闻口吻仍然疏远地说："也许您认识我的母亲……"

经由这句提醒，郭越记起了什么，态度突然变得亲切起来，跟艾德闻寒暄个没完似的。见状，陆嘉洛暗暗捏了一把她男朋友的手臂，才结束这场突如其来的社交。

坐进回家的车上，只有两个人的时候，陆嘉洛肆无忌惮地说着："我很不喜欢那个男的，但是没办法，昨晚的活动上认识了，刚好同一个航班，又不能装作没看见。"

这么说着，陆嘉洛发现自己成长了不少，竟然跟不喜欢的人也能假模假样地聊天，她深感欣慰。

艾德闻只是笑了笑，然后说："明天要去驾校培训？"

"……对。"陆嘉洛也想起这件事儿，整个人就像是被剪断了绳子的提线木偶，往座椅里软软一歪，"好累，怎么有这么多的事情要做呢？"

看来成长的道路且长，免不了令人疲惫。

● **多愁善感**

　　陆嘉洛最近实在太忙了。

　　这句开场白还可以再拿出来说一次。

　　除了忙工作，她还要忙着考驾照，脑子里装了太多的信息，所以艾德闻跟她说过的事情，交代她顺手做一下的事情，她都经常忘记，到了晚上要么熬夜改提案脚本，要么沾床就睡了。

　　艾德闻似乎对她有些不满，却什么也没说。正因为他的话越来越少，给她感觉仿佛回到曾经互相看不顺眼的年少时期。不同的是，如今陆嘉洛的心里是带着愧疚的。

　　她知道，艾德闻不是因为讨厌她这个人，才不跟她说话，是太在乎了，才讨厌她日渐"不在乎"。

　　冬天的夜晚总是提早来打卡。

　　陆嘉洛从一家美式汉堡店走出来，冷空气瞬间吹散她周身食物香气，手机显示时间是五点二十五分，天空已经黑得不像话了。

　　今天她提早结束工作，特地过来买了艾德闻喜欢的套餐。

　　现在陆嘉洛很了解艾德闻了。得体周到源于他的个人修养，但他也有着小孩子一样的口味偏好。

　　在她担心快餐袋不够保温，为了尽量不让里面的食物凉掉，快步走过小区花园时，忽然看见不远处的两道身影，让她的脚步不自觉地慢了下来。

两道身影，一男一女。

男人的个子高挑，穿着姜黄色的羽绒服外套，黑色的长裤，白色的鞋，即使从背面看他，也能感觉到少年气十足。

那件羽绒服还是陆嘉洛逛网店发现的，原本就是个男款，买回来发现的确不合适自己，就扔给他穿了。

但是与他并肩行走的女孩背影很陌生。

不过，他们两个人始终保持着合适的社交距离，加上对艾德闻这个人的信任，陆嘉洛的预感和直觉都风平浪静的。

只是一愣神的时间，错过了喊住他的时机。看着他们已经走进门厅，她也快步向前。

解锁，开门，温暖的灯光下，姜黄色的羽绒服静静挂在玄关，白色的男鞋也整齐地摆在一旁。

艾德闻听见声音，从厨房探出头来，见到是她，就说："今天回来得挺早？"

陆嘉洛走进厨房，他顺便也给她倒了一杯温水，这才看到她放在餐桌上的汉堡套餐。

"我不知道你这么早回来，刚才也点了外卖，应该快到了。"

听到他平平淡淡的语气，陆嘉洛没来由地想生气。大概是这些天累积的情绪一下子上来了，换了从前，早跟他吵起来了。

而今，她也只是赌气说："那我自己吃！"

陆嘉洛拉开椅子坐下，挨个摆出她买回来的，香气四溢的"垃圾食品"，折起汉堡的包装纸，正打算咬上一大口，就被对面的人抓住了手腕。

艾德闻抓住她的手腕，拉到自己的面前，就往汉堡上咬了一口，然后趁她愣住的时候，直接将整个汉堡拿走了。

他一边吃，一边说："我点了上次你说很好吃的那家面馆，马上就到了，你吃那个吧。"

陆嘉洛以为自己的坏情绪是完全密封的玻璃罐子，一定要摔个四分五裂才能得以释放。谁知道，他轻轻一碰，抚摸一般，就让它像是肥皂泡一样悄悄地破了，化成温柔的水包裹她。

她看了他一会儿，语气有些委屈地问道："你最近是不是在生我的气？"

艾德闻想了想："嗯，算是吧。"

"算是？"

他没有再接话，看样子是还没有想好该怎么说。陆嘉洛是想追问他的，最后还是忍住了。

只要他想好了，他就会说的。

外卖果然很快到了，他们对坐着吃完了截然不同的两份晚餐。艾德闻先起身收拾餐桌，陆嘉洛喝了半杯水，也站起来把自己面前的打包盒收拾了。

他把垃圾分类装好，一边洗着手，一边说道："其实我是在担心。"

"嗯？"陆嘉洛还没反应过来。

他低垂着眼眸，表情淡淡地说："我担心你可能……没有我想象的那么喜欢我，也担心你接触到更优秀的男人，可能会变心？我也开始怀疑当初选择继续在国外读研，是不是正确的决定，因为我们能在一起的时间，好像越来越少了……"

"天天待在一起才会腻吧？"她不解风情地出声。

艾德闻关上水龙头，皱着眉头转过身来："我在认真跟你说话。"

陆嘉洛觉得自己成长了许多，还有一点体现在能够从善如流地道歉："我错了，你说。"

他张了张口，又没出声，扭头抽了两张纸巾把双手擦干，才说："被你一打断，我也不知道要说什么了。"

"就直接说，'陆嘉洛，你应该多关注我的情绪，多在乎我的感受，不要整天都是工作，也留一点时间给我'。"

艾德闻的神情明显一愣，对上她清透动人的眼睛，将他的心绪映照无遗，他下意识地仓皇避开她的目光。

但陆嘉洛没有放过他，继续说着："明明就不开心，还要假装通情达理，你这人……从小到大都这样。"

从前陆嘉洛就是讨厌他这一点，总是习惯把真实的情绪隐藏起来。随着相处的时间愈长，她才感觉到，他也是渴望情绪被发现的，尤其是希望被他喜欢的人发现。

此刻，艾德闻被她直接戳穿内心最真实的想法，也有了无所遁形的不适。只是他还来不及说些什么，陆嘉洛已经上前一步，紧紧抱住他。

她说："我不喜欢工作，很讨厌加班，但是我还没有学会怎么把工作放一放，那些事情找上门来，我都有一种不得不去做的感觉，而且我知道你不会因为这样就离开我，所以……我也挺坏的。"

艾德闻抬起手臂，也紧紧抱住了她，之前那些不适的情绪乍然清空了。

"我准备明年毕业就回国。"

陆嘉洛抬起头来："你想好了吗？"

艾德闻微笑着点点头："嗯，国内有公司给我发了邀请，我觉得条件合适，还有……"

她如同往常一样，直视着他深邃漂亮的眼睛，丝毫没有意识到他接下来要说的是什么。

"我想，明年可以和陆嘉洛结婚。"他说。

时间仿佛在此处宕机了一秒。

陆嘉洛回过神，推着他的胳膊将两人的距离拉开了一些："你……就这样求婚？"她脸上带着难以置信的表情。

"不是，顺嘴就说出来了……"艾德闻也难得展露出迟来的懊恼，他揉了一把自己的头发，试图跟她打个商量，"我是有求婚计划的，细节还没有想好，要不你当作没听到？"

陆嘉洛无语了一下："不如我帮你一起策划好了？"

"好啊！"

"好你个头啊！"

艾德闻大笑起来，再次将她拉进自己的怀抱，也低下头贴着她的脸，紧密地抱着她。

陆嘉洛也下意识地抱住他，忽然有种说不上来的感慨，她闭上眼，好像听见了夏天树影婆娑的声音。

她轻声说："如果我能穿越回小时候，告诉自己最好少欺负你一点，因为未来的七八十年我都要跟你一起过了，估计打死'我'也不会信的。"

艾德闻把下巴搁在她的发顶上，深表认同："嗯，谁能说服你呢。"

陆嘉洛抬起头瞪了他一眼。

"对了，我回来的时候看到你跟一个女生走在一起，她是谁啊？"

"哦，我们楼上的邻居，你不记得了？她说她明天结婚，可能会占用电梯，先跟我们说声抱歉，还送了一盒喜糖。"

陆嘉洛顺着他目光示意的方向转过头，果真看见一盒包装精美的喜糖放在零食架上，还挺显眼的。

她这才想起自己是见过那个邻居女孩几次的。并且每次她都是两眼放光地盯着陆嘉洛的脸，疑似是陆嘉洛的颜粉。

陆嘉洛又把头靠回他的肩膀，连日的疲惫此刻都忘却了，她不自觉地开始想象将来的画面。

"明年我们换大一点的房子，再养只猫吧？"

"好啊。"

还有三天，艾德闻又要出国了，所以在这三天时间里，陆嘉洛想尽可能跟他待在一起，工作都先推到一边。她也算工作室的"开国元老"和核心人物，说话还是有点儿分量的。

这天晚上，他们在坐拥江景和灯河的餐厅吃了一顿晚餐。

餐后甜点是一道造型特别漂亮的冰激凌，可惜今天正好是陆嘉洛的生理期，她只能拍张照片，然后眼睁睁看着艾德闻端走冰激凌，明明吃相很优雅，偏偏两三勺就挖干净了，断绝了她想偷偷挖一勺尝尝的念想。

晚餐后，他们看了一场电影。电影讲述的是一对恋人偶然间发现了平行时空的故事。

然而，这是一部大烂片，电影进行到后半段甚至有不少观众悄悄离场了。

陆嘉洛秉承着有始有终的精神，没有提前离场，只是过程中无数次想要吐槽，都因为这里是公开的观影场所，所以忍下来了。

而艾德闻看到她千言万语都没办法说出来的纠结的表情，一直在旁边忍笑，好像他看的是喜剧片一样。

因此，等到他们走出电影放映厅，陆嘉洛的第一句话不是吐槽电影，而是难以理解地看着他，说："你的笑点很诡异。"

艾德闻终于忍不住，哈哈大笑起来。

陆嘉洛感觉莫名其妙，同时被一部烂片搅毁的心情也跟着好起来了。

开车回家的路上，陆嘉洛迫不及待地跟朋友说起今晚的观影心得，劝告他们千万不要去浪费时间和金钱。

她纤细的手指在手机屏幕上灵活地点着，脑子里回忆着电影的情节，忽然有感而发："如果真有平行世界，你应该感谢这个世界的我，要不是我察觉到……我们就不会在一起了。"

"那不一定。"艾德闻有条不紊地握着方向盘，目不斜视地说着，"人都会长大的，就算当时你不说破，再给我一点时间，我还是会诚实面对自己的感情。"

陆嘉洛放下手机，好奇地看着他："怎么面对？直接跟我表白？"

"对啊。"

"那我会怀疑你是玩游戏输了，过来找我完成惩罚的。"

艾德闻颇觉无语，就被她勾起了那股不服输的劲儿："我多说几遍，你总该相信我是认真的？"

"相信又怎么样，很有可能那个世界的我就是不喜欢你呢。"

陆嘉洛只当是随口聊天，又拿起手机，却听见他说——

"那就算了。"

她一愣，睁大眼睛看着他："你就不再争取一下？"

"强扭的瓜不甜。"

"没扭过你怎么知道！"

艾德闻像是早知道她会这么说，努力收敛了笑意，故作认真地说："那这样吧，等你拒绝了我，我再坚持一下，看看你会不会改变心意。"

陆嘉洛稍微满意了一点，又问道："那我要是坚持拒绝你，你就真放弃了？"

他沉吟了一会儿才开口："不知道，可能……"

不会。

他应该不甘心就以不远不近的亲戚，简简单单概括他们的关系。

艾德闻又想了想，说："不过，我了解你，你坚持不了太久。"

陆嘉洛正要反驳他，忽然皱起眉头打量他："我怎么觉得……你这句话带点颜色呢？"

他先是茫然，随后"哈"地一笑："我发誓，我真没那个意思。"

当车开过繁华的城市森林，开过寂静的街道，他们的话题也有中断的时候，不过只要身处在同一个空间里，彼此都能感觉舒服和放松，连车窗上如流水般倒映的，或零星，或杂乱的灯火，也变成一种瑰丽。

"陆嘉洛。"

艾德闻已经好久没有连名带姓地叫她，使得她愣了一下，转过头去，等待他的下一句话。

好在没有等太久，他就说："我喜欢你。"

陆嘉洛不做多想，注视着他干净的侧脸，下意识地回答："我也喜欢你。"

艾德闻笑了起来，温柔又明亮："你看，不会有另一种结局。"

如果有平行世界，我想只是过程会有些偏差。

因为我爱你这件事，它不会改变。

图书在版编目（CIP）数据

水族馆冷艳火 / 岛顿著.—武汉:长江出版社，2023.2

ISBN 978-7-5492-8505-1

I.①水.... II ①岛... III.①长篇小说－中国－当代

IV.①I247.5

中国版本图书馆CIP数据核字(2022)第169746号

水族馆冷艳火 / 岛顿 著

出　　版　长江出版社
　　　　　（武汉市解放大道1863号 邮政编码：430010）
策　　划　力潮文创-白鲸工作室
市场发行　长江出版社发行部
网　　址　http://www.cjpress.com.cn
责任编辑　李剑月
特约编辑　唐　婷
封面设计　Semerl
封面绘制　MEITINGUAN　Semerl
插图绘制　卡西MDuo　河野尾
题　　字　MEITINGUAN　Semerl
印　　刷　北京盛通印刷股份有限公司
版　　次　2023年2月第1版
印　　次　2023年2月第1次印刷
开　　本　880mm×1230mm　1/32
印　　张　9.5
字　　数　270千字
书　　号　ISBN 978-7-5492-8505-1
定　　价　45.00元
